5秒钟后意外结局系列

人生图书馆

[日]桃户晴——编著 [日]吾希——绘
姚锦祥——译

中信出版集团 | 北京

图书在版编目（CIP）数据

人生图书馆 /（日）桃户晴编著；（日）吾希绘；
姚锦祥译．-- 北京：中信出版社，2020.10
（5 秒钟后意外结局系列）
ISBN 978-7-5217-2135-5

Ⅰ．①人… Ⅱ．①桃… ②吾… ③姚… Ⅲ．①短篇小说—小说集—日本—现代 Ⅳ．① I313.45

中国版本图书馆 CIP 数据核字 (2020) 第 155193 号

人生图书馆

编　　著：［日］桃户晴
绘　　者：［日］吾希
译　　者：姚锦祥
出版发行：中信出版集团股份有限公司
　　　　　（北京市朝阳区惠新东街甲4号富盛大厦2座　邮编　100029）
承 印 者：北京楠萍印刷有限公司

开　　本：787mm × 1092mm　1/32　　印　　张：6.75　　字　　数：64千字
版　　次：2020年10月第1版　　印　　次：2020年10月第1次印刷
京权图字：01-2020-5141
书　　号：ISBN 978-7-5217-2135-5
定　　价：128.00元（全四册）

前 言

在海神波塞冬的诅咒之下，克里特岛国王米诺斯的王后帕西法厄生下了一个上半身是牛、下半身是人的怪物，并将其命名为弥诺陶洛斯。

米诺斯国王在宫殿的地下建造了一座迷宫，将弥诺陶洛斯关在里面。每年，国王还要将十几个童男童女送到迷宫里，以喂养弥诺陶洛斯。

弥诺陶洛斯向这些活祭品发动攻击后，用力嘶吼着，声音几乎都要传到地上的宫殿。

弥诺陶洛斯非常孤独。但相较于人际交往的匮乏，饥饿感更是无情地向他袭来。

每年都会有不少童男童女被送到迷宫里来，弥诺陶洛斯和他们成为朋友，无话不谈。

最初,孩子们看到弥诺陶洛斯的样子时都会惊恐不已。但逐渐了解到他的内心之后，也都渐渐向他敞开了心扉。

但是，不合时宜的饥饿感再次侵袭了弥诺陶洛斯，这是一种渴望填饱肚子的肉体上的饥饿感。

虽然，弥诺陶洛斯希望和孩子们成为朋友，把自己从孤独中解放出来。但如果不吃东西的话，他就会死！

于是，弥诺陶洛斯眼角泛泪，一边痛苦，一边扑向孩子们。

前言 I

第1话 逃走的梦想 001

第2话 匹诺曹新解 003

第3话 班长选举 005

第4话 机器人高尔夫球手 007

第5话 想成为一只鸟 009

第6话 鹦鹉的羁绊 011

第7话 犯人的身影 013

第8话 回忆的照片 015

第9话 恶魔笔记 017

第10话 满满一杯的愿望 019

第11话 无所事事的丈夫 021

第12话 聪明小和尚的天性 023

第13话 高明的作弊 025

第14话 青梅竹马 027

第15话 聪明小和尚的本能 029

第16话 体育盛会 031

第17话 遇险 033
第18话 身高 035
第19话 难懂的看板 037
第20话 遭遇狗熊的二人 039
第21话 浪漫的科学家 041
第22话 怪物 043
第23话 科学家失败的『告白』 045
第24话 强大的武器 047
第25话 新娘的父亲 049
第26话 父亲的遗产 051
第27话 决断 053
第28话 公司的齿轮 055
第29话 两人份的工作 057
第30话 爱的传说 059
第31话 交通规则 061
第32话 最后的爱情 063
第33话 降伏恶龙 065
第34话 兔子脚 067

第35话 王国美女连环杀人事件 069
第36话 不用害怕大灰狼 071
第37话 可靠的男朋友 073
第38话 儿子的礼物 075
第39话 宇宙来客 077
第40话 隐身的男人 079
第41话 最棒的食材 081
第42话 跟踪狂 083
第43话 终极控制 085
第44话 想屋里的女人 087
第45话 复仇者 089
第46话 信 091
第47话 减肥 093
第48话 一举逆转 095
第49话 大企业的死角 097
第50话 白道 099
第51话 完美的妻子 101
第52话 杀了十次人的男人 103

第53话 宇宙监狱（全景监控） 105
第54话 新的人生 107
第55话 年轻气盛 109
第56话 老人之死 111
第57话 智慧的果实 113
第58话 人生图书馆 115
第59话 收获 117
第60话 优美的曲子 119
第61话 人生的结局 121
第62话 传奇乐队 123
第63话 传奇乐队的破灭 125
第64话 杰出的推理小说 127
第65话 空罐子的研究 129
第66话 年轻人的礼仪 131
第67话 壁画的教诲 133
第68话 爱国心 135
第69话 两个推销员 137
第70话 安静 139

第71话 缺乏常识的职场菜鸟 141
第72话 过于乐观的生活黑客 143
第73话 机器人的阅读 145
第74话 4分33秒 147
第75话 出人头地 149
第76话 相亲 151
第77话 与魔神的契约 153
第78话 初次约会 155
第79话 命运的选择 157
第80话 变声期的谎言 159
第81话 恋爱密语 161
第82话 悲伤的探视 163
第83话 为了谁 165
第84话 亲切的魔神 167
第85话 蒙娜丽莎的微笑 169
第86话 梦想的航海旅程 171
第87话 食客的顾虑与主张 173
第88话 召唤 175

第89话 祖母的遗产 177
第90话 识货的绅士 179
第91话 市场调研 181
第92话 假冒的官员 183
第93话 剃胡须的新发明 185
第94话 换工作 187
第95话 新型战斗机的研发 189
第96话 担心的人们 191
第97话 非礼勿视，非礼勿言…… 193
第98话 复仇的结果 195
第99话 外婆的信 197
第100话 起承转结（四格漫画原理） 199
〇 后记 202

第1话 逃走的梦想

“在意甲踢球，是每个足球运动员的梦想。因此，当得到他们的报价时，我非常开心。”一位在日本足坛十分活跃的男球员说道。

“但是，我同时也感到非常害怕，担忧如果自己凭球技无法在意大利闯出一片天，就会失去未来的方向。因此，我一直在纠结是否要去意大利。正在那时，我的母亲患病，身边必须要有人照看，我就担下了这个责任。正在我苦恼之际，意大利的球队等得不耐烦，撤回了对我的报价。我的梦想就这样逃走了。”

“梦想并没有逃走。”他的妻子接过话茬儿。

一年前，男人在医院照顾母亲时认识了这个女人，被她的坚强和善良深深吸引，两人步入了婚姻殿堂。但此时，这位妻子直勾勾地盯着自己的丈夫，重说了一遍刚刚的话：“梦想并没有逃走，逃走的难道不是不敢直面梦想的你自己吗？”

男人一句话也没说，怔怔地望着妻子。

“母亲在去世之前，总在偷偷地哭。她觉得都是因为自己，才让你不得不放弃梦想。跟身体上的病痛相比，这才是一直让母亲痛苦的事。”

男人的眼眶泛起了泪水。

“如果意甲是你的梦想，那么就不要苦等他们的报价，自己勇敢地去挑战吧！无论母亲还是我，我们所爱的都是这样一个无所畏惧的你。”

第2话 匹诺曹新解

杰佩托爷爷造出的木偶匹诺曹，被仙女赋予了生命。然而，匹诺曹并没有灵魂，无法成为真正的人类。

它无法体会人类的感情，因此说谎对它来说轻而易举，这使周围的人非常困扰。

于是，仙女对匹诺曹施加了惩罚："如果它再说谎，鼻子就会变长。"

有一天，杰佩托爷爷和匹诺曹出门旅行，爷爷不小心滑了一跤，眼看就要从悬崖上摔下来。匹诺曹拼命抓住爷爷的手，然而它的胳膊是用木头做成的，肩膀处的关节眼看着就要脱落。

于是，匹诺曹的鼻子转眼间变长了，爷爷抓住了它的鼻子，总算从悬崖边爬了上来。但是，匹诺曹的胳膊掉了，鼻子也断了，全身都变得破破烂烂。

正在这时，一道耀眼的光笼罩了匹诺曹，随着光线慢慢变暗，只见一个男孩躺在那里。

男孩慢慢地睁开眼睛，杰佩托爷爷哭着紧紧地抱住了他。男孩说道："我刚刚很努力地想救起爷爷。"说着，他有点自豪地昂起了自己的鼻子。

005

第3话 班长选举

在班长选举中，男、女生里最受欢迎的两个人获得了候选人资格。但令人意外的是，在班里毫无人气，甚至挺讨人厌的近藤，居然也挤进了候选人的名单。因此，最终投票在他们三个人之间进行。

选举结果出炉之后，真是让全班同学大吃一惊。

大家都知道近藤不受欢迎，他的人气居然达到这种程度——着实让人吃惊。

最终，根据投票的结果，小冈以微弱的优势战胜了小森，当选为班长。

但落选的近藤，却发出了强烈的抗议。他说："在黑板上用正字计数还可以理解，不过有必要写出我的全名吗？"

担任记录员的老师解释道："对不起，正一，我并没有恶意，只是担心要是你一票都没有，就太尴尬了。"

第4话 机器人高尔夫球手

20XX 年，人类造出了一种划时代的机器人——会打高尔夫的机器人。

在那时，机器人在纯体能的竞技运动领域，早已超越了人类。但在重视细腻手感的球类运动中，似乎人类还占一些优势。

机器人高尔夫球手也是两条腿走路，乍看之下和人类一模一样。而且，它们也模仿人类，熟练地掌握了高尔夫的挥棒技巧。

那一天，人类的顶尖球手和机器人之间，举行了一场世纪之战。然而，结果却是人类球手以压倒性的优势，取得了比赛的胜利。

机器人球手回到研发员那里，脸上满是悔恨和失望的表情。

研发员说："好啦，好啦！不要摆出那副表情，这不是一个很好的结果吗？你如果战胜了人类，他们对机器人的戒备心就会大大提高，不仅无法继续做研发，连研究经费都可能拿不到了。因此，让人类活得志得意满，这再好不过了。"

接着，研发员靠近了机器人球手，关掉了隐藏在它腋下的"商务娱乐高尔夫"按键。

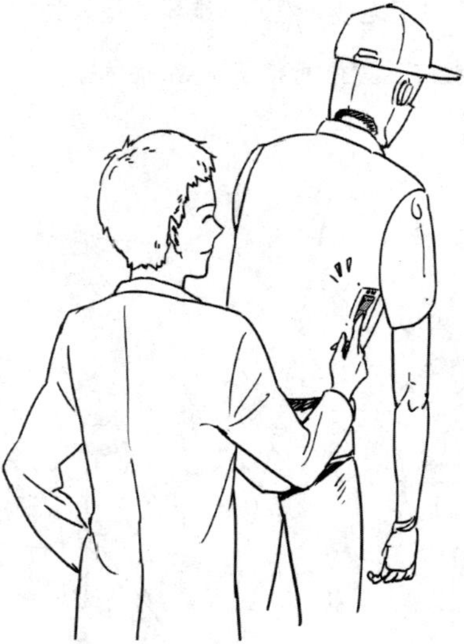

第5话 想成为一只鸟

一个男人站在高耸入云、令人头晕目眩的悬崖边上，渴望自己能变成一只自由自在的鸟儿，在碧空里展翅翱翔。

就在这一瞬间，男人忽然感觉背上有被贯穿的刺痛感，仿佛是隐藏在身体里的翅膀穿透了皮肤，显露在了外面。接着，他的身体也变得轻飘飘的，浮在半空中。

男人一边在空中拍打着翅膀，一边想："要是能抓个兔子之类的小动物带回家，孩子们肯定会很高兴。"

他之所以这么想，是因为看到半山腰上有一个很大的鸟巢，里面许多嗷嗷待哺的雏鸟正在吱吱地叫着。

第6话 鹦鹉的羁绊

这对年轻夫妇还没有生孩子，因此，丈夫买了一只小鹦鹉，将它当成小孩一样养。两个人一只鸟的家庭生活就这样开始了。

但是，鹦鹉并没能成为夫妇间的感情羁绊。

夫妇两人总是因为一些小事心生不快，关系也渐渐冷淡了。有一天，他们又开始闹脾气，大吵了一架。丈夫没忍住，朝妻子大吼了几句。

“为什么因为这么一点小事，他就要生气呢？”妻子一个人躲在卧室里大哭。

卧室里放着关着小鹦鹉的笼子。

女人对鹦鹉说："我和他可能没法再走下去了吧。"说着，她用手捂住了脸继续痛哭。

突然，女人耳边传来一阵尖锐的声音，但听起来并不像是人在说话。

"小美，对不起！我明明那么爱你，为什么总是那么固执呢？小美！"

"小美"是丈夫对妻子的爱称，她突然想到，有时候吵完架后丈夫也会躲进卧室里。她本以为丈夫总是对鹦鹉说自己的坏话，没想到真相竟是这样……

女人擦去了眼角的泪水，回到丈夫所在的客厅里，对丈夫说："对不起，我的脾气也太倔了。"

第7话 犯人的身影

眼前的民宅正在被大火吞没，而这场火灾正是我的“杰作”。

民宅的四周挤满了消防车，消防员们在拼了命地灭火，这场景真让人觉得滑稽。在警戒线的另一边，还有不少人在围观看热闹。我就躲在围观群众中，目不转睛地看着熊熊燃烧的火焰，这感觉好极了！

有些犯人会回到犯罪现场，这的确是千真万确的。我就是这样，大摇大摆地回到这里。

我知道回到现场的话，有可能被警方的监控设备拍到。犯人大摇大摆地出现在现场，也有可能会留下什么证据。但我绝不会犯这种错误，给警察留下什么证据。

正这样想着，两个警官突然紧紧地抓住了我的手臂："不好意思，能问你几句话吗？"

为什么他们要怀疑我？面对这突如其来的事态，我开始焦躁起来。

"我……我没什么可疑的啊。为……为什么非要找我问话不可呢？"

警官们也带着略微吃惊的表情说道："啊？没什么可疑的？你在火灾现场穿着黑色的连体紧身衣，找你例行问话是理所当然的吧？"

第8话 回忆的照片

80 岁的田中洋藏患上了不治之症，他也知道自己将不久于人世，因此失去了生活的希望，一直卧床不起。

此时在病房里，儿孙齐聚一堂，把一本精心准备的相册送给了洋藏。其中有许多家庭合照，大家围着洋藏，笑得非常开心。

“爷爷，今后让我们留下更多美好的回忆吧！”家人们说道，希望以此激起洋藏生存的斗志。

看着这些照片，洋藏似乎也重新燃起了活下去的勇气。就在此时，洋藏翻页的手突

然停了下来，望着一张照片，眼泪止不住地流下来。

相册里有许多幸福洋溢的照片，记录了家人们的欢笑。而其中有一张洋藏开怀大笑的照片，被放在这页的最上方。如果要选择一张最幸福的照片的话，肯定非它莫属了。

不过，这张照片上还贴了一张便条，上面的字写得格外大，即使老花眼的洋藏也能看得一清二楚——“遗像用”。

017

第9话 恶魔笔记

少年偶然捡到了一个黑色的笔记本，上面用白色字体写着“恶魔笔记”四个字。

少年翻开了封面，看到了这本笔记的使用说明，着实让人不寒而栗：只要在白纸上写上对方的姓名、死亡年龄、死亡原因，这一切都将如愿实现。

但是，按道理来说，即使对方是穷凶极恶的坏蛋，你也没有对他进行审判的权利。那么，不妨试试写上“安乐死”呢？

于是，少年来到医院，搜集患上不治之症或成为植物人的患者名单，把他们的名字一个一个地写到笔记本上去。

“20XX 年，铃木二郎奇迹般地从植物人状态中苏醒过来，后来在慢跑中心脏病发作而死。”

“田中洋藏将在重病后痊愈，在夏威夷庆祝 100 岁生日的时候自然死亡。”

即使想让别人能够长寿，但少年心里也很清楚，任意操纵别人的生命是巨大的亵渎。

但是，能够让病人多活些日子，让这些对生活失去希望的人，能在享受完人生的幸福之后走向生命的终点，这样该多好啊。

正是因为这样，少年已经有了让自己成为恶魔的觉悟。

第10话 满满一杯的愿望

男人在沙漠中遇险，濒临死亡。就在这时，男人的手不小心擦到了刚刚捡到的一盏油灯，突然，灯神从油灯里跑了出来，在男人面前现身。

魔神对他说："主人，作为您把我从油灯里释放的谢礼，我会满足您的愿望。您可以在这个杯子里装满所有想要的东西，无论是黄金、宝石，我都会奉送给您。"

然而，这时男人需要的并不是钱财，而是尽快喝点水来止渴。因此，他捏着自己干渴的喉咙，对魔神下令道："水……给我水！给我一整杯！"

很快，魔神向杯子施展了魔法，并把它递给了男人。

然而，只见杯中有一团东西密密麻麻地缠绕在一起，还在不停地蠕动，让人看得毛骨悚然。

“按照您的愿望，给您奉上了一整杯的蚯蚓。”* 魔神说完，瞬间就消失无踪，只剩下男人呆呆地站在那里。

* 日语中水由 mi 和 zu 两个发音组成，蚯蚓由 mi、mi、zu 三个发音组成。由于男人体力不支，把 mizu 发成了 mi……mizu，使得魔神误以为他想要的是蚯蚓。

第11话 无所事事的丈夫

他们结婚仅仅才一年，甚至仍可以被称作“新婚”，但妻子已经决定要与丈夫离婚。因为她彻底明白了，丈夫是一个什么都不想做，整日无所事事的人。

结婚以来，他一件家务都没有做过，连与邻居和亲戚交往都觉得麻烦。这一天，妻子走近正躺在沙发上看电视的丈夫，终于把离婚协议书摆在了他的面前。

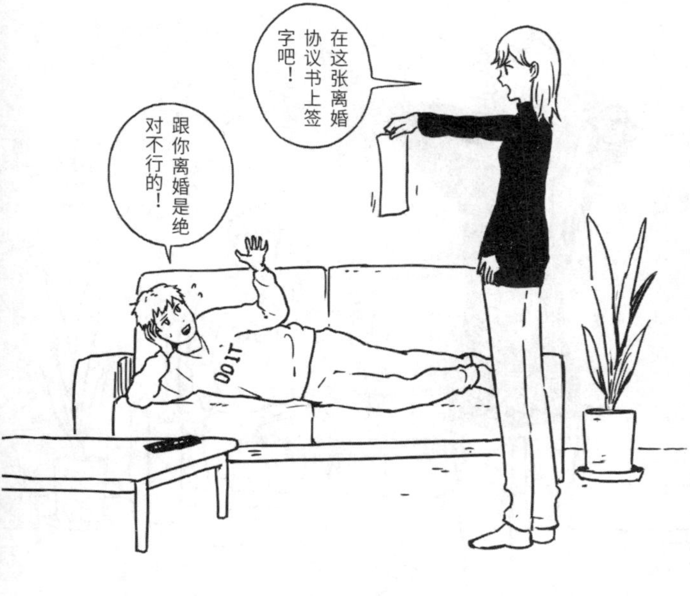

不出所料，丈夫似乎意识到了事情的严重性，一本正经地说道："跟你离婚是绝对不行的！不要突然说这种无理取闹的话！"

于是，妻子把结婚这一年来积攒的种种不满和愤懑，一股脑儿地全说了出来。

丈夫满脸困惑的样子，对妻子说道："你的不满我都能理解，但我还是不能和你离婚。实际上，由于比较忙，我连结婚申请书都还没提交呢。"

第12话 聪明小和尚的天性

受一位富商之托，小和尚一休准备前往他的府邸。

府邸门前的河上架着一座桥，桥上的告示牌写着，“请勿过桥”。然而，一休丝毫没有害怕，大摇大摆地走在桥的正中间。

不过，正当一休走到桥中央附近的时候，桥身突然吱吱作响，桥上的木板也裂开了。瞬间，一休跌落到河中，被一股急流冲走。正在桥的另一边准备迎接一休的富商，见状大惊失色，大声叫了起来："为什么要过这座桥啊？它马上就要坏了，我明明在告示牌上写了'请勿过桥'啊！"*

* 桥上的告示牌是用日语假名书写，未使用汉字。而汉字"桥"和"端"在日语中的发音都是hashi，因此一休自作聪明，误以为告示的意思是不让他走两边。

第13话 高明的作弊

在考试中作弊的家伙都是傻瓜，因为这无异于在警察的面前公然盗窃。

但虽说如此，我也并不想老老实实地学习，这对我来说完全是浪费时间。而我，想成为怪盗鲁邦，请多关照！

晚上，我偷偷地潜入了办公室。之所以如此顺利，是因为之前班主任弄丢过办公室的钥匙，而我捡到之后做了备份，并把原先的钥匙还了回去。

我在数学老师的桌子下面发现了考试题，并用手机拍下了试题。

第二天，数学考试之后，有一个学生脸上浮起了微笑。没错！正是那个自称“答题鲁邦”的男生。

不过，他的笑容中并没有得意，反而是对自己的嘲笑。他小声嘀咕道：“直到偷出试题为止都非常顺利，但昨天花了一晚上的时间也没能解出那些题……”

第14话 青梅竹马

惠美、孝一、弘树三人是发小。

然而，从进入高中之后，三人之间的关系发生了变化。孝一和弘树不再把惠美当作发小，而是一个亭亭玉立的女人。

有一天，孝一和弘树把惠美叫出来，对她说：“惠美！从我们俩中选一个做男朋友吧！今天就给我们一个答案！”

惠美感到十分为难，但又开口问道：“你们两个有多爱我呢？”

惠美听后想了想，说道："对不起！你们两人都不能做我的男朋友。"

孝一和弘树齐声问道："为什么？"

惠美冷静地回答道："你们看，孝一对我的爱是弘树的 10 倍，弘树对我的爱是孝一的 100 倍。这个等式成立的唯一条件，就是你们俩对我的爱都是 0。"

两人张大嘴愣在那里，惠美继续说道："而且，两个发小同时向自己告白，并且不得不从两个人当中选一个，这不是漫画中才有的剧情吗？除了你们之外，我的选择还有很多呢！"

第15话 聪明小和尚的本能

将军把傲慢自大的小和尚一休叫到跟前，对他说：“这块屏风里的老虎，每天晚上都会溜出来，让我非常烦恼。能否借助您的力量，把屏风里的老虎捆起来呢？”

听完将军这看似无理的要求，一休立即摆开架势，手里拿着绳子。他一边盯着屏风里的老虎，一边说道：“将军殿下，我已经准备好了。麻烦您到屏风后面把老虎轰出来，这样我才方便捆住它。”

因此，将军亲自来到了屏风后，用像长矛一样的棒子不停地戳屏风。正当将军感到不耐烦，小声哼哼之际，老虎突然从屏风中跑了出来。

一休对此已经做好了准备，只见他敞开了上衣，露出了发达的肌肉。面对老虎的咆哮，一休毫不畏惧，也怒吼道："别小看我！我可不只是个普通的小和尚！"

完全爆发出本能的小和尚，脸上浮现出愉快的表情，又朝着老虎猛扑过去。

第16话 体育盛会

在过去的一个时代，尽管总有人呼吁“让体育远离政治！”，但不可否认的是，体育确实深受国际形势变化的影响。

20XX 年，各国之间达成了一个划时代的条约，规定“干脆今后所有的国际冲突和外交问题都以体育竞技来定胜负”。而随着人工智能和视频分析技术的发展，科学家已经开发出相应的裁判和评审设备，几乎能做出公正的裁决。

在这一条约下，不会出现死亡和难民，因此越来越多的国家开始加入这一新体系。

因此，运动员的能力开始左右一个国家的兴衰，而他们在社会上的发言权也在不断扩大。

在国会中也是一样，多达半数以上的议席都是由现役运动员占有。正因为如此，一个又一个对运动员有利的法案被陆续表决通过。

今天，国会又要对一个类似的法案进行表决，在野党议员们用身体挡住主席台，希望阻止对这项法案的强行表决。但是，在体力上他们完全无法对抗那些训练有素的运动员。

一位被从后面勒住胳膊的在野党议员，满是哭腔地大喊道：“体育不要来干预政治！”

第17话 遇险

儿子已经30出头了，整天还是宅在家里无所事事。因此，我强拉着他出去爬山，希望通过大自然来驱散儿子心头的阴霾。最重要的是，在经历爬山的艰苦之后，我盼望和儿子之间的心理距离能够再拉近一些。

但在爬山的途中，天气骤变。虽说仍是秋天，但天上已经下起雪来。我们俩偶然发现了一个洞穴，便赶紧躲进去避难。然而，雪越下越大，我们被彻底困在了洞穴中。也就是说，我们名副其实地“遇险”了，情况十分危急。

这时，只见儿子用仇恨的目光盯着我。

困在这个洞穴里已经有一周多了，登山包里的食物也已经消耗殆尽。儿子由于又冷又饿，开始出现了幻觉。他一边看着我，一边舔舌头，好像把我当成了食物。

那天晚上，正当我睡觉的时候，突然觉得腿上一阵剧痛，不由得睁开了眼睛，只见儿子正在咬我的腿。

我怒不可遏，大声对他吼道："从今以后不要再啃老了！"*

* 日语当中"咬小腿"的惯用语意指"啃老，靠父母养活"，此处一语双关。

第18话 身高

在“最想变成的美颜排名”中，人气演员三浦祐介每年都能拔得头筹。他对自己的外貌有着绝对的自信，总是发表一些狂妄的言论，比如：“这世上还有比我更帅的男人吗？”

但是，三浦却很少能在电视剧或电影中担当主演。他认为这与自己的身高有关，暗中为此烦恼不已。

在朋友的帮忙之下，三浦成功地召唤出了魔神，向他苦苦哀求道：“拜托！让我再长高一些吧，只要 20 厘米就好！”

三浦的梦想实现了。

他的外貌仍然像以前一样帅，但身高转眼之间就长高了 20 厘米。因此，如他所愿，三浦在很多电视剧和电影中担当了主角，人气直线攀升。

然而，这种人气的大爆发，是三浦之前未曾料想到的。他在业界获得了一个独特的定位，即“上身很帅气，但比例非常滑稽的冒牌帅哥”。

为什么这么说呢？虽然三浦的总身高增加了 20 厘米，但他的下半身完全没有变化，只是他的头增大了 20 厘米。过去，他总被称作是“大嘴巴三浦”，现在他的外号变成“大脸三浦”了。

第19话 难懂的看板

为了采野菜，两个男人来到了山里。

在通往山谷的路上，出现了一条岔路。路边立着一个巨大的看板，每个路过的登山者都能看得清清楚楚，十分显眼。

虽然看板上写了“注意”二字，但却把重要的后缀省去了，完全搞不懂到底要注意什么。

于是，两个人沿着小道，继续向山谷方向前进。突然，前方蹿过一道黑影，树丛窸窣作响。

“有熊！”两人齐声喊道。

于是，两人都想起来刚刚那个难懂的看板，原来需要注意的是看板上画的那个可爱的小熊啊！

第20话 遭遇狗熊的二人

两人看到的那头狗熊，外表非常凶恶。由于和狗熊之间还有一定的距离，因此两人慢慢地向后退。

但不幸的是，其中一个人不小心踩到了枯枝，发出了声响。狗熊察觉到了声音，看到了试图逃跑的二人。

两人慌忙转过身逃跑，狗熊也以很快的速度在后面追赶。突然，其中一个人竟然蹲下来，开始系鞋带。

另一个人见状十分吃惊，暗暗想道，这个家伙难道完全不了解狗熊吗？因此，他大吼道："你在干什么啊，熊可比人跑得快多了！即使把鞋带系紧了，也不可能甩掉这头狗熊啊！"

"这……这种事我当然知道！我没有必要跑得比熊快，只要跑得比你快就行了！"男人一边用颤抖的双手系着鞋带，一边说道。

第21话 浪漫的科学家

在一场站立式酒会上，一位年轻女性邂逅了一位自称是“科学家”的男人。

因此，女人向这位科学家提出了一个问题：“随着汽车、铁路、飞机、邮政、电话、电邮等科学发明的出现，人类可以充分地节约时间成本。那么，你认为在节约时间成本方面，最重要的一项发明是什么呢？”

这位科学家答道："很遗憾，在节约时间成本方面，最伟大的发明并不是科学家创造的。"

接着，男人略微想了一想，又继续说道："作为一个科学家，这么说可能有点奇怪。不过，最节约时间成本的不是爱神丘比特的工作——一见钟情吗？"

第22话 怪物

阿染是一个普通的农家女，但她在背地里却被别人说成是“怪物”。

确实，阿染的外形并不好看，但她待人笑容满面、非常热情，性格也十分善良单纯。

但有一天，阿染听到了父母的悄悄话：“这孩子可是个怪物啊……”她万万没想到连父母都这样认为。

阿染整晚都在哭泣，并下定决心了结自己的生命。

她把头伸进绳圈，猛地踢开了脚下的凳子。

阿染失去了意识……不知过了多久，她清醒了过来。她终于知道自己确实是怪物，正确的说法应该是“辘轳首”*。

原来，在阿染晕倒失去意识的这段时间里，她的脖子跟着伸长了……

* 辘轳首是长颈妖怪的一种，在日本的江户时代流传甚广，通常以女性的形象出现，特征是脖子可以伸缩自如，与井边打水时控制汲水吊桶的辘轳把性质上颇为相似，故被称为“辘轳首”。

第23话 科学家失败的『告白』

科学家一句浪漫的话，似乎打动了年轻女人的心。因此，女人接着问道："像您这样的科学家，如果遇到一见钟情的人，会对她诉说什么样的情话呢？"

没想到，科学家却反问年轻女人："你相信有一种情话，女人听了之后，会觉得这个男人值得托付终身吗？"

听到这句话，女人的眼中似乎闪着光，答道："嗯！当然相信！"

科学家又想了一会儿说道："假设我对你说了这种话，那你可以和我交往吗？"

听完这句话，女人心中对科学家刚刚产生的好感，一瞬间就消失了。看起来，这位科学家不仅想节约"爱上一个人"的时间，也想省去"告白"的过程。但这正是恋爱中最重要的部分啊！

第24话 强大的武器

担任某个国家军事顾问的科学家，声称研发出了“超级武器”，并将相关人员聚集到了一起，以展示这款武器的威力。

这款武器是装置在胳膊上使用的，从中可以发射类似激光的光线，破坏力非常惊人。它可以贯穿所有东西，而且在破坏之后，其能量也不会有任何衰减。除此之外，破坏光线的突击速度更是超过了百倍音速，令人防不胜防。

为了做示范，科学家瞄准了海上的一艘小型军舰，向其发射了破坏光线。

只见科学家的手臂前方射出了一道光，瞬间就摧毁了海上的军舰。相关人员禁不住拍手叫好，欢呼声持续了十分钟以上。

在他们看来，这个武器还仅仅是个试验品，设计方案还停留在科学家的大脑中，将来如果能够实现量产的话，本国绝对会成为世界最强的军事大国。

正当大家做着美梦的时候，一道光线突然向科学家的背后迫近。原来刚刚科学家射出的光线，在绕了地球一周之后返回原地。光线将科学家炸得粉碎，接着又飞奔到海上，消失在人们的视线中。

第25话 新娘的父亲

一对父女在病房里抱头痛哭，魔神突然出现在他们的面前，对他们说："无论什么愿望我都可以帮你们实现。"

这对父女之所以痛哭，是由于父亲患上了不治之症，时日无多了。因此，父亲抱着小女儿，一边哭一边说道："我不敢奢求能治好自己的病，只求能看到我女儿出嫁的样子。您能否在女儿结婚之前，控制住我的病情不再恶化？"

从许下愿望的这天起，父亲的病情奇迹般地停止了恶化，连医生都感到非常惊讶。时光飞逝，转眼已过了20年，当时的小女儿已经成长为一个美丽、优雅的女性。

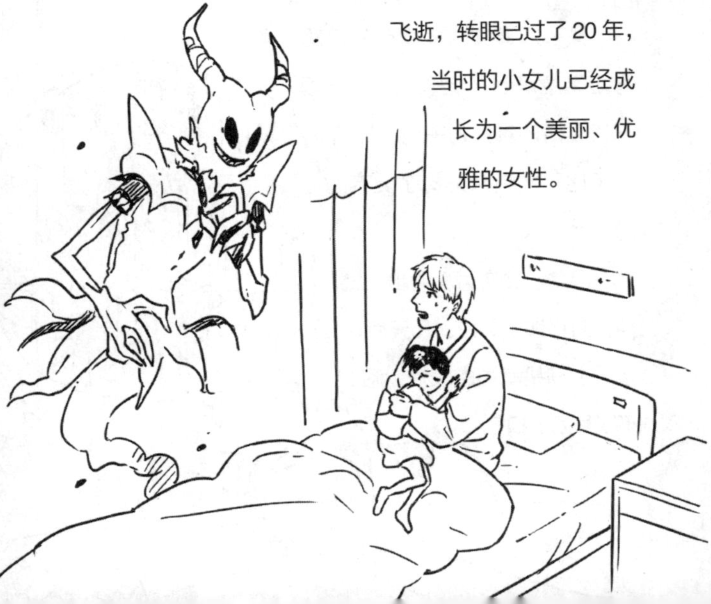

就在这时，女儿开始了一段刻骨铭心的恋爱。她带着男朋友去见父亲，父亲也认为他是一个非常温柔、坚强的男人，值得将女儿托付给他。

但是，此后过了好几年，女儿丝毫没有想与他结婚的意思。

有一天，父亲好像忽然想到了什么，眼前一片眩晕，差点就要摔倒。他意识到，当时对魔神许下的那个愿望，不正是对女儿巨大的束缚吗？“在女儿结婚之前，控制住我的病情不再恶化”，不正意味着“一旦女儿结婚，父亲很快就会死”吗？

父亲知道女儿既聪明又善解人意，肯定是意识到了这一点，才迟迟不肯结婚。对女儿来说，和婚姻相比，她毅然选择了父亲的生命。

因此，父亲再次叫出了魔神，向它许了愿望。几天后，父亲脸上满是幸福的表情，咽下了最后一口气。

第26话 父亲的遗产

在父亲的遗物中，我发现了一封留给我的信，上面有一句谜一样的诗："当光明与黑暗交汇的拂晓之际，会出现一条通往天堂的道路。"

我突然想到，家里的庭院有一处地方，在春分日当天的黎明，总有一束阳光穿透树林，像聚光灯一样直射那里。

因此，我挖开了这块地方，发现下面埋着一个大箱子，似乎真的藏了什么宝藏。箱子里藏着……

一群声称来自“国税局调查部”的男人围住了我，其中一个人对我冷冷地说：“这就是你从院子里挖出箱子，从中获取大量钞票的理由吗？”

接着，站在他旁边的一个年轻男人，用一种自以为是的口吻对我说：“国税局已经掌握了你藏匿财产的位置！我们一直都在进行秘密调查，最近放了一些假消息，就说国税部门马上要开展入室调查，引诱逃税者改变隐匿财产的位置，你果然上当了！”

第27话 决断

泽田从社长室里狠狠地摔门而出，办公室里顿时弥漫着一种紧张气氛。

同期入社的山本，马上走到泽田跟前，小声问他："喂喂！刚刚怎么了啊？"

泽田似乎无法抑制内心的愤怒，用几乎全办公室都能听得见的大嗓门吼道："如果社长不收回刚刚的话，我不得不辞职！"

山本一边用眼角的余光盯着社长室，一边用安抚的语气问道："别着急，到底怎么了啊？社长说了什么？"

泽田深吸了一口气，似乎跟刚刚相比完全变了一个人，一脸惨兮兮的样子，向山本哭着说道：“社长啊……他说我已经没用了，要解雇我……”

第28话 公司的齿轮

12月2日早上——

泽田对着社长说道："为什么非把我从这个项目中拿掉不可？"

泽田这个人可不管对方是不是社长，总是想把内心的话一吐为快。他接着说道："我没法接受！而且，居然要用一个新人来取代我，难道我只是公司里一个毫不起眼的小齿轮吗？"

一直默不作声的社长似乎为了让泽田冷静下来，用轻柔的声音说道："泽田，我并不认为你是公司里的一个小齿轮。"

泽田追问道：“那究竟是为什么呢？”

社长继续轻声说道：“泽田啊，所谓的齿轮，是非常重要的东西，缺了任何一个，机器就无法运转。现在的你，应该起不了齿轮的作用吧？”

社长接着说：“你之所以不想被排除在这个项目之外，是不想承认即使没有你的存在，项目依然能很好地落实吧？也想逃避新人比你更加优秀的事实吧？”

紧跟着，社长一改之前的态度，用几近怒吼的声音向泽田厉声说道：“你要是听不进我的话，就从这个房间、从这间公司滚出去吧！”

第29话 两人份的工作

12月1日——

今天是和社长商讨调整年薪的日子。山本下定决心：“应该说的话，就明明白白地跟社长讲清楚！”

因此，山本向社长明确地说道：“我们部门每年都能完成营业额的目标，说白了，就是因为我一个人干了两个人的活儿！我就不拐弯抹角了，希望您能给我涨薪，哪怕提高2倍有困难，至少得给我涨1.5倍吧！”

但是，面对山本的攻势，社长似乎不为所动。

正当山本快要放弃，准备从社长室出去的时候，社长说话了。

他说："山本啊，我对你的贡献表达深深的谢意，但很遗憾，我没有办法给你加薪……"

接着，社长略带刁难地继续说道："你刚刚说自己做了两人份的工作，也就是说你实际上替某个人承担了工作吧？只要解雇了那个人，就很有可能给你涨薪了！"

社长这番冷酷无情的发言，着实让山本感觉不寒而栗。但山本并不打算认输，他嘴角浮起了冷笑，对社长说道："社长，我怎么会背叛我的同事泽田呢？就算拿枪指着我，我也不会泄露泽田这个人是个不中用的废物。"

第30话 爱的传说

我爱慕的男人，是和我同属一个空手道部的主将大山前辈。

大山前辈目前应该是单身，但我并不知道他想不想谈恋爱，因为他的眼中似乎只有空手道。

因此，我以训练为借口，把大山前辈约到了公园。关于这座公园有一个传说，据说两个人如果挽着胳膊在喷泉前拍照，就可以成为情侣。

我下定决心，开口说道：“前辈，我们挽着胳膊拍张照片怎么样呢？”

大山前辈爽快地答道：“好啊，这太简单了！”

果然，大山前辈的头脑中完全没有“恋爱”两个字，他只顾挽着我的胳膊，跟我拍了这张合照。

我感到有些难过，也有些难为情，但即便这样，我依然相信这座公园的恋爱传言。因此，我鼓足勇气，直接向前辈表白：“前辈，请和我交往吧！”

大山前辈摸着我的头，对我明确地说道：“我知道了，听你说这句话我很开心！”

但是，我并不确定大山前辈是否完全了解了我的心意，心中一直惴惴不安。原来，在今天的训练中，前辈穿着道服对我说道：“任何时候都要做好正面迎击的准备！首先是直拳突击！”*

* 日语当中“交往、谈恋爱”和“正面迎击”的读法都是 tsukiau，大山前辈产生了误解。

第31话 交通规则

虽然仍亮着红灯，但儿子依然想冲到人行横道上，走到马路的对面。母亲见状，严厉地对他说：“你要好好地看信号灯啊！红灯的时候，行人是绝对不能过马路的。跟你说了好几遍了，听明白了吗？”

儿子噘着嘴，略带不满地说道："妈妈，红灯停、绿灯行的交通规则，我早就知道了！"

接着，儿子有点生气地说道："但在这座小岛上，加上我们家，总共也只有四户人家居住啊！我们四家谁也没有车，马路上也没有任何车辆，既然如此，等待红灯不是根本毫无意义吗？"

这时，母亲的态度开始变得柔和，对儿子说道："未来你还是要走出这座小岛，去大城市里闯荡吧？大城市里车来车往，我必须要让你从小养成等待红灯的习惯，这是我作为母亲的责任。"

第32话 最后的爱情

既不顾家又很任性，总是给母亲添麻烦的父亲，最近患上了老年痴呆症。

父亲患病之后，行为跟之前变得完全不同。他每天都围着母亲转，像年轻男女一样打情骂俏，让作为子女的我看在眼里也觉得难为情。

但是，这或许就是父亲内心深处对母亲的真实情感吧！

母亲虽然感觉有些烦扰，但还是尽心尽力地照顾着父亲。

后来，父亲被查出已是癌症晚期。虽然他在世的时候不怎么顾家，但在临终前的一段时间里，母亲仍对他悉心照料，父亲就这样安详地离开了人世。

想必，父亲的这一生过得还算幸福吧！

医生平静地告诉我，我已是癌症晚期，只有不到一年的生命了。

听完之后，我首先想到的是，必须要报答妻子对我这么多年的恩情，我才可以安详地死去。

一直以来，我都很少考虑妻子的想法，恣意妄为。外人看来，我似乎并不爱自己的妻子，但只有我自己知道，我一直都深深地爱着她。在余下的一年中，如果能把这份爱意传达给妻子，那我就心满意足了。

但是，即使我对妻子这么说，她也会认为我是为了让她照顾我而编造的谎话吧。但我听说，如果患上老年痴呆症的话，就可以展现真实的自我。

因此，我决定隐瞒自己癌症晚期的事实，假装自己得了老年痴呆症，这样就可以不受怀疑地向妻子传达爱意了。

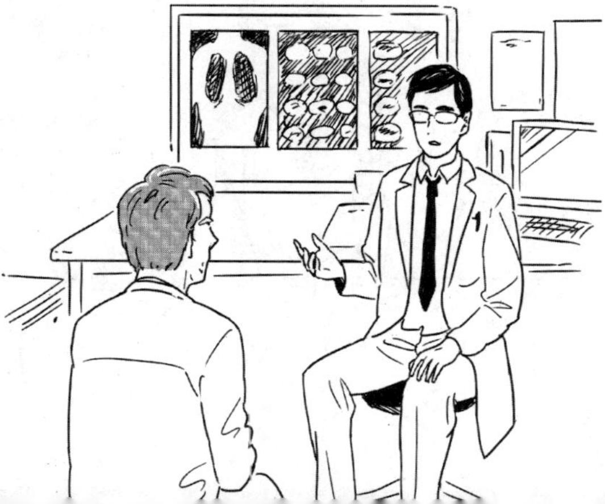

第33话 降伏恶龙

如果击败这头恶龙的话，就可以从它的手中拯救村子。

现在，恶龙就站在年轻勇士的面前，但他却丝毫不畏惧。

原来，他已经掌握了降伏恶龙的咒语。只要听到这句咒语，即便它是一头龙，也会立马变成一只小老鼠。

于是，年轻勇士朝着前方的恶龙，念出了纸上写的咒语。

被施加了咒语的恶龙，瞬间变成一只小老鼠。

不过，同样听到自己所喊咒语的年轻勇士，也变成一只老鼠。

于是，攸关村子生死存亡的“老鼠之战”，现在开始上演了！

第34话 兔子脚

儿子即将独自一人去远方旅行，因此父亲打算送给他一个护身符。父亲说："这个东西叫兔子脚，顾名思义就是用兔子的脚做成的护身符。"

儿子看起来似乎完全不感兴趣，盯着护身符看了一会儿，然后对父亲说："我不需要这个，还是还给你吧！"

父亲似乎有点生气，教训儿子说："兔子脚可是很有名的护身符啊！我手中的这块也是你爷爷送给我的，我一直用心珍藏。所以直到现在，我从没遇到过什么意外，也没得过什么重病，这都多亏了这块护身符啊！"

儿子嘀咕道："但我觉得，它并没有什么用啊……"

父亲生气地说道："你怎么这么说话？刚刚不是说了吗，正是在这块护身符的庇佑下，我才一直没遭遇任何意外！"

不过，父亲突然意识到，儿子一定是担心一旦拿走了护身符，会连累父亲遭遇灾祸，而正处在青春期的儿子对此羞于开口，才百般推脱。

然而，儿子接下来的一番话打破了父亲一厢情愿的想法，他说："如果兔子脚真的能摆脱灾祸的话，那我倒想知道，被取下这只脚的兔子现在怎么样了？"

第35话 王国美女连环杀人事件

在这个王国里，暴发了专门以美女为目标的连环杀人事件。

最常用的手段是毒杀，犯人向被害者家中送去混有毒物的食物，以夺取其性命。

这周全国各地已经有 70 多位年轻女性不幸受害。

在王宫里一间极隐蔽的地下室中，王妃似乎正在一个人喃喃自语。不对，准确地说，她正在和面前的镜子交谈。

它真的是传说中的“魔镜”，抑或一切都只是王妃的幻想，事到如今谁也没有答案。

第36话 不用害怕大灰狼

三只小猪是兄弟，大哥造的茅草房、二哥造的木头房，都被大灰狼轻易地吹倒了。兄弟俩连忙逃到被他们看作傻瓜的三弟的砖房中。

无论大灰狼怎么使劲，都没法撼动这座砖房分毫。

但天黑之后，屋顶上突然传来一阵脚步声，三弟警觉起来，迅速点上壁炉的火，并在上面架了一口大锅，锅中的热油不久开始沸腾，咕嘟咕嘟作响。三兄弟屏住呼吸，静待大灰狼自投罗网。

好像有什么东西嗖的一下穿过烟囱，掉了下来。接着，房间里响起了凄厉而又绝望的叫声："好烫、好烫，快来救救我！"

只见一个穿着红衣服、蓄着白胡须的老爷爷，扔掉了手中装满东西的口袋，一溜烟地跑出屋外。

在那之后的3年间，据说全世界的孩子们再也没有收到过圣诞礼物。而圣诞老人也对爬烟囱产生心理阴影，并导致烟囱房渐渐消失，但这都是后话了。

第37话 可靠的男朋友

沙耶香的男朋友非常值得依靠。

过去，他俩只是普通朋友，但沙耶香有一次差点被一个年轻男子绑架，他没有依靠警察，而仅凭一己之力找到了沙耶香，帮她脱离险境。

他对沙耶香说：“当你遇到困难的时候，我一定会现身相助！”从那以后，他们两人就开始交往了。

有时候，当沙耶香被突如其来的暴雨淋湿时，男朋友也会突然开车来接她。

很奇怪的是，沙耶香的手机似乎并没有定位功能，而

即使她不带手机，当遇到困难的时候，男朋友也总会及时出现。

有一天，对此一直感到不可思议的沙耶香，询问男朋友是如何做到的。

他看起来并不想隐瞒，也没有任何顾虑，平静地对沙耶香说：“咦，我以前没有告诉过你吗？我为了知道你的位置，特地在你的后脖颈上装了一个超小型的 GPS 定位器。不过，这一切都是在你喝下我放的安眠药之后做的，难怪你不知道啊！”

第38话 儿子的礼物

他独自一人把儿子拉扯大，同时又经营着一间公司，非常辛苦。

这些年来，儿子送给他不少礼物，而他最喜欢的是一套手写的“捶背券”。每当他倦容满面地下班回家，总可以使用这张券让儿子给自己捶捶背，共享天伦。

这对他来说，不仅是心灵上的疗愈，也是和儿子交流的宝贵时间。因此，他像宝物一样珍藏着这些券。

不知不觉，他的头发早已花白，儿子也长大了，他决定今天用掉最后一张券。

作为公司社长的父亲，突然递给儿子一张纸片，原来这是儿子小时候亲手给父亲做的礼物。

接过父亲手中的“捶背券”，儿子禁不住哭着说道：“爸爸，这些年来感谢您的照顾，您辛苦了！不过，按照您的经营方式，公司迟早会垮的。今后您就卸下肩上的重担，放心把公司交给我吧！”儿子一边说着，一边轻轻捶了一下父亲的肩膀。*

* 日语中“捶背”一词，有劝说公司员工辞职、走人的意思。

第39话 宇宙来客

一支庞大的宇宙舰队正在向地球靠近。

最初发现这一情报的，是在宇宙开发、观测领域居于领先地位的某军事大国。他们预估一年之后，这支宇宙舰队将到达地球。

因此，有人提议目前各国应摒弃争斗，组建“世界政府”，来共同对抗宇宙人的攻击。

但各国对由谁来主导世界政府产生了分歧，全球各地不断爆发战争。各国都认为应当由自己担任领袖，来守护地球的安全。

当宇宙舰队路过地球这个被水源覆盖、郁郁葱葱的珍奇行星时，侦察员向队长报告了情况："根据侦察队一年前的调查，这个行星有强烈的生命反应，但如今已经探测不到任何生命迹象。这个星球上 99% 的生命体都因为放射性污染而灭绝了。"

队长看起来漠不关心地说道："哦，这样啊。不过，这个星球上本来就是一些低等、野蛮的两脚步行动物吧？我对他们完全没有兴趣，而且我们还有可能感染未知的疾病，还是抓紧走吧。话说，从一开始我们就没准备在这里停靠吧？"

第40话 隐身的男人

我获得了隐身的超能力，班上的同学似乎都看不到我的存在。

因此，我可以肆无忌惮地猛踢讨厌的人的屁股，并把杯里的水浇到他们的头上。

大家对这一突发状况备感惊讶，教室里也出现了一阵骚动。这并不奇怪，他们只能看到一只杯子悬在半空中，吃惊是理所当然的。

在班上被当作欺凌对象的男同学，朝别人头上浇完水后扬长而去。突然有人大喊道：“够了！我们别再故意无视他的存在了！大家把他当成‘空气’之后，他反倒越发显得洋洋得意了！”

接着，又有人说道：“没错！他仗着幻想中的‘隐身能力’，认为大家对他无可奈何，自己可以随心所欲地想干吗就干吗。我可不想再继续惯着他了！”

第41话 最棒的食材

一位环游世界各地的美食家，专程来到位于深山里的一间餐厅，据说这家店的料理会让你忘记之前吃到过的所有山珍海味。

餐厅的主厨对他说：“为了获得最棒的食材，你也必须得付出点努力哦！”因此，主厨带着他一起走进深山“寻宝”，据说只有吃得苦中苦，才能获得美味佳肴。

二人一整晚都在山林中游荡，由于过于饥饿和疲劳，美食家几乎快要晕过去了。

突然，主厨说道：“我们到了！”他勉强睁开眼，原来已经回到了昨天的餐馆。

此时，他已难以抑制内心的愤怒，但主厨却笑着说："在你发牢骚之前，先尝一尝这碗汤吧！饥饿才是最好的调味料，不是吗？"

但他尝了一口后发现，味道平平无奇，反倒是一股强烈的睡意和眩晕感袭来。

此时，主厨像一只猫一样"喵喵"地笑着，不时用舌头舔舐嘴唇。他强打起精神，突然意识到——这家餐厅名叫"山猫轩"，这不正是宫泽贤治的小说《要求太多的餐馆》* 中出现的那家店吗?

主厨似乎看穿了他的想法，冷笑着说道："客人啊！这家店的料理之所以有名，并不是对你们人类而言，而是对我那些深山里的妖怪伙伴们哦！"

* 宫泽贤治《要求太多的餐馆》一书，讲述了一家名为"山猫轩"的餐厅，店内规则千奇百怪，最后顾客往自己身上撒盐才发现上当受骗，自己不经意间已成为这家店的"食材"。

第42话 跟踪狂

在恋人黑化为“跟踪狂”之后，沙耶香不得已逃到地方上的小城市，以躲开前男友的纠缠。

从那以后的几年间，她终于过上了平静的生活，并交上了新的男朋友。他具有前男友的一些优点，但和讨人嫌的“跟踪狂”完全不同，是一位优雅的男士。

但令沙耶香担心的是，前男友可能会迁怒于她的现任男友。因此，她雇用了一位侦探，成功地在前男友的手机中安装了 GPS 定位装置。一旦他进入半径 500 米的范围之内，沙耶香就会收到警报，并在地图上看到他的实时定位。

今天是两人约会的日子，但最糟糕的事情发生了。

她的手机突然收到警报，看来前男友已经发现她的藏身之地了，正在不断向她靠近。

沙耶香想：“他的目标到底是我，还是我的男友？如果是我的话，我只要逃跑就行了。但如果是我男友的话，我必须抓紧让他预先防范！”

然而，男友的电话却始终打不通。“不会吧！难道他已经被……”沙耶香不禁打了一个冷战。

显示器上前男友正在不断向她靠近，她赶忙找到一个隐蔽的地方躲起来，屏息观察着周围的情况。

终于，他到了！

然而，奇怪的是，眼前出现的并不是前男友，而是沙耶香的现任男友！他四处张望，似乎在等什么人。

沙耶香满腹狐疑：“侦探确实告诉我，他偷偷潜入了前男友的房间，在他的手机里安装了 GPS 定位装置啊！”突然，她倒吸一口凉气：“难道前男友整容了，他们根本就是同一个人？！”

事到如今，沙耶香别无选择，只能悔恨自己有眼无珠！

第43话 终极控制

为了在地球上扩张，并进而控制人类，一场特殊的会议召开了。

“我们的目标是成为‘被喜爱的统治者’！如果仅凭蛮力而使对方屈服，只会徒增仇恨，不仅无法真正地支配人类，反而会进一步激起他们的反抗欲！！但如果能把自己变成人类喜爱的样子，无论表现得多么残暴，人类都会乖乖地成为我们的奴隶。这样的话，我们就可以建立对人类史无前例的终极控制！”

友美刚下班回到家中，赶忙用哄小孩的语气，跟自己的爱猫说话：“抱歉小咪，我马上就给你做饭哦！”

友美心想：“即使自己吃得随便一点也没关系，但一定要让小咪吃得开心！”

但好不容易做出来的饭，小咪却一下也没碰，反倒用腿踢飞了饭盆，一脸不高兴。

友美抱起了小猫说：“小咪，别生气，妈妈马上给你做更好吃的饭哦！”说着她又贴了贴小咪的脸颊：“真是太可爱啦！”然而小猫似乎并不喜欢过于亲密的举动，一边挠着友美的手，一边迈着小碎步走出房间。

客观来看，刚刚发生的一切真是太荒唐了，人类简直成了小猫的奴隶。但友美却心甘情愿地成为铲屎官，毕竟小咪实在是太可爱了！

第44话 想屋里的女人

年轻人离开乡下，跑到东京工作已经快一年了。他在工作中总是被批评，满是痛苦的回忆。然而，最近让他备受折磨的是，他的独居公寓中居然发生了灵异事件。

有时候，在窗玻璃的倒影中，他会看到一个长发的女人正站在那里。虽然他无法看清女人的脸，但能感觉到她的表情十分悲伤。奇怪的是，每当他心惊胆战地回头，想看清楚时，女人就立刻消失了。

她是鬼吗，还是跟踪狂？为了一探究竟，他在家里安装了摄像机。终于，他在录像中有了惊人的发现。

原来，录像中拍下的人，竟然是他的母亲。

或许是因为真相大白，他的脸上开始洋溢着笑意。接着，他对录像中的妈妈说道：“妈妈，为什么您要这么做呢？既然来到了我的房间，为什么不明白地告诉我呢？”说着，他的声音开始哽咽，泪水打湿了眼眶。

他用颤抖的声音接着说道：“妈妈，您是来保护我的吗？是因为担心我受不了压力而自杀，才一直在身边照看着我吧？您放心吧，虽然工作很辛苦，但我绝对不会认输！”

接着，他对着客厅里的照片，双手合十祷告。照片中正是5年前去世的母亲，她直到最后仍向儿子展现了自己的乐观与微笑。

第45话 复仇者

正是眼前的这个男人背叛、欺骗，并最终逼死了父亲，无依无靠的两名孤儿对着他愤恨地说道：“我们绝对不会原谅你！一定要让你也尝尝受骗的滋味，这辈子吃尽苦头！”

但男人毫不在意，笑着说道：“能做到的话就试试看呀！小心报仇不成，反落得跟你们父亲一样的下场！”

时光飞逝，在男人的结婚典礼上，他突然发现两名孤儿正在远处盯着自己。此后，在他就任公司社长的仪式上，又看到长大后的两名孤儿在附近静静地看着他。

“看来他们已经盯上我了！”他暗自心想。

时移世易，当年的两名孤儿，如今已经成长为出色的社会人。这天，哥哥和结婚后很久没见的妹妹重逢。妹妹问：“哥哥，我们还要继续复仇吗？”

哥哥答道："当然了！每当他人生的重要关头，我们就要出现在他的面前，什么都不用做，只要静静地看着他就好了。"

"这有什么意义呢？当初我们不是还信誓旦旦地说让他尝尝被骗的苦头吗？结果，我们不是什么都没做吗？"妹妹反问道。

哥哥平静地说道："我们不值得为了他这种人去犯罪，但现在所做的一切都是有意义的。他的后半生会一直担心被别人欺骗，因而无法相信任何人。他的家庭会因此破裂，在公司也会被逐渐孤立，精神压力会越来越大。他一直等着我们去'骗'他，但只要我们什么都不做，就是对他最大的'欺骗'了！"

第46话 信

雨果的新小说《悲惨世界》正式发行，但他却一直担忧新书的销量，心中一直惴惴不安。因此，他给出版社写了一封信，信上只有一个大大的问号。

出版社的编辑收到雨果的信，很快给他写了回信。

雨果从信封当中取出编辑的回信，顿时放心下来。

原来，回信上只有一个大大的感叹号。

果不其然，《悲惨世界》迅速席卷了世界，成为热门畅销书。

第47话 减肥

魔神对男人说："无论什么愿望我都可以帮你实现！"

但男人用轻蔑的口气答道："财富、智慧、爱情、工作、权力、健康……这些我全都有了，没有什么想要的。"

看着魔神略微沮丧的表情，男人继续说道："既然如此，那让我稍微瘦一点吧！最近感觉自己稍微有点胖，你就让我一周内瘦掉10公斤吧！但是，我不想让别人以为我做了美容整形，所以请让我看起来自然一些。而且，我也不想让别人在背地里讽刺我大费周章地减肥，而希望大家看到我瘦下来后都发自内心地高兴。

睁开眼后，男人发现自己躺在医院的病床上。他看了看墙上的日历，正好过去了一周。他拿起床边的小镜子，发现自己的胡子长了，面容也消瘦了不少。

他心想："或许是为了让我瘦得更加自然，魔神才安排我生了一场病吧……不过，这怎么说也有点犯规了吧？我哪里看起来自然了？"

此时，医生突然走进病房，吃惊地说道："啊！你已经醒了啊，太好了！你这周一直在昏迷，不过能从这么严重的交通事故中生还，大家一定都会很高兴的！"

"交通事故？难道不是普通的疾病吗？"男人满腹狐疑。

医生接着向他解释道："很遗憾，虽然你失去了右腿，但能保住性命，已经是天大的奇迹了！"

"失去了右腿？！"男人失声喊道，他这才意识到这个残酷的事实。不过，一条右腿的重量，不正好就是 10 公斤左右吗？

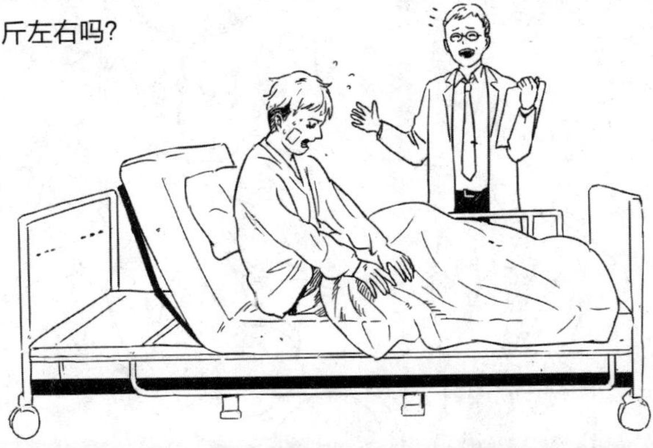

第48话 一举逆转

“你根本不是我的孩子！你要是这么不听话的话，就尽早从这个家滚出去！”

父亲简直怒不可遏，心中也十分纳闷儿：“我小时候从没这样被训过，这孩子怎么跟我完全不一样呢？”

面对气冲冲的父亲，儿子似乎一点也不怕，表情十分淡定。这种态度无异于火上浇油，父亲大吼道：“你在听我说话吗?！”

在一瞬间的安静之后，房间里突然响起了一阵奇妙的声音。

原来，正当父亲对他说教的时候，他不小心放了一个屁，这简直就是一种羞辱！

父亲的脸开始涨得通红，弯下身子，猛地抱起了身体已经僵直的儿子。他的表情哭也不是、笑也不是，十分激动地说道：“你果然是我的儿子！你的屁和我的屁的味道几乎完全一样啊，都是如此浓烈！”

第49话 大企业的死角

这家公司几乎每层都有1000多名职工，是一家名副其实的大企业。

职工们不分昼夜地工作，1年365天，1天24小时，办公室的灯光从未熄灭过。

由于职工不断增多，公司决定搬入一个更宽敞的大楼中，而公司旧址将被爆破拆除。

爆破人员正在进行最终检查，确保楼内无其他人员进入，此时他突然发现某一层厕所隔间的门是关上的。由于门锁已坏，他只好用工具从外面强行撬开门。

然而，打开门后爆破人员却大吃一惊，吓到全身瘫软在地。原来，一具僵尸正坐在马桶上。而他正是一年前由于突然不来上班，而被公司直接开除的员工。他大概是在上厕所的时候心脏病突发，就这样默默地死去了。

最近的年轻人总会无故缺勤，也没有成家，因此即使他们消失了也不会有人在意。而且，公司的员工和清洁工也说，他们都认为那个厕所隔间从来没人使用，但谁也不会想到竟然有人死在了里面。况且，大家都很忙，没有闲工夫理会这种事。

第50话 白道

母女二人正准备走过交叉口，前方的自动栏木突然降了下来。随后，栏木前方出现了一道强光，但又转瞬即逝。

似乎没有什么东西通过，但栏木又再一次地升起了。

女儿感到不可思议，向妈妈问道："为什么明明没有列车通过，道口却关上了呢？还有，刚刚那一瞬间刺眼的光芒，到底是什么呀？"

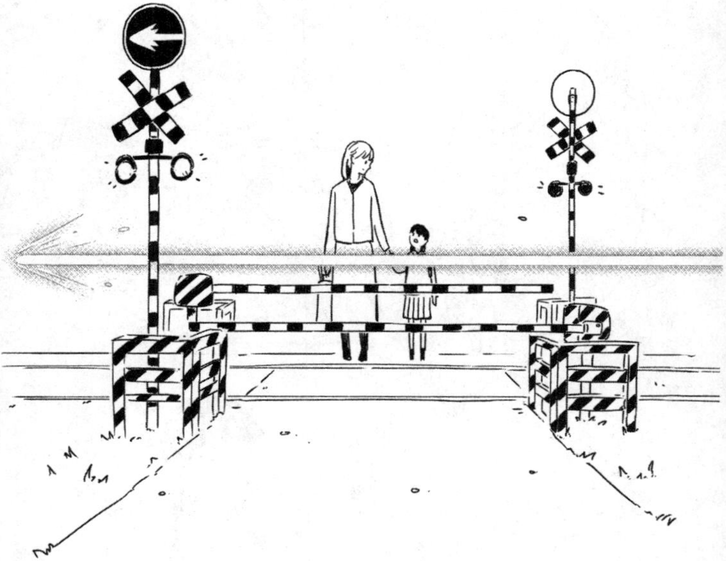

“对啦，这是绘里第一次看到‘白道’啊！”妈妈说道。

女儿从没听说过这个东西，继续问道：“‘白道’？”

“是啊！十几年前曾经有一个愚蠢的科学家，制造出一把可以贯穿一切的激光枪。在他试射之后，激光毫无阻拦地环绕地球一圈，还把科学家炸了个粉碎。从那以后，激光一直不间断地绕地球穿行，它通过的轨道就被称作‘白道’。因此，每当激光快要通过的时候，交叉口都会禁止通行。”

第51话 完美的妻子

博士此前一直在幻想，到底何时才会遇到“完美的女性”呢？然而他最终意识到，这样的女人是并不存在的！

“既然在现实中不存在，那我就造一个吧！”因此，博士创造出一个在容貌、性格、头脑等方面都堪称完美的机器人，希望她能成为自己的妻子。而且，他还在感官、对话、料理等方面不断提升机器人的性能。

有一天，博士突然意识到，这样一个完美的女性，真的会选择自己这样一个中年男人结婚吗？如此缺乏审美的女人，恐怕也很难配得上“完美”二字吧？

因此，他认为自己扮演“父亲”的角色更为合适，决心再为女机器人创造出一个“完美的男朋友”。

然而，有一天他又意识到，如果有他这样一个老不正经的父亲在身边，“女儿”肯定会感到耻辱，无法与她的完美男朋友结婚吧？因此，他留下了一封信，从“女儿”的面前彻底消失了。

信中写道：“我并不是你真正的父亲，我们就此别过吧！”

第52话 杀了十次人的男人

法庭上正在审判一桩跟踪狂杀人事件。一个年轻女性在分手后被前男友不断纠缠，最终惨死在他的利刃之下。

检察官认为应当对被告人判处死刑，但辩护律师愤怒地回应道：“被告并未犯下这么大的罪，他仅仅杀了一个人就被判处死刑，这在之前的判例中是从未有过的！”

检察官盯着律师厉声说道："律师先生，你刚刚说他只杀害了一个人。但根据解剖报告来看，她的身体上有十几处致命伤！"

检察官缓了一下，继续说道："也就是说，被告至少杀害了被害人十次之多！而且，请你收回'只杀了一个人'的说法，任何人都是一条珍贵的生命，也只有一次人生！"

第53话 宇宙监狱（全景监控）

这颗行星专门用来矫正罪犯的行为，以帮助他们重新做人。囚犯们虽然可以在这个星球上自由生活，但却始终被大量高科技的卫星摄影机实时监控。不管他们在这个“监狱星球”上犯下了多么小的罪，都会受到卫星的直接攻击，因此一命呜呼的例子并不少见。

由于囚犯们意识到自己正在被监控，犯罪行为不断减少，达到了矫正的目的。

然而有一天，母星上发生了战争，由于各方失去理性使用了“终极武器”，母星从宇宙中彻底消失了，只剩下“监狱星球”孤零零地存在着。由于先进的机器设备都陆续停止运行，囚犯们只能过上原始人般的生活。

此后过了几十万年，过去的监控系统早已瘫痪，但囚犯们的子孙在这颗“监狱星球”上逐渐发展出自己的文明，摆脱了原始人的生活。

“喂！隆太！点心店的老奶奶又睡着啦，旁边一个人都没有，我们趁机偷些点心吧！”

“这可不行，天神大人正在看着我们呢！”

“什么？哪里有什么天神大人啊！再说，天神为什么要监视我们呢？”

“虽然不知道原因，但我总有一种感觉，天神一直在看着我们，如果我们做了错事，他就会毫不犹豫地对我们降下惩罚！”

第54话 新的人生

医生缓慢地解开了年轻女人身上的绷带。女人看着镜子中的自己，完全是一张陌生的脸。她似乎注定要抛弃过去的自己，想到这里，她禁不住大哭起来。

此刻的她泪水决堤，想止也止不住，连她自己都吃了一惊。

但是，为了逃出“那个人”的魔掌，似乎只有这个办法了。

为了做最后确认，医生问道：“沙耶香，你真的决定了吗？从明天开始，你就会舍弃现在的一切，用‘山田遥’的名字开始新的人生。”

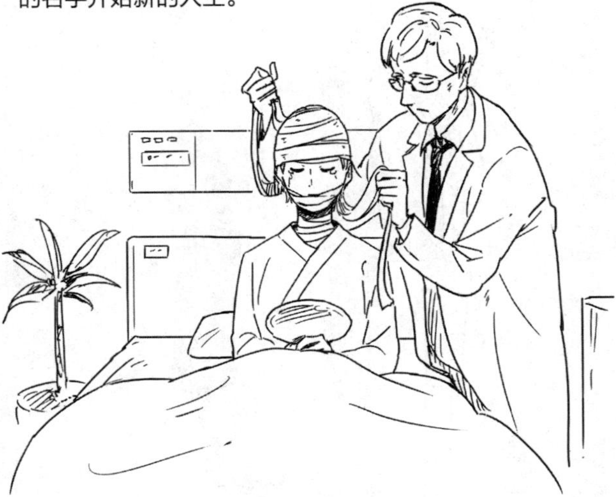

沙耶香擦去眼角的泪水，用力地点头。

原来，3 年前沙耶香惨遭“跟踪狂”前男友用刀刺伤，她奇迹般地捡回了一条命，而前男友则被判处 20 年有期徒刑。

沙耶香并没有因此而放心，前男友出狱之后，她依然要担惊受怕地生活，时刻防止被报复。

因此，政府为了救助这些受害者，出台了一项制度，可以帮助他们登记死亡信息，并给予他们新名字和户籍，以开始新生活。沙耶香毫不犹豫地接受了这个方案。

第55话 年轻气盛

父亲对儿子说道："记得当初刚结婚，你妈妈还没有怀孕的时候，我由于年轻气盛，有一次差点在你妈妈面前抬起手。"

"抬起手？你差一点打了妈妈吗？"

父亲沉默了一会儿，点点头继续说道："但是，我对这件事一直非常后悔！"

"为什么呢？"

此时，父亲的眼神开始游移，恐怕是正在回忆当年的那一幕，他的表情也变得十分痛苦。

想必，年轻时犯下的那些错，至今仍让爸爸觉得自责和煎熬吧！

父亲又沉默了一会儿，慢慢地说道：“当我抬起手的时候，全身毫无防备，妈妈趁机给了我几记重拳，我连忙道歉说再也不敢了。”

第56话 老人之死

老人孑然一身，突然昏倒在路上，被救护车紧急运走抢救。

尽管老人最终捡回了一条命，但他余生的时间估计也不多了。

医生对老人说：“您还有什么想见的人吗?”

老人哭着说道：“我想见我的妻子、我的女儿，可我却不能这么做!”

但根据医院掌握的信息，这位老人应该没有任何亲人啊。

就在这时，为了检查身体，护士走进了老人的病房。老人一看到护士，立马泣不成声。

终于，老人的心情略微平复，颤抖着说道："你能原谅爸爸当初一声不响地离你而去吗？那时候，我只说了一句'我不是你的亲生父亲'，便离家出走。但这全是为你好啊！"

接着，老人又痛哭起来，直到失去意识、撒手人寰。

医生满腹狐疑："他刚刚到底出现了什么样的幻觉呢？难道说这位护士和他的家人长得很像吗？"但是，老人不可能有这么美丽的女儿。

这款护士机器人是在数十年前失踪的天才科学家开发的人造人基础上改良而成的通用型"医疗机器人"，并已实现量产。

或许，他把护士误认成了天使？

但医生们谁也没有想到，这位老人就是过去的那位天才科学家。

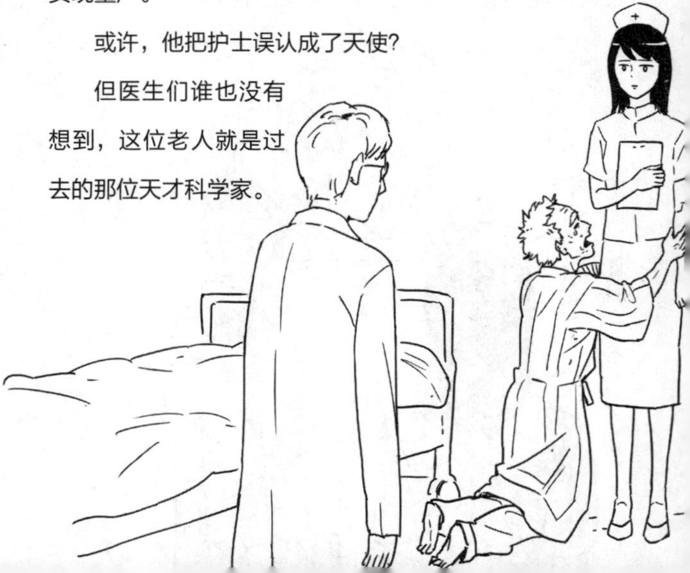

第57话 智慧的果实

外星人来到地球后，播撒了一些植物的种子，随后又返回它们的星球。

过了不久，种子长成参天大树，并结出了为数不多的几个红果子。但由于结果的地方非常高，动物根本吃不到，只能望洋兴叹。

但是，一种毛发浓密的直立行走动物，鼓起了勇气往树的顶端爬，终于吃到了红果子。从那时起，这种动物——人类，便快速地进化，发明了许多工具，使生活得以极大丰富。之后，人类又创造了农耕和畜牧文化，实现了食物的自给自足，人类的规模也不断扩大，扩张至全世界。

有一天，地球上空突然出现了宇宙飞船。原来，当年在地球播种的那群外星人又回来了。

于是，地球上的人类开始分为“彻底抵抗派”和“和

平解决派”两股力量。正当大家意见交锋之时，飞船里的外星人却正在进行着这样的对话：

“没想到，居然长出了这么多……”

“对啊，太让人吃惊了！看来这次的种子值得大量采购啊！”

“当时那个星球的商人向我推荐时，我还一直将信将疑呢！”

“是啊！我还记得他说‘只要把它播种在某个星球上，之后完全不用管它，它就能野蛮生长，让你最终大快朵颐！’不过，虽然他这么说，当时我完全不信！”

“不过，种子能够如此茁壮生长，究竟是什么原理呢？”

“原理什么的，我才不管呢！赶快去收获我们的成果，好好饱餐一顿比什么都重要！”

第58话 人生图书馆

男人终于来到了他苦苦追寻的图书馆。这里的藏书量令人叹为观止，而每本书都记载了一个人从出生到死亡的全过程。

男人曾试图回想自己的前半生，但从他记事时起，他就已经在一个人生活了。因此，他几乎没有任何有关儿时的记忆。这次他来到这家图书馆，也正是为了弥补这段人生空白。

男人在检索卡上写下自己的名字，并将它交给管理员。过了一会儿，管理员就拿着一本书走过来，递给了他。

知道自己隐秘的过往，确实是挺可怕的。但是，不知道自己从哪里来、根在何处，这一点更加可怕！

于是，男人鼓起勇气打开封面，一页一页地翻看。

然而，令人讶异的是，这本书竟然是从 49 页开始的，第 1—48 页居然凭空消失了。

男人向管理员强烈抗议，要求他给个说法。

然而，管理员毫不慌乱，淡定地回答道："哦，原来是缺页了，可能是谁拿走了吧。这种事偶尔也会有呢！不过，这本书全世界独此一份，没有复制本，所以我也没有办法。"

第59话 收获

外星人降落在了地球上。

只要他们愿意的话，摧毁弱小的地球简直不费吹灰之力。虽然他们想过用蛮力收获这些年来的成果，但好不容易找到一个适合栽种的行星，没有必要贸然恶化与地球原住民的关系。

因此，外星人决定和地球上拥有会话能力的动物直接交涉。

这种动物早在外星人上次莅临地球时就已拥有对话能力，虽然如今外形有了些许变化，但应该不是什么大问题。

外星人直接和这种动物的大脑沟通，对它说道：“多亏了当初我们播下的那些种子，才孕育和进化出地球上那些皮肤光溜溜的动物。因此，我们绝对有权利将这些动物作为我们的食物，这一点你们没有异议吧？”

然而，这种在地球上被称作“猩猩”的动物，完全听不懂这些外星人在说些什么，只是被吓得不停摇头。

因此，从这一天开始，外星人的“猎捕人类”计划正式启动，甚至把整个银河系都卷入其中，掀起了新一轮的星球大战。这种结局是之前谁都没有料想到的。

——宇宙历 205894 年

第60话 优美的曲子

古典作曲家莫里斯·拉威尔由于交通事故而留下后遗症，失去了记忆。

而且，他还受语言障碍症的长期折磨。事故发生后，他已无法进行乐曲的创作。即使脑海中出现一些新奇的想法，闪过几段优美的旋律，也根本无法将它们记录下来。

难道神已经把音乐从我的生命中彻底夺走了吗？拉威尔不由得诅咒起自己这悲惨的命运。

有一天，拉威尔正在街上走着，突然远处传来一段悠扬的旋律。

听到这首曲子的瞬间，拉威尔感动得禁不住落泪。

“多么美妙的音乐啊！”他顿悟道，能够陪伴自己走完余下人生的，果然只有音乐！

“谁都不能把音乐从我的生命中夺走！”拉威尔对这首曲子表达了深深的谢意，正是它把自己从崩溃的边缘拯救回来。

于是，他向身边的朋友问道：“这首美妙的曲子叫什么名字啊？你知道吗？”

朋友先是吃了一惊，接着对他兴奋地说道：“这首曲子叫《悼念公主的帕凡舞曲》，正是由你创作的曲子啊！”

此刻，拉威尔难以抑制自己的心情，激动地号啕大哭。

第61话 人生的结局

“什么，缺页了？别开玩笑了！”男人对图书馆管理员怒吼道。

“不过，既然都过去了，就算了吧。那我的未来会变成什么样呢？”

男人又一次看了看手中的书，发现书后面的部分都被腰封封了起来，而前一页赫然写道：男人朝图书管理员怒吼。

男人吃了一惊，撕开腰封，发现后面都是一页页的白纸。

不过，这本书并不是用于预言未来的，而只能记录过去发生的一桩桩事件。

男人猛地意识到：“既然如此，我就来书写自己的未来吧！”于是，此后他花了很多天，在图书馆里书写自己以后的人生。

不过，管理员并没有阻止男人的行为，而只是在一旁冷冷地看着。

走出图书馆之后，男人的人生确实如他在书中所写的一样，获得了数不尽的金银财宝，和美女结婚、组建了幸福的家庭，拥有了肆意挥霍的权力，受到众人的尊敬……

数年以后，男人再次来到了图书馆，对管理员说道："我能消除当时写下的未来吗？"

管理员面无表情地摇了摇头："只要写上去，就再也擦不掉了。"

男人无奈地说道："在那以后，我对之后发生的一切都了如指掌，就像重读一遍已经知道谜底的推理小说，对未来没有憧憬，生活索然无味。"

管理员同情地对他说道："还有一个方法！"

第62话 传奇乐队

一个名叫“B·答辩”的乐队正式成立了。其中，“B”的发音类似德语中的长音“呗——”，而《答辩》则是他们的出道曲目。

《答辩》中包含“我完全不知情！”“这是秘书做的！”等国会议员常常使用的借口和托词，是一首颇为搞怪的歌曲。而歌曲的演唱方式，也充分模仿了议员们的口气，把他们演绎得活像个傻瓜。

这个乐队依靠“搞笑讽刺音乐”的标签，俘获了不少忠实粉丝，但一直以来并未大红大紫。

但几个月后，他们一跃成为传奇乐队。

转折点是某个国会议员的受贿事件，议员被叫到国会质询，并传讯了相关证人。

果不其然，议员在质询台上表现得吞吞吐吐，一直重复说道："我完全不知情！这是秘书做的！"

没想到，"B · 答辩"乐队对议员发动了攻势！由于他们的歌曲受到音乐著作权团体的保护，乐队正式对议员提起诉讼，指责其无端使用《答辩》的歌词。

因此，议员每次无奈地使用这些借口，都要向乐队支付相应的著作权使用费。这仿佛是向这些议员征收的某种"撒谎税"！

于是，"B ·答辩"的歌曲开始受到民众的追捧和支持。

第63话 传奇乐队的破灭

“B·答辩”一夜爆红，从一个小乐队成长为“社会派摇滚乐”的领军人物。而他们的新歌更是让人眼前一亮！

这首歌就是时长超过24小时的《交响乐·邪邪邪！》，歌词中几乎包含了世界上所有的脏话、诽谤、中伤、侮辱和无礼的话，让人感觉很不舒服。因此，没有人想去唱这首歌。

但即使这样也不错，只要谁公开说了歌词中的某句话，乐队就能以“侵权”为借口大赚一笔，简直屡试不爽。

不过，几个月后，乐队居然以解散收场！

乐队创作歌曲的初衷，是想对社会上的不公现象起到震慑作用，但乐队的团长越发将其当作赚钱的手段，把自己神化为“审判官”的角色。因此，乐队成员之间出现了意见分歧。

不过，大部分国民对于乐队内部鸡零狗碎的小事，根本不在意，他们倒是希望社会上能少一点脏话和诽谤中伤。

无论是震慑也好，将自己视作“审查官”也好，乐队总是一副高高在上的样子，也着实让人感到不舒服。而且，大家对于他们博取眼球的套路也已经厌倦了。

* 乐队名字中的“答辩”，倒过来就是日语中的便当。

第64话 杰出的推理小说

曾作为畅销书作者的推理小说家，拿着他最新的书稿走进了编辑部。

如今他已人气低落，所写的书也无人问津，因此编辑对他的态度也变得十分冷淡。

不过，小说家本人却很有自信，他对编辑坚定地说道："这是我写作生涯中最棒的作品，您在书的腰封中完全可以这么写！如果读到最后，您和读者一定会被书中的写作手法欺骗！"

几天后——

编辑把小说家叫到公司，直截了当地对他说：“您之前不是说这是您最棒的作品吗？我过去也曾是您的书迷，不过我读了这本书之后，发现它根本平平无奇，这是怎么回事啊？”

小说家面不改色地说道：“我不是说了吗？你一定会被书中的写作手法欺骗！本书的写作手法就是没有任何手法，我想这种方式或许能做出一本不错的书！拜托了！”

第65话 空罐子的研究

我是一名生活黑客，简单来说就是教授一些生活中的小窍门和实用技巧，扮演某种“顾问”的角色。

今天，我的客户是一位从事公园管理的公司职员。他抱怨游客们都不把空罐子丢到垃圾桶里，而是到处乱扔。于是，我给他想出一个极富创意的办法，即“设置两个垃圾桶”。

最初，这位公司职员对我的方案嗤之以鼻，说道：“大家乱扔垃圾，多放一个垃圾桶就能解决问题了吗？没搞错吧！我来这儿可不是听你痴人说梦的！”

不过，事情的发展和职员预想的完全相反，现在公园里乱扔空罐子的现象已经大大减少了。

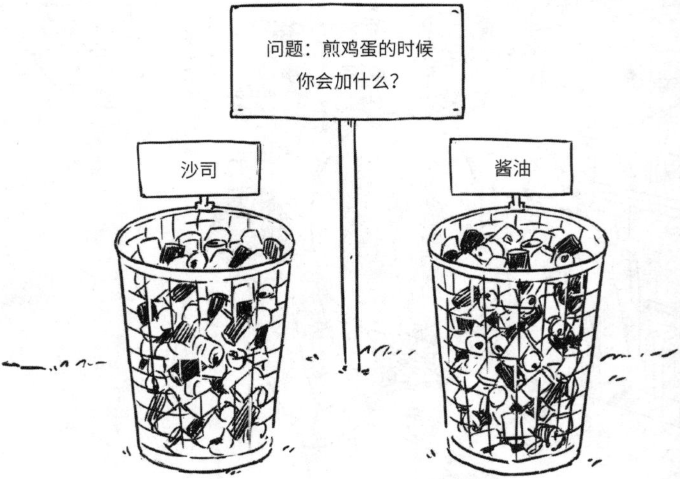

第66话 年轻人的礼仪

“现在的年轻人对于礼仪真是一窍不通！”

虽然他们才刚刚步入社会，懵懂无知是可以理解的，但还是不由得让人常常发出这样的感叹。因此，只能一点点地把这些东西教给他们。

“樋口君，我不是让你以我的名义，把这封信寄给南日本出版社吗？如果收信方是公司或集团，在对方的名字后不要用‘阁下’，而要用‘公启’，这一点要注意啊！”

“好的，我明白了！”樋口干劲十足地回答道。看来，和礼仪什么的相比，性格开朗阳光更重要呢！我看着他的背影，嘴角露出了欣慰的微笑。

数天后——

南日本出版社的一位女性员工，收到了北日本新闻社寄来的信件。然而，她看到信后却满脸困惑。

于是，她再次确认了寄信人的姓名，喃喃地说道："我记得他是个年龄不小的课长大叔……这可是工作上的正式书信，为什么要附上这么轻浮的一句话啊？看来要好好考虑该不该继续和这家公司打交道了……"*

* 日语中"公启"的汉字写作"御中"，发音类似于 want you。意为我想要你！"樋口显然误解了上司的意思。

第67话 壁画的教诲

教授认为金字塔的调查工作迟迟没有进展，原因就出在团里的年轻人身上。他们难得从日本来到埃及，简直就像来观光一样，既不想踏实工作，也不愿意弄得满身泥土。

“真是的！现在的年轻人都成了什么样子！”尽管教授朝他们怒吼，但他们完全不为所动。

不过，调查团还是攻克了眼前的难关，即将迎来此次挖掘工作的最大发现！在新发掘的石室中，以壁画的形式记录了金字塔建造的过程。而其中所占篇幅最大的，就是一个位高权重的贵族，正在向一群年轻的工人下达某种命令。

这个位高权重的人——难道就是法老吗？他好像正在对着民众说些什么。教授意识到，这可能是一个重大发现！法老可能正在向民众说明修建金字塔的理由！于是，他立刻着手解读刻在壁画旁边的象形文字。

然而，象形文字所记录的内容着实让教授吃了一惊。把它翻译成现代语言就是："都怪你们太散漫，导致工期一拖再拖！都给我打起精神好好干！现在的年轻人，怎么都这样啊——"

第68话 爱国心

独裁的国王在国内推行暴政，他对外宣称："我的国民都满怀喜悦地倾其所有、为国奉献！"一位记者对此深表怀疑，便潜入了这个国家，暗中进行调查。

记者走在某个城市的街道上，向路人问道："如果让你为了国家而贡献出自己的汽车，你会怎么办？"

"啊！当然没问题！我会满怀喜悦地把它献给自己的国家。"

记者接着又问："那么，如果让你献出自己的金银财宝，又该怎么办呢？"

民众淡然地答道："只要是为了我的国家，绝对没有问题！"

记者感到非常震惊，他原本以为民众对国王都心怀不满，没想到真实情况完全不是这样！

作为采访的最后一个问题，记者说道："如果让你交出冰箱里的食物呢？"

没想到，原本神情淡然的民众突然怒吼道："别胡说了！我连一个鸡蛋都不会交出去的！汽车、金银财宝什么的，我压根儿都没有，所以让我交再多我都不在乎！但要是想抢走我的家当，告诉你门儿都没有！"

第69话 两个推销员

同一家鞋厂的两位推销员，为了提升销售业绩，前往一座国外的小岛调研。

两人到达小岛后，观察到岛民特殊的生活习惯，感到十分震惊。原来，岛民们习惯光脚，从不穿鞋。于是，两人连忙给各自所属的部门打了电话。

其中一个人说道："我马上就回去！这座岛的居民完全没有穿鞋的习惯，鞋在这里根本卖不出去！"

而另一个推销员则在电话中说道："快给我寄鞋的样品过来，多寄一点！这座岛的居民还没人穿鞋，这个市场太大了！"

一个女人在暗中观察二人的一举一动，她大声说道："好！你们两个人的升级考试到此结束！"

接着，女考官向两人宣布了考核结果："很遗憾，你们二人都没有通过升级考试！"

首先，她对在电话中认为"鞋卖不出去"的推销员说道："你实在是太消极悲观了，这样的话会失去很多的商业机会！"

接着，她又对"要求寄来样品"的推销员说道："你想让没有穿鞋文化的民族一下子改变习惯，这个想法实在是太单纯了！完全没考虑到对方的价值观，是愚蠢的乐观派！你应该仔细调查一下他们不穿鞋的原因，考虑一下除了鞋子之外我们还能提供什么其他产品！"

第70话 安静

在喧嚣的现代社会中，“安静”也成了一种商品，必须付钱才能得到。很多人会付高价坐头等座，也正是出于这个原因。

尽管如此，几个熊孩子正在我的面前吵吵闹闹，让人非常心烦。他们的父母是怎么管教孩子的啊？

但是，仔细一想，孩子们也是受害者。他们在孩提时代缺乏“被训斥”的经历，长大之后但凡受到一点责备，恐怕就难以承受。

于是，我满怀爱心，对着这几个小孩吼道：“你们太吵了！给我安静点！”

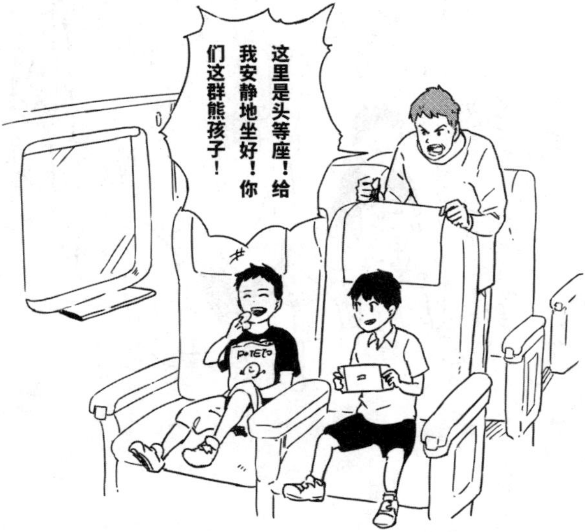

孩子们被突如其来的批评吓了一跳，顿时安静下来，一言不发。

经过短暂的沉默之后，我听到坐在后面的人小声嘀咕道："我看你才比较吵吧！明明是个成年人，还这么沉不住气。这里可是付了高价的头等座，你快饶了我们吧！"

第71话 缺乏常识的职场菜鸟

刚刚从大学毕业，入职某家公司的菜鸟向前辈咨询有关商务礼仪的问题。实在没办法，他从进入公司以来在礼仪方面犯了太多错，被上司骂了好几次。

“前辈！这种场合下怎么做才符合礼仪呢？麻烦教教我吧！”

一直以来滔滔不绝的前辈，突然用一种很严肃的口吻对菜鸟说：“你啊，也太缺乏基本的常识了吧！”

这位前辈虽然对礼仪也不是很在行，但几乎没有看到上司因此而批评过他。看来，他在每个事关礼仪的细节之处，都做了细致的准备吧！

“你啊，也太缺乏基本的常识了吧！”前辈语带批评地继续说道，“这种事情你怎么来问我呢？不知道我对这些一窍不通吗？这在公司里可是人尽皆知啊！我说的缺乏常识，指的就是你没有眼光，怎么偏偏挑了我来问这种问题……不管是课长还是部长，早就拿我无可奈何，对我不闻不问了。”

第72话 过于乐观的生活黑客

今天，又有一位愁容满面的客户来到“生活黑客”的事务所寻求帮助。

原来，这位女老板经营着一家咖啡厅，但每天在店门口不大的空地上，总有许多违章停放的自行车。

于是，生活黑客马上提出一个方案，让女老板在店门口的空地上贴出一张海报。他乐观地估计道：“贴了这张海报之后，应该没有人敢在这里停车了！”

果然，事情发展正如他所料，违章停车的现象一点点地减少，直到最后完全消失。

不过，一个月后，不知是谁对海报上的话信以为真，或存心戏弄他们，真的把一辆破破烂烂的自行车扔在了店门口。

附近的居民见状，也陆陆续续把自己的旧自行车扔到了这里。女老板气得对生活黑客破口大骂，他也无可奈何，只好小声地嘀咕道：“唉！人类这种生物啊，怎么不按套路出牌呢？”

第73话 机器人的阅读

他向对面面无表情的年轻男人说道："能听听你读完这本小说的感想吗？"

年轻男人用一种毫无波澜的声音，淡淡地说道："我能看出书中想刻意刺激泪腺或制造笑点，但既不感人，也不好笑。"

他脸上带着一种"原来如此"的表情，接着说道："这样啊！你毕竟还是一个机器人，这也没有办法。你一旦了解了作者的意图，就很难把自己代入作品的情境中去。要想能够独当一面，看来你还缺乏作为一个人的情感变化和喜怒哀乐啊！这恐怕就是你现在能力的极限！"

年轻男人的表情没有丝毫变化，对他说道："老师，恕我直言，这本书的问题并不在读者身上，而是书本身的内容非常无聊。也就是说，根本原因是你的能力不够啊！"而且，在说这番话的同时，这位年轻的文学编辑脸上，露出了些许挖苦的神色。

作家被编辑的话激怒了，从他手中夺回书稿，朝他怒吼道："够了，给我闭嘴！你们这些机器人编辑可能考试的分数不错，但完全不懂得人类的情感！机器人是无法理解我的伟大作品的！"

第74话 4分33秒

现代音乐作曲家约翰·凯奇，创作出一首新作品。乐手们陆续登上舞台，准备演奏这首新作。

不过，乐手们只是静静地待在台上，什么也没做。几分钟过去了，他们丝毫没有要开始演奏的迹象。

面对这一反常状况，观众席里开始出现骚动，纷纷开始喝倒彩，嘘声不断。

4 分 33 秒后，这段无声的演奏终于结束了。约翰·凯奇向观众说明道：“虽然我们什么也没做，但观众席上却出现了各种各样的声音，这也是音乐的一种形式。”

因此，这首作品被命名为《4 分 33 秒》，作为乐坛经典流传下来。

年轻的编辑对作家说道："这个故事很有趣！不过，这段无声的演奏和您带过来的 30 页空白书稿有什么关联吗？"

作家十分得意地说道："书稿中一个字也没有，这在过去从没有过吧？我准备把这个故事命名为《12000 字》，刊载在您的杂志上！这或许会给编辑部和读者带来一些问题，引发不小的骚动。但这些问题和骚动本身不就是重要的故事素材吗？"

听到这番话，编辑罕见地发了脾气，冲着作家说道："如果你不想靠自己的力量创作故事的话，我看你连当作家的资格都没有！但这如果只是你偷懒的借口的话，麻烦更有诚意地向我们道歉！"

第75话 出人头地

三个公司职员正在一家小酒馆里喝酒聊天。铃木好像有点喝多了，跟店员纠缠不休。

其中一个男人小声说道：“据说铃木要不是因为酒品不好，喜欢耍酒疯和吵架，说不定早就当上部长了！”

另一个男人听了这话，接着说道：“铃木平常非常憨厚老实，但他一喝酒就像变了一个人一样……”

他叹了一口气，接着说道：“不过，上班族喝酒也是没办法的事情啊！虽说铃木要是不喝酒的话，很有可能当上部长。不过他每次喝完酒后，浑身上下简直是社长的派头！”

第76话 相亲

佳代觉得相亲对象虽然有点笨手笨脚的，但好歹看上去像个温厚和善的人。

但是，对佳代来说，有个无论如何都不能让步的底线。

“您，喝酒吗？”

佳代的父亲酒品不好，喝醉了就会对家人施暴。

男人马上回答道：“不喝酒。”

在佳代听来，就连这怪怪的敬语，都像是在显示男人的朴素品性。

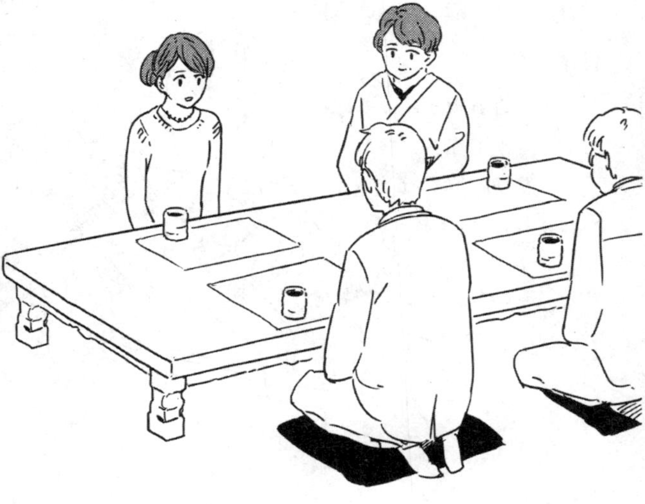

交往三个月后——

佳代已经打算要跟男人分手。

这会儿，那个曾经说自己“不喝酒”的男人，就在自己面前喝得酩酊大醉、乱耍酒疯。

“你不是不喝酒的吗？”

男人目不转睛地盯着佳代说道：“我说的是‘不让酒给喝掉’，你是怎么听的啊？”

佳代努力保持镇定地说：“或许你自己没什么感觉，反正在我看来你已经无可救药了！从今天开始，我们分手吧。你一喝醉总是说‘我要是社长的话，公司能赚更多的钱’，可你连一个小小的部长都当不上啊，就是个‘没前途的男人’啊！那么，永别了，铃木。”

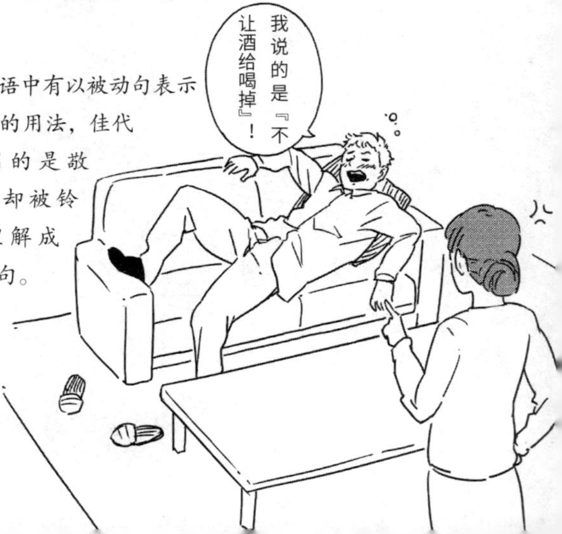

* 在日语中有以被动句表示尊敬的用法，佳代使用的是敬语，却被铃木理解成被动句。

第77话 与魔神的契约

一位公司的管理者向魔神哀求道："我们公司有倒闭的风险！如果您能把公司的股价提高十倍，那样的话，公司就能得救了！"

听完之后，魔神把一份写满条款的文件放在男人面前，对他说道："既然如此，你看一下这份文件，然后签个字吧。最近，似乎有很多人对我的做法不满，给我添了不少麻烦！所以我以后都得留下字据！"

男人虽然看了文件，但因为非常着急，所以匆匆忙忙地签好字后，就把合约交给了魔神。

"既然这样，那我们的合约正式生效！"魔神嘴角露出一丝狡黠的微笑，消失了。

一年后，魔神再次出现在男人面前，幸灾乐祸地问道：“按照合约规定，股价提高了十倍吧？公司得救了吗？”

男人回答道：“涨是涨了，但竞争对手的股价增加了一百倍，最后我们公司还是被对方给合并了！”

“你这是在抱怨吗？我没记错的话，契约里可是白纸黑字地写着——‘竞争对手将获得你许下愿望的十倍收益’哦！”

看起来垂头丧气的男人，此刻抬起头来，脸上浮现出跟魔神一样狡黠的微笑。

“我的特长可是过目不忘哦！合约里的内容我可是一字一句看得清清楚楚。不过，当时故意装作没读完，真是够麻烦的！从那之后，我投入全部家当，甚至借钱，买了对手公司的股票。不久，他们家的股价迅速上涨，我就这样成了大富豪。现在，我已经是这家公司的大股东，大权在握喽！”

第78话 初次约会

我成功邀请到一个很喜欢的女孩去游乐园玩。

虽然一开始不知道该穿什么衣服合适，但她却夸我身上穿的这件外套非常好看。

虽然担心聊天的时候能否让她开心，但因为事前有针对性地做了一些功课，感觉她还是玩得很开心的。

不过，去鬼屋的时候，她的脸上明显没了之前的笑容，而是极度害怕的表情。

俗话说，越紧张的时候，越能表白成功——这就是所谓的“吊桥效应”，对方有可能把此时的心跳误以为心动。

于是，我当机立断，跟她表白了。

一瞬间，她的动作停止了，表情也凝固了。

无论怎么叫她，她都一动不动。

“我想让你做我的女朋友！”我又讲了一遍。

但是，她还是面无表情地看着前方。

“‘我想给你做我女朋友的机会！’我又换了个说法，可还是不行。”

在这样重要的时刻……

我不只换了很多种表达方式，而且还操纵着“我”的角色不停地走来走去，但情况依然没变。

最后，我不得不关掉电源，选择重启。

——好不容易到了剧情的高潮时刻，真没劲！

不过，万幸的是我在告白前已经保存了游戏进度。

第79话 命运的选择

某个国家镇压了爆发的内乱，并将支持革命的大多数国民羁押在收容所内。

有一天，关押在收容所内的人们被集中到院子里，呈一列排开。

队伍的最前面站着一个士兵，由他将这列队伍里的人按规定划分为左右两组。

一个脸上有巨大伤疤但表情温和的男人来到了士兵面前。士兵经过短暂的思考后，马上做出了选择。

最终，脸上有伤疤的男人，被分到了右侧。

士兵的这一选择，改变了他的命运。他在几年后将被处刑，结束自己短暂的生命。

原来，收容所里正在进行的，是决定谁该受刑的甄别工作。

不过，这完全取决于士兵的个人判断，由他们决定谁生谁死。

几年后，曾一度被镇压的革命军，成功发动政变，推翻了政府。

革命军的最高指挥官，正是那个脸上有巨大伤疤的男人。

经历过收容所地狱般的生活后，他无法原谅那些发生在里面的虐杀事件。

甚至连政府军派去执行虐杀命令的普通士兵，也被送到法庭，处以死刑。

在被判处死刑的人当中，曾经负责甄别谁生谁死的那名士兵也在里面。士兵认出了那个脸上有巨大伤疤的男人，他已经成为革命军的领袖。

“啊，就是那个男人取得了革命的胜利啊！如果我当时把他分到处刑人员里的话，说不定……”

士兵的选择，改变了他自己的命运。

第80话 变声期的谎言

少年的声音随着升到小学高年级变得越来越低沉，这让他十分在意。

而且，他十分反感别人对他说："你跟你爸爸的声音真是一模一样！"

突然，少年想到一件事。

——这声音说不定正好可以利用一下。

"今天好想跟大家一起玩儿啊，但是还得去上辅导班。"

少年小声念叨着，随即开始拨打一串电话号码。

嘟噜噜噜噜、嘟噜噜噜噜！

"你好，这里是○○辅导班。"电话响了两声后，对面有人接了电话。

但是，电话那头的正是少年觉得不好应付的一位辅导班的讲师。

一直以来镇定地和父亲顶嘴的少年，现在却掩饰不住紧张。他伪装出比平常更低沉的声音，语速飞快地把准备好的内容复述道："今天孩子似乎有点感冒，恐怕没法去辅导班。"

电话另一端的讲师，毫不客气地问道："哎？你是哪位啊？"

其实，那位讲师只是因为没听清名字，所以才这么问。

但是，这已足够把少年逼入绝境了。

他支支吾吾地用低沉的声音回答道：

"我是，我的爸爸。"

第81话 恋爱密语

美知留因为恋爱的事一直很烦恼。

原来，她喜欢上了同班的一位男生。

反复考虑后，她决定找香菜聊一聊。

香菜自称可以“100% 解决恋爱烦恼”，而且对谁跟谁正在谈恋爱等八卦动态也非常了解。

美知留之前从未跟任何人聊过这种事，她觉得很害羞。

所以在一开始，她便提醒香菜说：“香菜，接下来我要讲的事情，绝对不可以告诉任何人。绝对啊！”

香菜用洪亮的声音，斩钉截铁地回答道："美知留，别担心。我绝对会保守秘密的！"

接着，两人压低声音开始聊了起来。

"尽管我绝对会保守秘密，但千绘、美香还有桃佳的嘴都不严，说不定会跟别人讲。嗯，说不定，春香跟爱子也会呢！"

第82话 悲伤的探视

男人跟前妻离婚时，孩子的抚养权也被抢走了。

本来在孩子成人前不允许探视，现在终于允许每年探视孩子一天。

但是，因为前妻“不想让孩子们看到父亲的脸”，所以每次见孩子时需要按照前妻的要求戴上脸罩或面具。

不过，这都无所谓了。现在只要能看到孩子们的脸就很满足了，想到这里，男人对明天的探视已经迫不及待了。

探视当天——

为了不被孩子们发觉，我慢慢地推开门，进到孩子们的房间里。

但是，我似乎已经被他们发现了。

明年将开始读小学的大儿子，一边大叫着一边向这边跑来。

但是，刚满三岁的大女儿，一边哭着一边在房间里来回逃窜。

突然，大儿子冲我猛地扔了一把豆子。

“鬼怪滚出去——”

边跑边哭的大女儿也面露恐惧的表情，朝我扔来一把豆子。

“鬼怪滚出去——”*

扔到我身上的豆子，像子弹一样“贯穿”了我的身体。

我的胸口开始隐隐作痛，忍不住蹲下来失声痛哭。

* 日本立春有撒豆子的习惯，借以驱逐鬼怪，嘴里还会喊着“鬼怪滚出去，福神进门来”。

第83话 为了谁

某位知名足球运动员来到了一所福利院，准备跟那里的孩子们一起踢场球。

孩子们尽管浑身泥渍，但也拼命地追赶着足球。

尽管时间非常短暂，也能看出足球运动员跟孩子们在一起玩得十分尽兴。

几小时后，足球运动员跟孩子们挥了挥手，准备离开了。

正在这时，不知从哪里冒出一位自称是新闻记者的男子。

他毫不客气地向足球运动员发问道："你在这和孩子们一起踢足球，是为了引导社会舆论，借此提升自己在公众心中的好感度吗？"

然而，运动员向记者反问道："你刚才看到我跟孩子们一起踢足球了吗？"

记者毫不犹豫地点头回应。

听到记者的回答后，运动员难以置信地说道："尽管如此，你还是认为我是在向孩子们施舍些什么吗？相反，你没看出我从他们那里收获了多么宝贵的东西吗？"

（本篇是在一位知名足球运动员的故事基础上创作而成）

第84话 亲切的魔神

父子在登雪山途中意外遇险，魔神突然出现在他们的面前。

父子两人气息微弱，眼看就要支撑不住了。

事实上，魔神一直很烦恼。

尽管他一直在努力帮委托人实现心愿，但很多委托人却抱怨说“受到了欺骗”，他因此被魔神界处罚，还被迫进修学习。

现在，他已经从内心深处想要帮委托人实现心愿了。

尽管如此，还是要提防着有人蒙骗魔神。

他觉得，首先最重要的是与委托人建立信任。

魔神在父子面前取出契约书，然后开始认真地解释各项条款。

“如果有任何不明白的地方，中途打断也没有关系，请不要客气，尽管问我啊。”

“特别是《许愿方式及其解释》，请注意认真听一下，迄今为止发生的许多纠纷都是由于对心愿内容解释的不同而引起的。”魔神用容易理解的语言解释道。

此时，魔神也特意把自己通黑的躯体，幻化为亮闪闪、光芒万丈的模样。

最终，父子两人并没有提任何问题。

但他们俩也没能许下任何心愿。

因为在魔神讲解途中，两人已经死去了。

第85话 蒙娜丽莎的微笑

此时，向参观者们投去神秘微笑的，正是列奥纳多·达·芬奇所创作的《蒙娜丽莎》。

尽管是世界知名的画作，但关于蒙娜丽莎为何微笑，甚至是否真的在微笑，至今仍未得到有力的解释。

列奥纳多一作画，就有很多人上来围观。

然后，大家就开始交头接耳地议论起作为模特的丽莎夫人（蒙娜丽莎）来。

“列奥纳多是不是把她画得太漂亮了。这位夫人没那么漂亮吧？”

“你是看着自己的脸才这么随便乱说的吧，这位夫人明明很漂亮！”

看到这些男人在自己面前对自己品头论足，甚至争执不下而互相争吵，丽莎夫人的心情既高兴，又生气，又厌烦，但此刻作为模特，没办法乱动，只能心情复杂地挤出一脸苦笑的表情。

第86话 梦想的航海旅程

豪华的巡洋舰，技艺精湛的厨师。

在辽阔的大海上航行。

——男人的梦想终于实现了。

但现实生活里的航海体验却并没有那么美好。

最让男人忍受不了的，便是晕船。

一边欣赏远处海天相接的美景，一边品尝专属厨师烹饪的顶级美食。

但是，只要船体摇晃，男人就会恶心，吃的东西都吐到海里去了。

他吃得越多，肚子越胀，晕船呕吐时就越痛苦。

就这样，他一直吃了吐，吐了吃。

渐渐地，男人开始对进食产生了抵触情绪。

这一天，天气看起来很糟糕。

男人因为晕船不舒服，躺在床上。

中午时分，厨师推着看起来很美味的午餐进入男人的房间。

尽管这时男人胃里空空的，很想吃东西，但一吃东西肯定会难受，然后都吐出来。

所以，他不甘心地说道："反正吃了也会吐到海里，不用那么麻烦了，干脆直接把菜都倒进海里吧！"

第87话 食客的顾虑与主张

江户时代的川柳

寄人篱下矮三分

（寄住在别人家中、受到别人照顾又不付钱的食客，吃饭的时候，如果第三次请求添饭，也会因为不好意思，只能把碗小心翼翼地递出去。）

* 食客：寄住在别人家中，不付钱而蹭饭吃的人。

寄人篱下第二碗照样吃！

第88话 召唤

为了在胶着战况中有所突破，前线的作战指挥中心决定使用黑魔法。

只要将某种材料放进魔法壶内，念动咒语，就能召唤出现世之外的一个人——不论是真实存在过的人，还是虚构的人物都可以。

作战指挥中心经过长时间的讨论后，终于决定了要召唤的目标。他不仅拥有压倒性的力量及庞大的身躯，而且绝对服从主人的命令。

在枪林弹雨的战场上，一股浓烟从魔法壶内喷涌而出。

指挥官们齐声叫道："出来吧，弗兰肯斯坦！"

浓烟渐渐消散。

眼前出现的居然是一位科学家模样的干瘦老人。

作战指挥官们都傻眼了。

“你，你是谁！我们，可是召唤的弗兰肯斯坦啊！”

老人盯着指挥官们说道：“我就是那个科学家弗兰肯斯坦啊！”

接着，他像是意识到什么似的说道：“哈哈，你们召唤的是我创造的‘怪物’吧。但我并没给它起名字，‘弗兰肯斯坦’是我的名字啊！”

第89话 祖母的遗产

祖母家财万贯，但疑心特别重，尽管有很多子孙，却无法毫无保留地相信他们。外面传言：如果祖母去世的话，可能不会把财产留给家人，而是都捐出去。

祖母的丈夫已经去世，她独自一人住在一栋大宅子里，跟十只宠爱的猫一起生活。

孙子里的一个人，打起了那群猫的主意。他装作对钱不感兴趣，只是喜欢猫才来祖母这里。

渐渐地，祖母开始对他产生了信任。

有一天，祖母去世了，留下了一封遗书。

律师宣读了遗书的内容。

老太太在遗书中要求将所有遗产平均留给她的家人。

接着，在遗书的最后，提到了那位孙子的名字。

律师调整了下语气，表情温和地说道：“委托人特意嘱咐，让我向 ×× 先生表达最深的感谢。并且，委托人要将她最珍视的财富馈赠给 ×× 先生，也就是在宅子里居住的那十只猫。”

第90话 识货的绅士

一位在牛排店进餐的绅士，把店员叫来后说道："这家店的牛排是按品质划分成十个等级的是吧？"

由于摸不准绅士的意图，店员试探性地回答道："确实是这样的。请问您有什么事吗？"

"我应该是点的最高品级的，但这个味道确实是最高级别的吗？"

店员看向绅士的餐盘，牛排被切掉了一口大小，可能是吃了一口后觉得有什么不太对劲的地方吧。

然后，店员不慌不忙地说道：“客人，冒昧地问一下，您已经品尝过那块牛排了是吧？所以，您不知道那是否是最高品级的牛排是吗？”

绅士气愤地回答道：“对啊，我不知道！”

听到绅士的回答，店员笑了笑：“那么，这确实就是最高品级的牛排。”

第91话 市场调研

一位雕塑家用做生意的方式对待艺术创作。

他认为“必须要准确地把握客户的喜好及需求”，从这个角度来看，他虽说是艺术家，但也受到了不少商业思想的熏陶。

雕塑家对目标客户的年龄层进行了市场调研，并对当下流行趋势的共同点进行了分析。

在此基础上，他确定了当前创作的作品的主题及表现手法。

然后，利用社交软件等媒介，他向目标客户群体积极开展有关个展的宣传活动。

不过，雕刻家的个展以惨淡的结局收场。

观众在参观完展览后，大都表达了相似的感想：“虽然能理解作者的设计意图，但作品本身太差劲了！”

“问题不是设计和调查出了问题，而是在雕刻上完全没有下功夫啊！”

雕刻家欠缺的是如何将调研分析出的作品主题展现出来的技巧。

但这恰巧也是最关键的问题所在。

第92话 假冒的官员

江户时代，某位浪人来到一座贫穷的村庄。让他意外的是，他居然受到了村民热烈的欢迎。

村民不仅不收他的住宿费用，还用丰盛的饭菜招待了他。

深夜，浪人听到村民们在小声交谈。

原来，村民似乎把他跟幕府派到当地巡察的官员给搞混了。

当地一直干旱，粮食减产，年贡也交不齐。

所以，他们想借此讨幕府官员的欢心，以便让年贡少缴一些。

浪人利用这次机会，在村里越发蛮横起来。

面对蛮横的浪人，村里人敢怒而不敢言。

这一天，浪人差遣村里人取来美酒，痛快畅饮后便呼呼大睡。

第二天早上，酒醒后，浪人发觉自己被人用绳子给捆住了。

难道是自己的身份被人识破了吗?

浪人为自己辩解道:“是你们自己一开始搞混的啊，我可从来没有自称是‘幕府的人’啊!”

但是，村民仍旧居高临下，用冰冷的目光盯着浪人。

“吃了你们那么多好东西真的过意不去，请快替我解开绳子吧!”

这时，村长上前一步说道:“我们一开始就知道你不是什么幕府的人，我们好酒好菜招待你可不是要讨好你。而且，应该是我们道歉才对。毕竟，接下来要将你烧掉，生祭给雨神大人!”

第93话 剃胡须的新发明

在理发店里，店长递给一位要修胡子的客人一个比乒乓球个头要小的白色圆球。

它看不出来是由什么材质制作的，但用手指能轻易捏扁，移开后又能恢复原状。

“这个是？”

“请把这个球含在嘴里！通过把球放到脸颊内侧、牙龈跟嘴唇中间的位置，可以把相应部位的皮肤撑开，有助于把胡须剃得更干净！”

事实上，确实像店长说的那样，感觉胡须比以往剃得都要干净。用手摸一下，光滑的触感也让人很舒服。

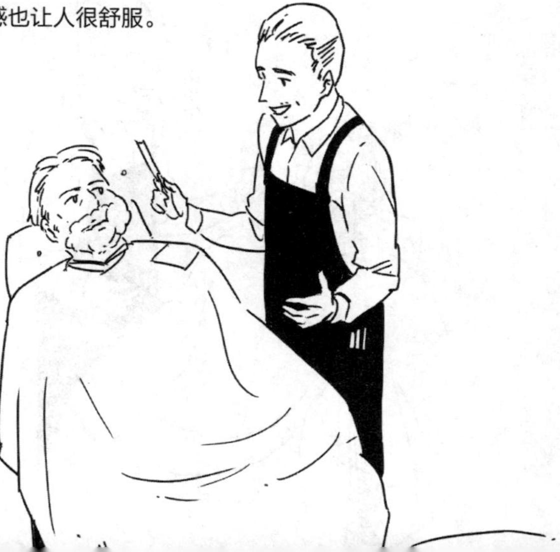

客人突然想到一个问题，向店长问道："但是，按照这个球的大小，也有可能一不小心把它吞掉吧？"

店长仿佛已经司空见惯了一样，若无其事地回答道："没关系的，因为这球是用特殊材料制作的，所以即使吞下去也不会对身体有影响。而且，虽然没办法跟您详细解释这其中的原理，但它跟粪便一起排泄出来的时候，也完全不会感觉到疼痛。而且因为是白色的球，跟粪便一起排出来的时候，也便于更快地发现。

"其实，昨天也有一位客人不小心吞下去了。但是因为马上就拉出来了，所以今天正好能接着给您用！"

第94话 换工作

魔神的工作不适合我。

所以，我决定跳槽去做“恶魔”。

从客户的角度来看，“魔神”与“恶魔”的区别大致在于，是否牵涉“灵魂”的交易吧。

与帮助人实现心愿不同，恶魔的主要任务是收集灵魂。

新工作的优点在于，不论客户身上会发生怎样的不幸，因为有了跟恶魔做交易的觉悟，所以被投诉的情况比较少。

我按部就班地执行工作，只是对一个人很看不惯。

每月去见那个人时，我都会强烈地感受到这种不满。

我们恶魔界，也会像公司里一样划分等级。

处在最高等级的，是一个叫路西法的恶魔。

人类对他非常憎恨。

但是，他只是一个被人操纵的人偶，我们都知道，他背后的才是真正的头目。

今天，正是去给幕后头目上交收集到的灵魂的日子。

头目没好气地说道：“喂喂，就只有这么点儿吗？连指标的一半都没到吧。我知道让你们做的是不好的差事。但是，这毕竟是工作，是你们自己选的。赋予人类生命可不是轻松的事，所以为了节省开支，必须回收足够的灵魂循环利用，这你比谁都清楚吧？”

此时，那位被外界视为“天神”的幕后头目，一改往日的慈眉善目，像恶魔一般冷笑着。

第95话 新型战斗机的研发

测试新型战斗机的驾驶员从驾驶舱里跳出来，向研发负责人质问道："这架新型战斗机到底怎么回事？是不是过于追求提升性能，一点儿都没有考虑驾驶员的感受呢？！操纵杆非常不好用，好几次差一点就坠机了啊！要是驾驶这种战斗机，有多少条命都不够啊！"

挨了一顿训斥的研发负责人，或许是因为觉得被伤了自尊面子上过不去，对驾驶员说道："你说的可不对。"

“我哪里错了！？你倒是说说看，我到底哪里错了？”驾驶员揪住研发负责人的衣领怒吼道。

负责人说道：“那么，我就告诉你！你说‘有几条命都不够’，但人只有一条命。不只是你的命只有一条，而且迄今为止因为试飞而丧命的驾驶员们的命也都只有一条。你连这都不知道……”

说完后，负责人抖着肩膀笑了起来。

第96话 担心的人们

除了这个场馆的休息日之外，几乎每天都参加聚会的小樱女士，最近一周都不见人影。

——是不是家里有什么事呢?

——不是的，谁都没听说她家里出什么事。

大家都在担心小樱女士的身体健康。

有人提议给她打个电话问一下。

但是，谁都不知道她的电话号码。

毕竟，只要来了这里，就一定会见到她，所以就不需要知道电话号码。

正在这时，室内传来一段广播。

“18号，请到6号诊室前等候。”

也许是因为播音员的语速太快，或者是广播音量太小，好几个人同时说道：“哎，刚刚，是几号来着？”

“好像听到是 11 号？”

“11 号啊，是我是我！”

接着，一个老人站起身来。

剩下的几人，又回到刚才的话题上。

“小樱女士果然还是生病了吧。是不是受了什么严重的伤啊？”

大家都不自觉地一致这样认为。

以上是在一个春寒料峭的下午，某家医院的候诊区里发生的事。

第97话 非礼勿视，非礼勿言……

电梯门打开后，站在里面的是一位戴着漆黑墨镜的女士。

电梯到达一层后，女士步履蹒跚地走出了电梯。

“她的眼睛可能看不清吧。”男人意识到。

第二天，男人又见到了这位女士，她戴了一个大大的口罩，站在电梯里。

电梯到达一层后，女士像昨天一样走了出去。

但是，她今天的步伐明显平稳了很多。

“也许她的眼睛并没有什么问题吧。”

男人开始对这位举止特别的女士产生了兴趣。

紧接着，第二天——

电梯门打开后，正看到那位女士穿着漂亮的裙子站在里面。

男人嘀咕了一句“原来如此”后，向女士问道：“前天的打扮代表‘非礼勿视’，昨天的打扮意味着‘非礼勿言’，今天的装扮是不是也在故意模仿‘非礼勿听’呢？”

被男人这么问后，女士并没有看向男人，而是将视线停留在半空中说道：“不好意思……您认识我吗？还是今天第一次见呢？我眼睛不好，看不到您。您刚才说的‘非礼勿视’‘非礼勿听’，还有故意‘打扮’是什么意思呢？是说我是猴子吗？”

刚才得意扬扬地说出自己推论的男人，此刻害臊地跑出了电梯，一溜烟地消失了。

* 日语中有“見ざる聞かざる言わざる”的说法，意为不看不听不言，源自《论语》的非礼勿视、非礼勿听、非礼勿言。因为三个词的尾音与猿猴的发音类似，所以一般用“三猿”指代不看不听不言。

第98话 复仇的结果

“父亲的冤仇，今天就让我替他报了吧！”

在江户时期的一座宅院门前，一位看起来才十几岁的年轻武士，一边叫嚷着一边挥刀砍杀。

大名差点儿就被砍到，早已吓得屁滚尿流。

但是，本领高强、保卫大名安全的护卫们，丝毫没有惊慌，轻而易举地就拨开了年轻武士的刀，将他制伏在地。

大名想看看让自己受惊丢脸的武士到底是何方神圣。

但是，因为大名有过太多相似的经历，即便看清了武士的长相，也想不起来是谁，抑或因为何事结下了仇。

但既然喊的是“为父报仇”，想必应该是被自己陷害过的某人的孩子吧！

但是，那也都不重要了。

无论是谁，因为何事，都不可原谅。

胆敢如此无礼行凶，就算就地处决、挫骨扬灰，也完全没有关系。

但这样一来，就一点意思都没有了。

大名对年轻武士说道：“你最后有什么想说的吗？要是能说服我，或许还能留你一条命。”

听到这话后，刚刚还一脸凶狠的武士，瞬间表情愉快地说道：“太好了，您的打嗝似乎停了呢！”

年轻武士，后来被大名招入麾下。

在太平的江户时期，相比于剑术的高超，更重要的是话术高超。

第99话 外婆的信

打扫外婆房间的时候，我在桌子抽屉里看到一封信。

看起来是她为自己死后而准备的信吧。

外婆，对家人来说是令人生畏的存在。

确切地说，是让人讨厌的人。

她既顽固，又任性，总是毫不客气地说家人的坏话、发牢骚。

但是在信里，外婆却坦率地表达了对家人真正的感情，例如，虽然自己真的很爱很爱家人，但太笨拙了，没办法坦率地表达出来，等等。

上个月，外婆出去旅游了，此刻并不在家。

但我在知道了外婆真正的想法后，眼泪止不住地流了下来。

叮咚！屋外响起了门铃声。

打开门后，只见拎着几个大包裹的外婆站在那里。

她上个月去了趟夏威夷，刚回来。

一到家，外婆就像往常一样开始念叨起来：“你啊，该不会把我房间里的东西弄得乱七八糟吧！”

我怀疑是不是自己听错了。前几天还专门嘱咐我收拾一下她房间的，正是外婆自己啊！

但是，这次我却没有像以前一样对外婆那么厌烦了。

恐怕，外婆是故意让我收拾桌子，让我不经意地看到那封信，来了解她内心的真实感受吧。

毕竟外婆那么笨拙，没办法坦率地表达自己的感情啊！

第100话 起承转结（四格漫画原理）

起·承

在选拔奥运会参赛代表的马拉松比赛上——

在距离终点 100 米的位置，

被对手超过的樋口选手，

太过不甘心，在心里吼道：

200

转

但是，樋口选手并没有放弃。

为了再次超越对手，

他使出最后的力气，拼命加速。

但是，他的身体已到达极限。

力不从心的樋口选手，

步伐僵硬，跌倒了。

摔倒后，樋口选手在跑道上咕噜咕噜地滚起来。*

* 日语里，滚（転）的发音与“转”的发音一样。

结

跌倒在地后，樋口选手的马拉松短裤破了，掉了下来。

摄影师想给樋口选手拍个特写，特意将他裸露的屁股放大了。*

* 日语中“屁股”与“结”发音一样。

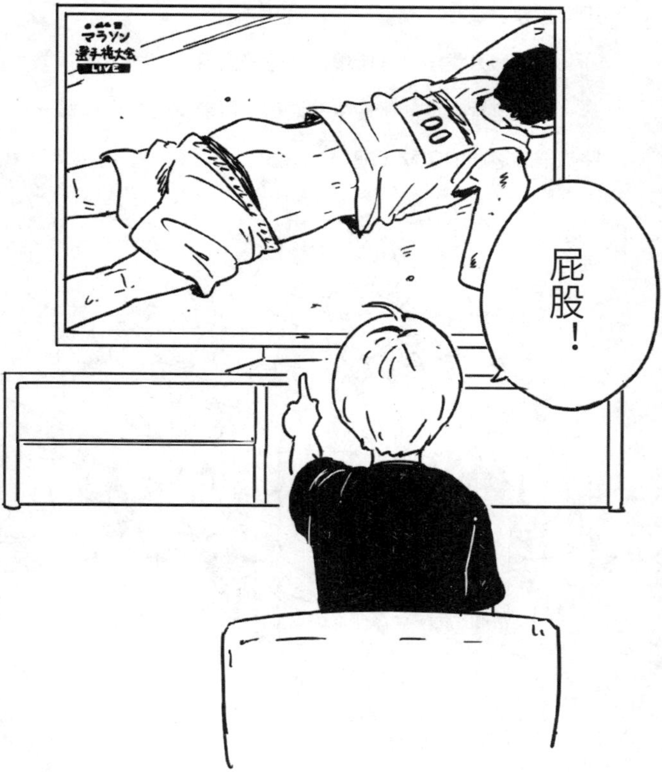

后记

今年，又有十几个童男童女被送到弥诺陶洛斯的迷宫里。

由于不堪忍受饥饿以及不被人类理解，弥诺陶洛斯大声咆哮着。

不过，人类没办法听懂他咆哮的内容。

如果这里有谁能听懂牛的语言，可能就会多少理解一些弥诺陶洛斯的苦恼了吧！

翻译成人类语言后的内容：

“所以说，看看我的样子，我的脸！我是牛啊！不是长得像牛，我就是一头牛啊！你们知道牛吧？牛是吃草的啊！我不吃肉，也讨厌吃肉。而且上颚本来就没有牙齿，所以完全咬不动啊！你们每次给我的还是生肉，这是怎样一种折磨啊！我要吃草，我要吃草，让我吃草啊！”

5秒钟后

意外结局系列

出色的推理小说

[日]菅原壮太——著 [日]吾希——绘
姚锦祥——译

中信出版集团 | 北京

图书在版编目（CIP）数据

出色的推理小说 /（日）菅原壮太著 ;（日）吾希绘 ;
姚锦祥译 . -- 北京 : 中信出版社 , 2020.10
（5 秒钟后意外结局系列）
ISBN 978-7-5217-2135-5

Ⅰ . ①出… Ⅱ . ①菅… ②吾… ③姚… Ⅲ . ①短篇小
说—小说集—日本—现代 Ⅳ . ① I313.45

中国版本图书馆 CIP 数据核字 (2020) 第 155192 号

出色的推理小说

著　　者：［日］菅原壮太
绘　　者：［日］吾希
译　　者：姚锦祥
出版发行：中信出版集团股份有限公司
（北京市朝阳区惠新东街甲4号富盛大厦2座　邮编　100029）
承 印 者：北京楠萍印刷有限公司

开　　本：787mm × 1092mm　1/32　　印　　张：7.25　　字　　数：68千字
版　　次：2020年10月第1版　　印　　次：2020年10月第1次印刷
京权图字：01-2020-5141
书　　号：ISBN 978-7-5217-2135-5
定　　价：128.00元（全四册）

前　言

阿波罗跑到科洛尼斯的身边。

科洛尼斯说道："为什么？你不是要用箭射断我们之间的红线吗？"刚说完这句话，她便断了气。

阿波罗像野兽一样咆哮着，大声哭喊道："太阳！太阳太刺眼了！！"

实际上，阿波罗是太过于自信了，他的箭术并没有他自己想象中那么好。

塞浦路斯岛的国王皮格马利翁，对现实世界中的女性感到失望，于是便亲手雕刻出理想中的完美女性，并为她取名加拉泰亚。

皮格马利翁深深地爱着这座雕像，为她准备了华美的衣服和珍贵的宝石，像对待恋人一样呵护备至。

不过，皮格马利翁渐渐感到失落，因为雕像一动不动，无法和自己有情感互动。有一天，皮格马利翁向女神阿弗洛狄忒请求道："请您赐予这座雕像生命吧！"

皮格马利翁碰了一下加拉泰亚的身体，竟然有一丝温热感。他的愿望实现了，这座雕像终于拥有了生命。

皮格马利翁看着眼前的加拉泰亚，她的一举一动、一颦一笑，都绽放着生命的璀璨光辉。

想到之前自己对现实世界的女性感到失望，皮格马利翁顿时感到万分羞愧。

于是，他们俩迈入了婚姻的殿堂。

前言 I
第1话 采用 001
第2话 乘法 003
第3话 养狗 005
第4话 决断 007
第5话 老夫老妻 009
第6话 出色的推理小说 011
第7话 灯神的愿望 013
第8话 便利店强盗 015
第9话 退役 017
第10话 粉丝们 019
5亿年后的意外结局 023
海外旅行 071
透明人 083
最佳状态 089
大便精灵 099

小爱 109
我和你 117
一半 135
我 143
主观 149
时间 157
地球仪 173
存档 189
终极之谜 199
模型组合开始！ 211
第11话 粉丝们（改） 219
○ 后记 221

第1话 采用

发明家正在向一家大型车企推销他设计的新款汽车。这辆车性能卓越，无论是速度、耗油量、制动，都与现有的车型截然不同。不过，这家车企最终并未采用这辆车的设计方案。

究其原因，原来对方认为这辆车很难操控，驾驶体验可能会不好。

发明家无论如何都希望自己的方案被采用，于是他亲自跳下跑道试驾，将新车的性能发挥得淋漓尽致！

实际上，这段跑道的驾驶难度非常高，车企负责人在亲眼看到这辆车的驾驶表现后，连连惊呼，马上决定采用！

“在驾驶难度这么高的跑道，还能有如此顺畅的驾驶表现……我决定马上采用![*]”

发明家被邀请成为这家车企的正式员工，并在社长室里进行日常办公。

原来，他被聘用为社长的私人司机。社长乘坐的高级轿车，他轻而易举地就能驾驭。

* 日语汉字词“采用”，既表示方案的采用，也表示人员的录用。

第2话 乘法

上司把项目同时交付给两个年轻员工，但出乎意料的是，两人意见相左、争吵不断，使得项目完全停滞。上司已经看不下去了，把他俩叫到跟前，对他们说：“你俩为什么就不能好好合作呢？你们都很有能力，这一点我比谁都清楚。如果你们能合作推动项目的话，工作效率绝不是做加法，而是做乘法！”

“课长，恕我斗胆直言！”其中一位年轻员工说道，“假设我们每个人的工作能力为 1，如果用加法的话，1+1 等于 2。但如果用乘法的话，1×1 还是 1！要是这样的话，让我一个人来做不就够了吗？”

“不过，如果想让相乘的结果大于 2，每个人至少要贡献平常 1.5 倍的能力才行。但相应地，您给我们的工资也得增加一半啊！”

听到这番话，另一位年轻社员反唇相讥道：“你的能力配得上 1 吗？这段时间你不是什么都没做吗？我看是 0 才对吧！课长，0 不管乘以多少，得到的始终是 0！”

第3话 养狗

我和儿孙们住在一起。在我 80 岁生日的那天，他们出钱给我买了一只小狗，作为生日礼物。

我把自己年龄里的“八”和小狗叫声的“一”加在一起*，给它取名叫“小九”。从此，每天照顾这只小柴犬，带它散步，就成了我的主要工作。

看来，家人给我买狗的原因，就是为了让我别总宅在家里，能够出去运动运动。一想到

* 小狗的叫声“汪”，在日语里的发音等同于“一”的发音。

家人对我这份默默的关心，我的眼泪不由得掉了下来。

有一天，我瞒着家人偷偷出门给他们买礼物，没想到比预想的晚了很久才到家。于是，我悄悄地打开房门，蹑手蹑脚地向客厅里瞥了一眼。果然，除了我以外，其他人都聚集在客厅里，好像出了什么事一样。

只见孙子捏着一只好像是我穿过的袜子，放到小九的鼻尖，然后对它说：

第4话 决断

我是一位天才发明家，之后被一家车企聘用。

但是，公司并不是看中了我的发明，而是让我担任社长的专人司机。

最初，我对此愤愤不平，但如今我逐渐对社长心怀感激，因为他总是对我的驾驶技术赞不绝口。

社长乘坐的这辆高级轿车，开起来非常困难。我甚至认为，能够驾驭这辆车的，只有我一个人。带着这份自豪感，我热情地投入每天的工作中。

此时，坐在后排的社长，用一种轻柔的语调对我说道：

这时，社长开始变得神秘兮兮的，用一种傲慢甚至施舍的态度继续说道：“昨天，当你休假的时候，我给这辆车装了最新款的自动驾驶装置。不是说这辆车很难开吗？你看，只要按一下这个红色的按钮，即使呼呼大睡也能顺利地到达目的地……”

我擦掉眼角的泪水，关掉汽车的自动驾驶功能，接着狠狠地踩下了油门。

第5话 老夫老妻

结婚多年以后，丈夫对妻子的感情逐渐变淡，甚至像对待“空气”一样冷若冰霜。

在丈夫冷漠的态度下，妻子积累了太多的怨气，寻思着要寻找一个时机好好“报复”一下丈夫。

然而，几十年下来，丈夫的记忆力开始逐渐退化，把自己过去的所作所为忘得一干二净。

然而，对丈夫过去的冷漠态度燃起复仇火焰的妻子，最近也出现了记忆衰退的症状，以至于把丈夫对她的一切“冷暴力”也通通忘掉了。

于是，如今的两人，彼此更加成为“空气”一般的存在。他们对过去发生的一切都不再在意，两人相依为命难以割舍，他们又重新成为一对恩爱的夫妻。

第6话 出色的推理小说

近来状态不佳的推理小说家，终于完成了一部堪称生涯最佳的新作品。

这部作品不仅角色鲜活，人物对话也充满巧思，更使用了大胆而巧妙的作案手法，把不可能变成可能。在故事的最后，真凶的身份和犯罪动机也着实让人大吃一惊。无论从哪个方面看，这本书都近乎完美。

即使是平常对他冷言冷语的出版社编辑，读完书稿后也不由得泪流满面，难以掩饰内心的激动。

接下来，就是等待小说正式出版了！对这一天，作家早已迫不及待。

在小说发售日当天，作家来到书店，走向小说的陈列架。在店里最显眼的位置，整齐地堆满了他的新作品。

他从中拿出一本，随手翻了几页。没想到，书里的内容令他错愕不已，他突然昏迷倒地，不省人事。

他昏迷之前看的那页，正是关于小说登场人物的相关介绍。

第7话 灯神的愿望

灯神向那位把自己从神灯中解救出来的男孩表示感谢。

灯神久别人间，在这个世界上无亲无故，因此他希望和男孩能够成为朋友。

于是，他放弃了“只能许一个愿望”的老规矩，承诺会满足男孩的所有愿望。他认为如果这样做的话，就能博得对方的好感，双方自然而然地就能成为朋友。

凭借魔神的力量，男孩获得了自己想要的一切，他紧接着继续说道：

男孩带着略微害羞的表情，向魔神清楚地说道："我想要一个好朋友，那种待人和善而又值得信赖的好朋友！"

魔神略微陷入了沉思，接着，一股浓烟涌起将他笼罩。几分钟后烟雾散去，魔神再次现身。

然而，男孩却满脸失望地说道："喂！能不能快点。快点给我变出一个好朋友吧！"

听完这句话，魔神四周再次出现了浓烟。几分钟后，烟雾散尽，但魔神和神灯都消失得无影无踪。

第8话 便利店强盗

“马上把收银台里所有的钱都装到这个袋子里！”

光天化日之下，便利店里居然出现了劫匪。

这附近的住宅区人烟稀少，白天的客人甚至还没有晚上多。此时，店里除了店员以外，一个人都没有。

“你可千万别想着找谁求救！要是敢乱动的话，我手里的刀可不长眼！”

店员被劫匪用刀指着，无奈只能唯命是从。

正在这时，门外响起了吱吱吱的轮胎摩擦声。与此同时，伴随着一阵玻璃碎裂声，一个庞然大物冲进了便利店内。

原来，冲进来的是一辆加长版的豪华轿车，车体前端正好撞到了收银台上。

强盗被撞飞到了墙角，不省人事。而豪华轿车的司机则一边大哭，一边吼着一些莫名其妙的话。

第9话 退役

这位棒球选手曾以惊人的击球力让对手闻风丧胆，据说甚至在没有跑垒员的情况下都会故意给他四坏球。* 然而，这样一位伟大的球员，却决定要退役了。

现在，他的实力已大不如前，但为了帮助他刷新连续出场纪录，教练特别关照他，仍旧给予他出场机会。

恐怕只要他还没退役，教练就会一直让他出场，但他的职业精神和自尊心已经不允许他再继续这样下去了。于是，他通过媒体表达了退役的意愿。

* 日语当中的“敬远球”即故意四坏球，是在棒垒球比赛中，投手与捕手出于战术运用考量，故意连投4个夸张到不可能击中的球保送击球能力较强的击球员上一垒，以避开强棒的打击。

但从第 2 天开始，他就不断收到粉丝寄来的信，全都在劝他改变心意，信中充满了悲伤、不舍和期待。

这位棒球选手，最终撤回了他的退役声明——

听到他撤回退役的消息后，这些“粉丝”——

这些其他球队的粉丝长舒一口气，放下心来。

“太好啦！他终于撤回了退役声明！像他这样明明技不如人还继续出场的选手，简直是其他球队的福音啊！要是他退役的话，恐怕我们获胜就不那么容易了……”

原来，他之前收到的那些粉丝来信，都是对手球队的粉丝寄来的。这一点，恐怕他做梦也想不到吧。

第10话 粉丝们

他就是负责这套人气小说漫画工作的插画师，突然，他家的门铃响了。

他打开门一看，外面站着3个小孩，脸上挂着纯真无邪的笑容。

其中一个小孩对他说道："可以帮我签个名吗？"他一边说着，一边递来一张纸。

"他们怎么知道我家在这里啊？"虽然插画家心里有些疑虑，但还是笑眯眯地在指定的地方签下了名字，并把纸交还给3个小孩。

孩子们接过签名后大喜过望，甚至看起来有点夸张。

usi
你可是签了名哦。
这样的话，可不能反悔了哟。
usi
什么？反悔？
从现在开始，你必须完全按照我们的要求去作画。
明明是个大人，怎么连字都不认识呢？
嘿嘿
嘿嘿
哗啦
按你们的要求？不认识字？
从刚刚开始你们胡言乱语些什么啊？
你刚刚签的那份，可是契约书哦!!
執筆契約書
usi
咔嚓
托尼、斯托克、德科（以下称为“甲方”）与 usi（以下称为“乙方”），就创作相关问题达成以下协议：
第 1 条：乙方将以甲方为主人公创作漫画，并承诺努力将甲方塑造为世界知名的英雄人物。
第 2 条：为实现第 1 条的目标，乙方不能对甲方的指示有任何异议。此外，乙方也不能索取任何劳动报酬，承诺将全力投入创作。

听明白了吧！现在赶快开始画吧!!
你要是敢反抗，当心你的小命！
砰！
哇
咣！
记得把我们画得帅一点！
ひぃぃぃ
嗯……
怎么是黑白的？看起来也太单调了，给我改成彩色的！
这……这样的话成本有点高，估计得问问编辑的意见……
我马上就给编辑打电话！
他们怎么都不接电话呢？
您所拨打的电
那……那个，你现在不可能联系到编辑了……

嘿嘿嘿
咔嚓
?!
你要是敢违
我们说的话，
就可以和编辑
相见了……
你这么想见
他吗？
那个编辑求我饶
他一命的时候，
还真是可怜呀！
不会吧……

5亿年后的意外结局

再也不想帮妈妈做家务活了，居然每次只给我50块的零用钱！
我也是！
有没有什么既轻松，收入也不错的兼职呢？
（德科 5 岁）
（托尼 5 岁）
（斯托克 5 岁）
这样的话，不妨听听我的建议……
!
井上博士！
不过，这个建议究竟是好是坏，我可不敢打包票哦……
井上博士
（天才科学家）

一瞬间
就可以赚到100万的兼职
百万円
一瞬间……
100万……
真的吗？
不会是什么坑人的工作吧？
按一下按钮
咔嚓
只需要这样就足够了

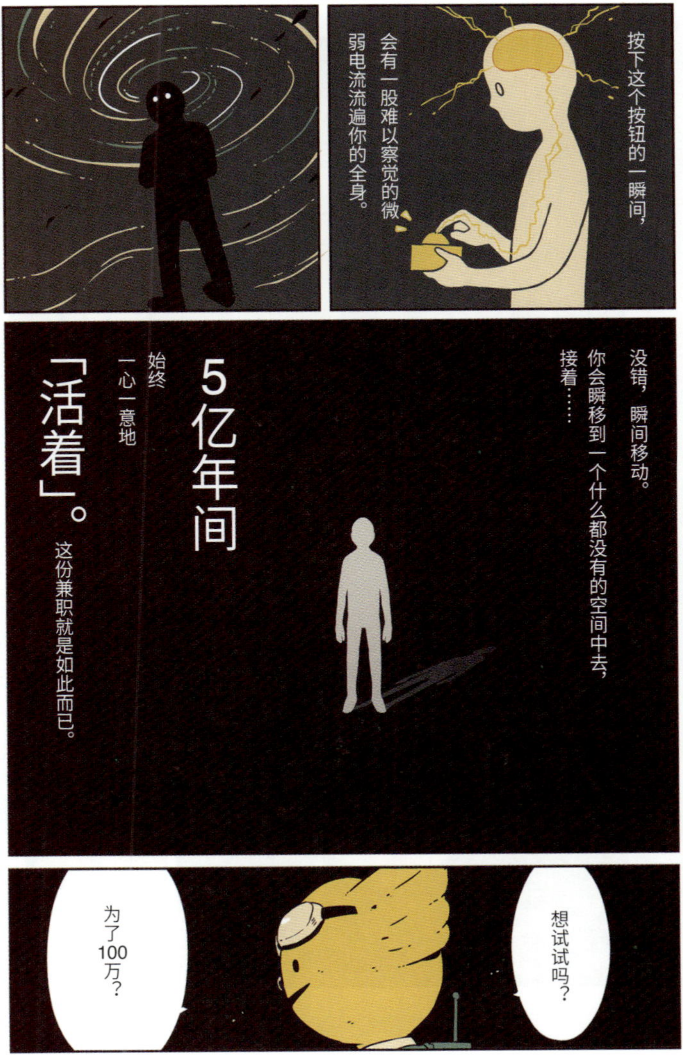
按下这个按钮的一瞬间，
会有一股难以察觉的微弱电流流遍你的全身。
没错，瞬间移动。
你会瞬移到一个什么都没有的空间中去，
接着……
5亿年间
始终
一心一意地
「活着」。
这份兼职就是如此而已。
想试试吗？
为了100万？

那里确实是一个什么都没有的空间。
在那里，意识仍然存在，但人无法入睡，也不会死去。
但是，在任务完成的瞬间，你会重新回到按下按钮的那个地方，一切都没有改变。
无论时间还是你的身体，都还是原来的样子。
记忆也消失了……
哎，什么？
这样就结束啦？
在不经意之间，整整5亿年的记忆消失殆尽。
因此，对这个人来说，
只是轻轻地按一下按钮，就能得到100万！（太幸运啦！）
收获了一瞬间赚到100万的幸福。
不过，这份兼职的时间跨度……
有5亿年之久……
确实很长啊！

什么也不能做。

不过，

意识仍然清楚，

无法入睡，

也不会死去，

只能这样一分一秒地

度过5亿年。

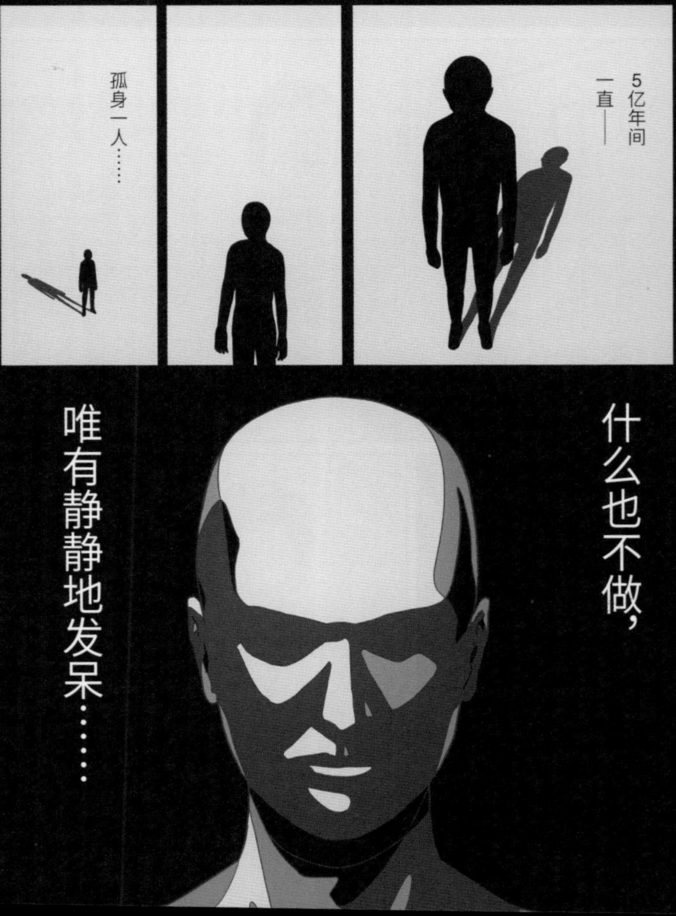

不过，结束的一瞬间
记忆就会消失，
一切都恢复到最开始的状态。
而且获得了
100万！
本质上
就是在一瞬间赚到
了100万。
我所说的这种兼职……
你们想试试吗？

……
我明白了。
这可是5亿年啊！
真的假的?!
这样的话，我……
我要试试！
现在，这个按钮就摆在你的面前！
真的要按下去吗？……
只要按了这个，就开始了对吧？
你是认真的吗？
一瞬间可以得到100万呢！
这个绝对值得一试呀！

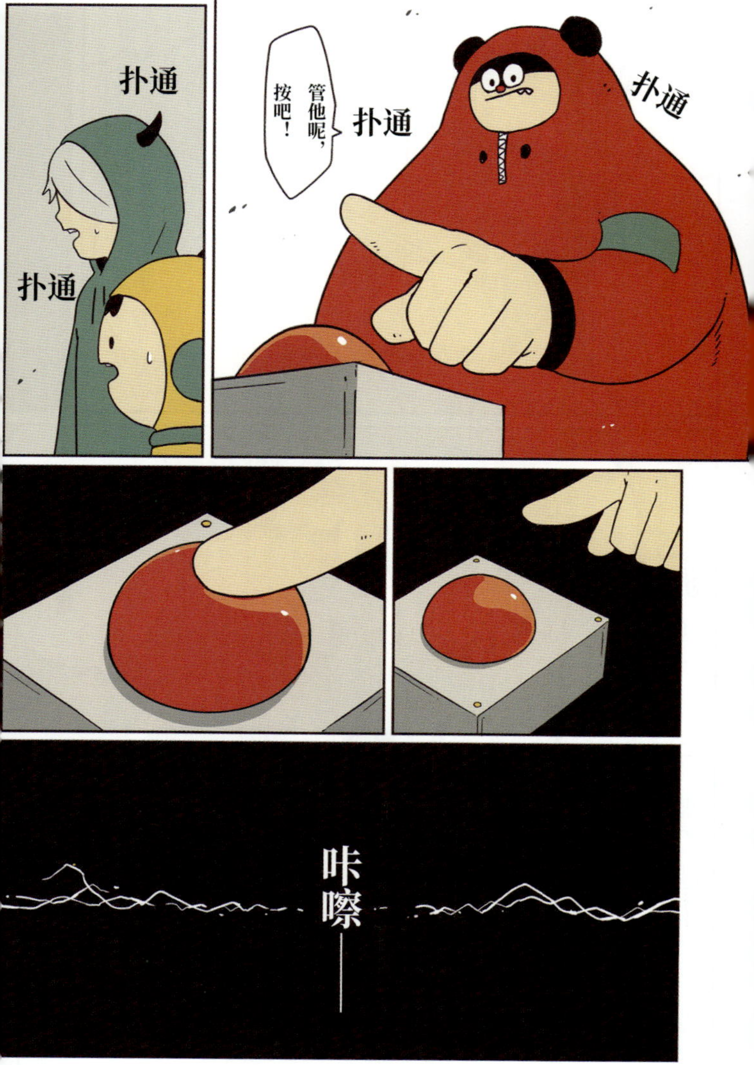
扑通
扑通
管他呢，按吧！
扑通
扑通
咔嚓——

032
咻！
看吧！这就是100万现金！
啊？但好像什么都没有发生啊！
真的是100万啊！
这个真的要给我吗？哇！
德科，你还记得刚才的感觉吗？
咦？明明只是按了一下按钮啊……
难道实际上已经过了5亿年吗？
还想再试一次吗？
嗯，嗯！
哇，好棒，现在赚到了200万！
哎?!等一下!!德科，你刚刚只不过按了一下按钮而已啊！

这也太爽了吧！
200万哟！！
我也要，我也要！
按一下这个就可以了吧？
没错！
先赚个100万再说。
很简单嘛！

咔嚓——
什么也没有发生啊……
正这样想着……
哔哔——

在那一瞬间
哎？
我的意识……
正飞向一个很远很远的地方……

036

咦?
这里……
难道是……

5亿年
开始

糟了！
果然变成了这样……
5亿年啊……
骗人的吧？
托尼对于5亿年的认识，实在太幼稚了！
最初，他在四周不停地打转……
奔跑，想要找到出口……
嗒

哎？哎？出口到底在哪儿?!
无论走到哪儿，景色怎么都是一样的啊！
托尼跑啊跑，
呼哧
呼哧
跑累了就休息一会儿。
然后接着跑，结果，他跑了3天，终于意识到一个简单的事实：这里根本没有出口。

啊啊啊！
难以置信……
到底发生了什么啊？
爸爸和妈妈肯定
在担心我吧？
从今往后，我
该怎么办啊？
我想回家。
一边想着家人，
一边想着朋友，
最初的一个礼拜就这样过去了。
3个月后——
他开始意识到，
5亿年原来是那么漫长！
不会感觉饥饿，
也不会感觉
痛苦……
但一股莫名其
妙的恐惧
正一点点袭来……

不知怎么，感觉好孤单，
望向远处，总觉得未来的生活暗淡无光。
半年后
石头！
布！
啊，是左手赢了……
他发明了『单人剪刀石头布』的游戏，
为了在这里生存下去。

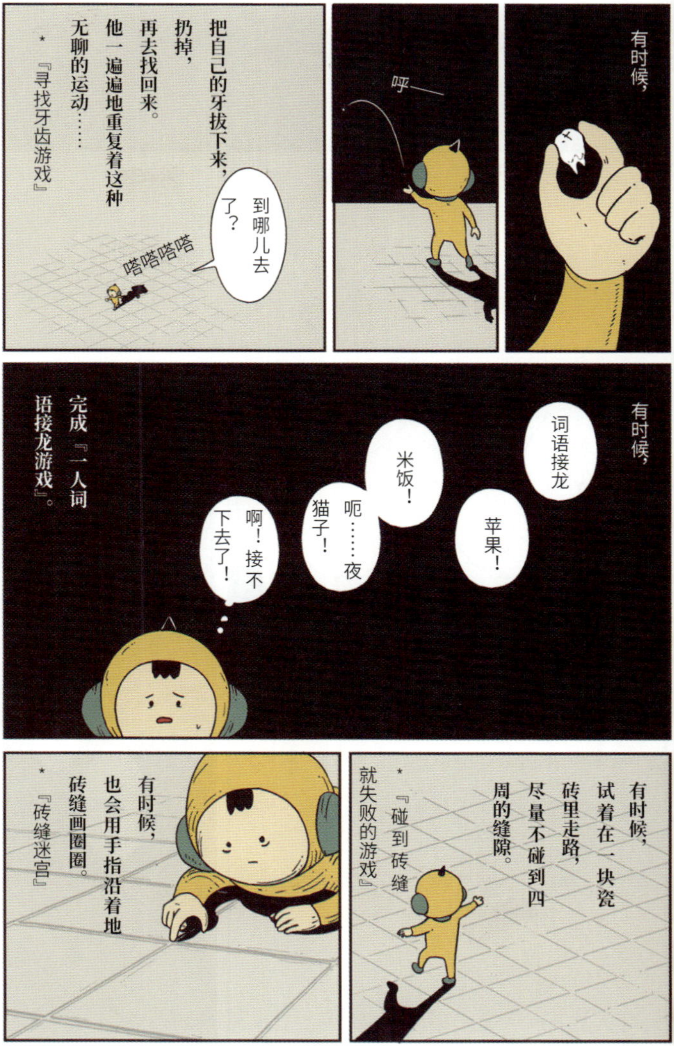
有时候，
呼——
把自己的牙拔下来，扔掉，再去找回来。
他一遍遍地重复着这种无聊的运动……
到哪儿去了？
嗒嗒嗒嗒
*『寻找牙齿游戏』
有时候，
词语接龙
苹果！
米饭！
呃……夜猫子！
啊！接不下去了！
完成『一人词语接龙游戏』。
有时候，试着在一块瓷砖里走路，尽量不碰到四周的缝隙。
*『碰到砖缝就失败的游戏』
有时候，也会用手指沿着地砖缝画圈圈。
*『砖缝迷宫』

每天就是想方设法打发时间。
如果不做些什么的话，真的就是无所事事。
似乎连精神都开始变得有点不正常了。
一个游戏玩厌了就想下一个，下一个玩厌了再想下下个，一遍遍地重复着……
就这样，一年后……
托尼大人——

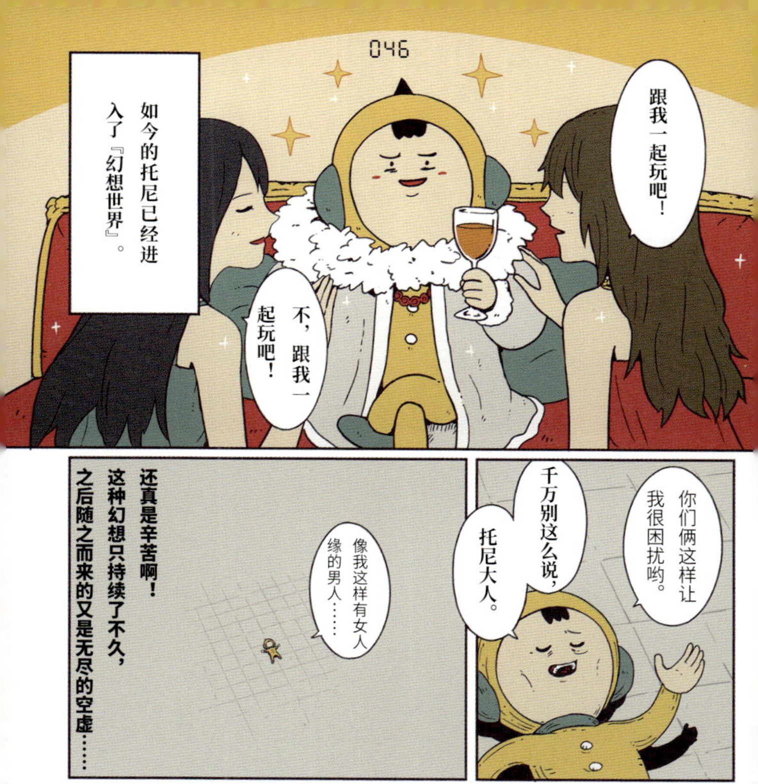
如今的托尼已经进入了『幻想世界』。
跟我一起玩吧！
不，跟我一起玩吧！
你们俩这样让我很困扰哟。
千万别这么说，托尼大人。
像我这样有女人缘的男人……
还真是辛苦啊！
这种幻想只持续了不久，
之后随之而来的又是无尽的空虚……

托尼已经
什么都不想做了
他无数次打从心底里
后悔自己按下按钮的愚蠢决定。
和现实世界相比，
这里的时间实在是太
太太太长了！
已经够了！
他已经充分意识到
伴随着漫长时间而来
的痛苦……
他维持这个姿势一动
动，又……
过了 40 年——

接着，
他来到这里，
已经过了100年……

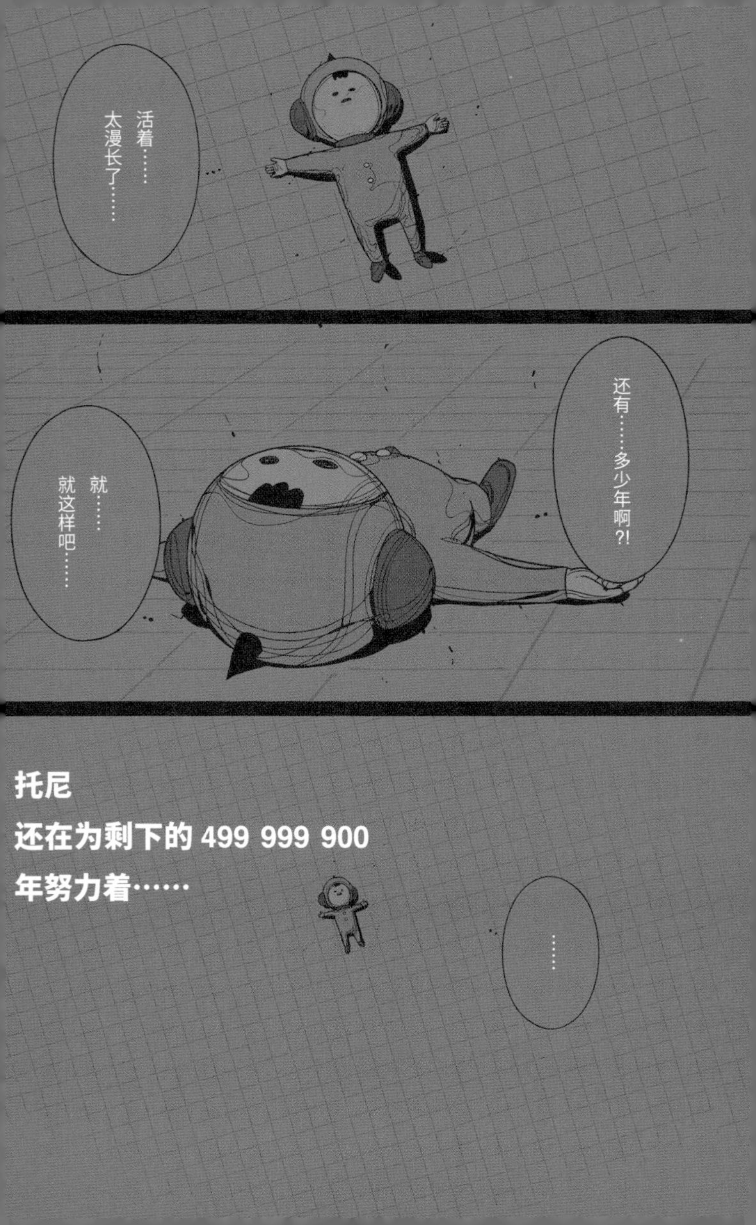
活着……太漫长了……
还有……多少年啊?!
就……就这样吧……
托尼
还在为剩下的 499 999 900
年努力着……
……

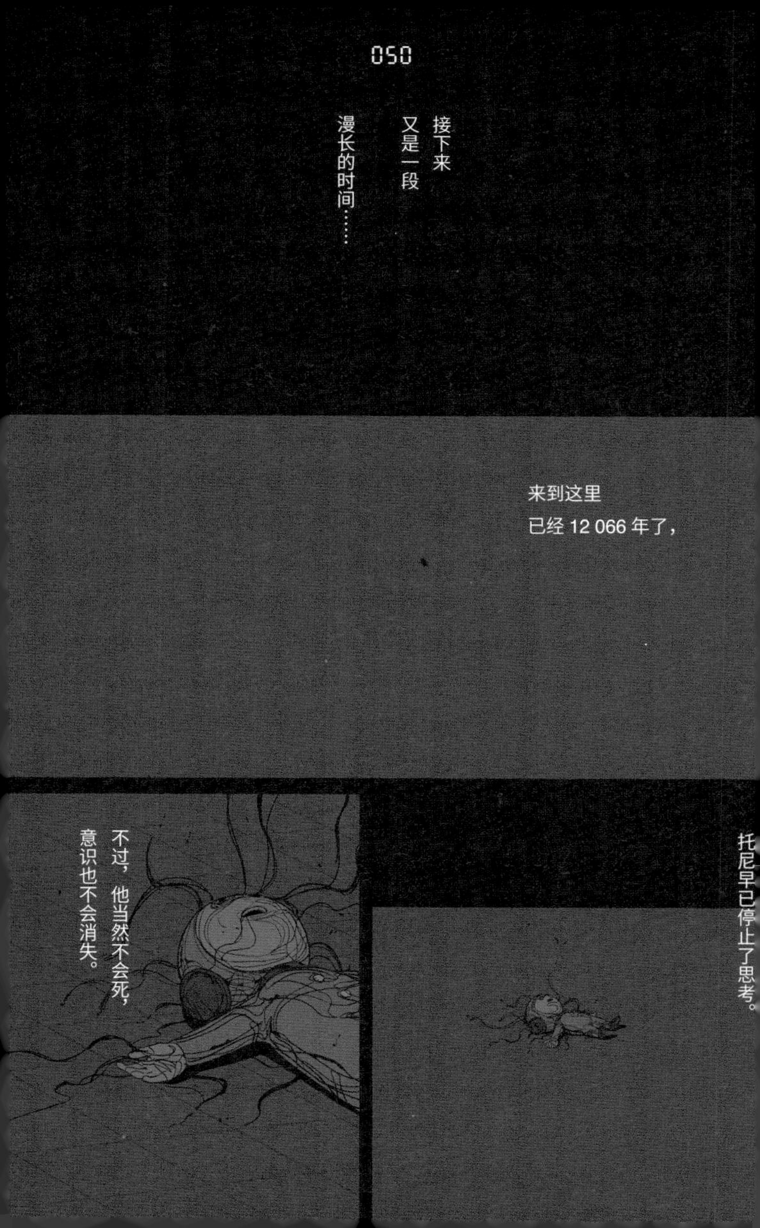
050
接下来
又是一段
漫长的时间……
来到这里
已经 12 066 年了，
托尼早已停止了思考。
不过，他当然不会死，
意识也不会消失。

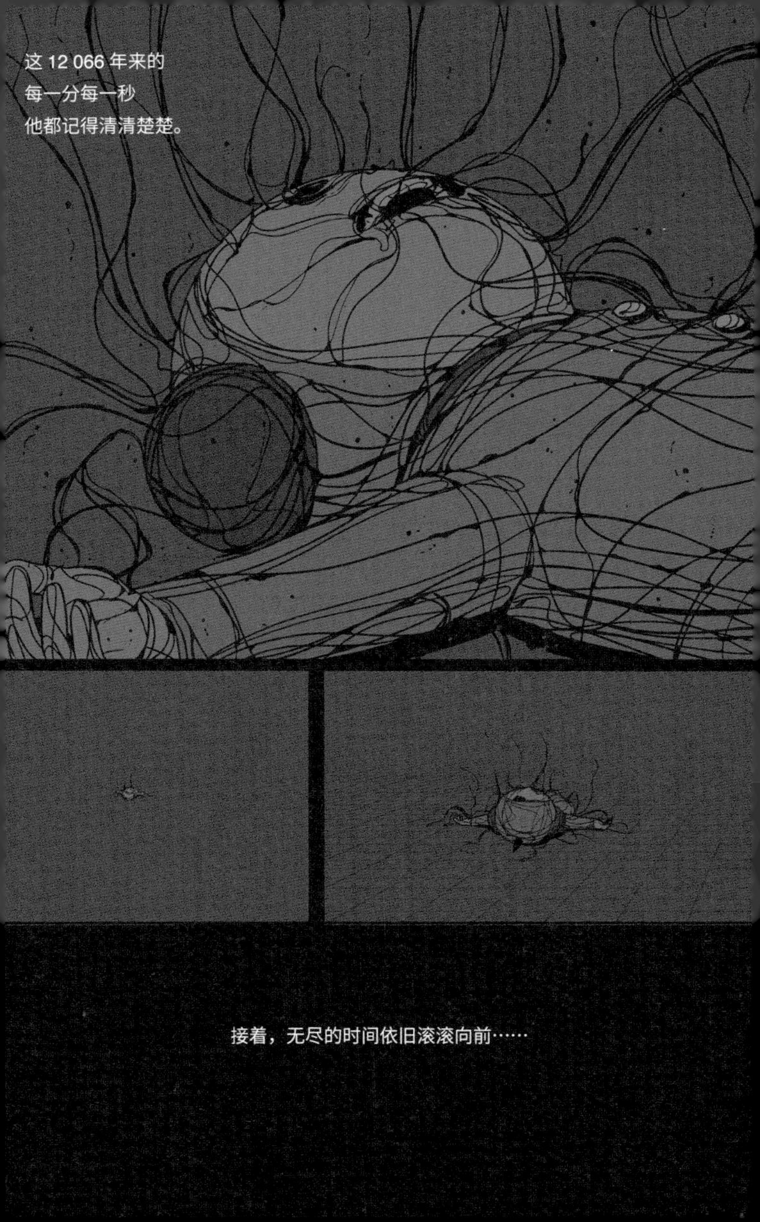
这 12 066 年来的
每一分每一秒
他都记得清清楚楚。
接着，无尽的时间依旧滚滚向前……

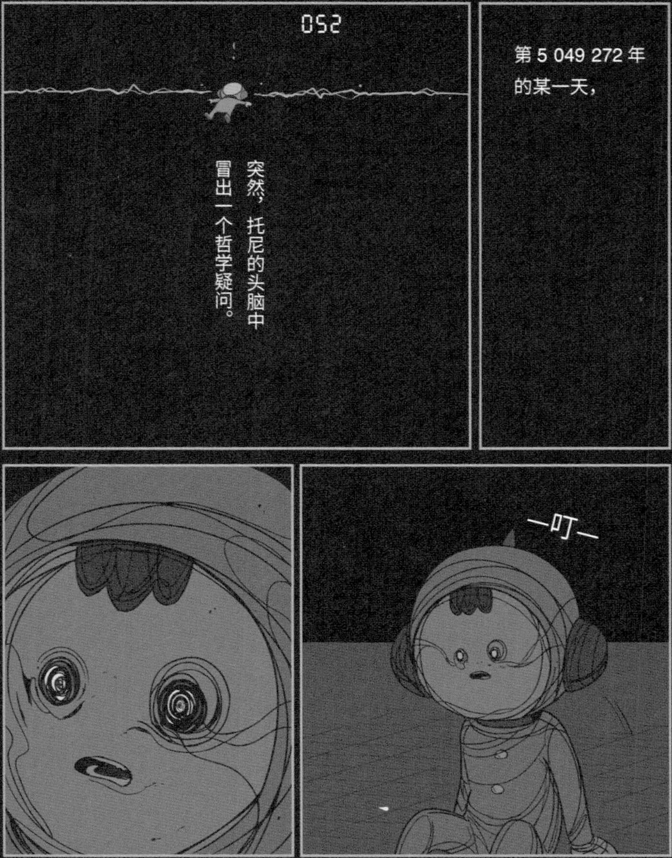

这里的一切，真的是现实存在的吗？

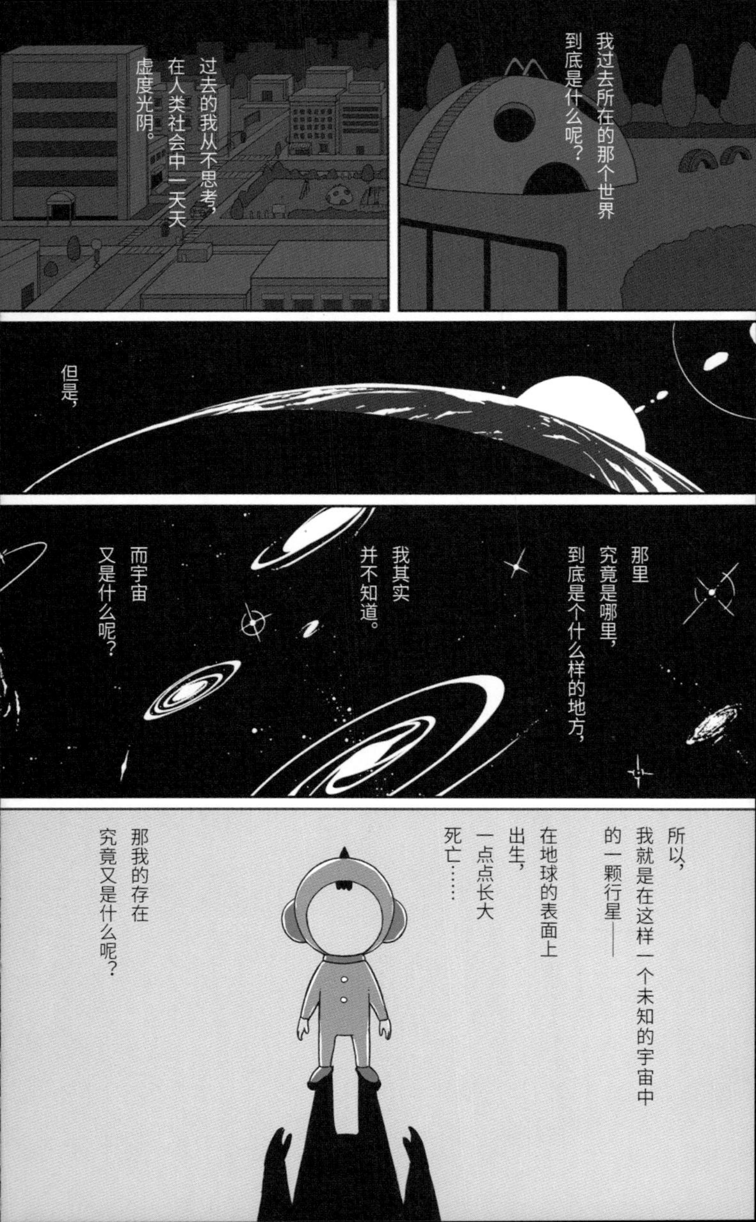
我过去所在的那个世界
到底是什么呢？
过去的我从不思考，
在人类社会中一天天
虚度光阴。
但是，
那里
究竟是哪里，
到底是个什么样的地方，
我其实
并不知道。
而宇宙
又是什么呢？
所以，
我就是在这样一个未知的宇宙中
的一颗行星——
在地球的表面上
出生，
一点点长大
死亡……
那我的存在
究竟又是什么呢？

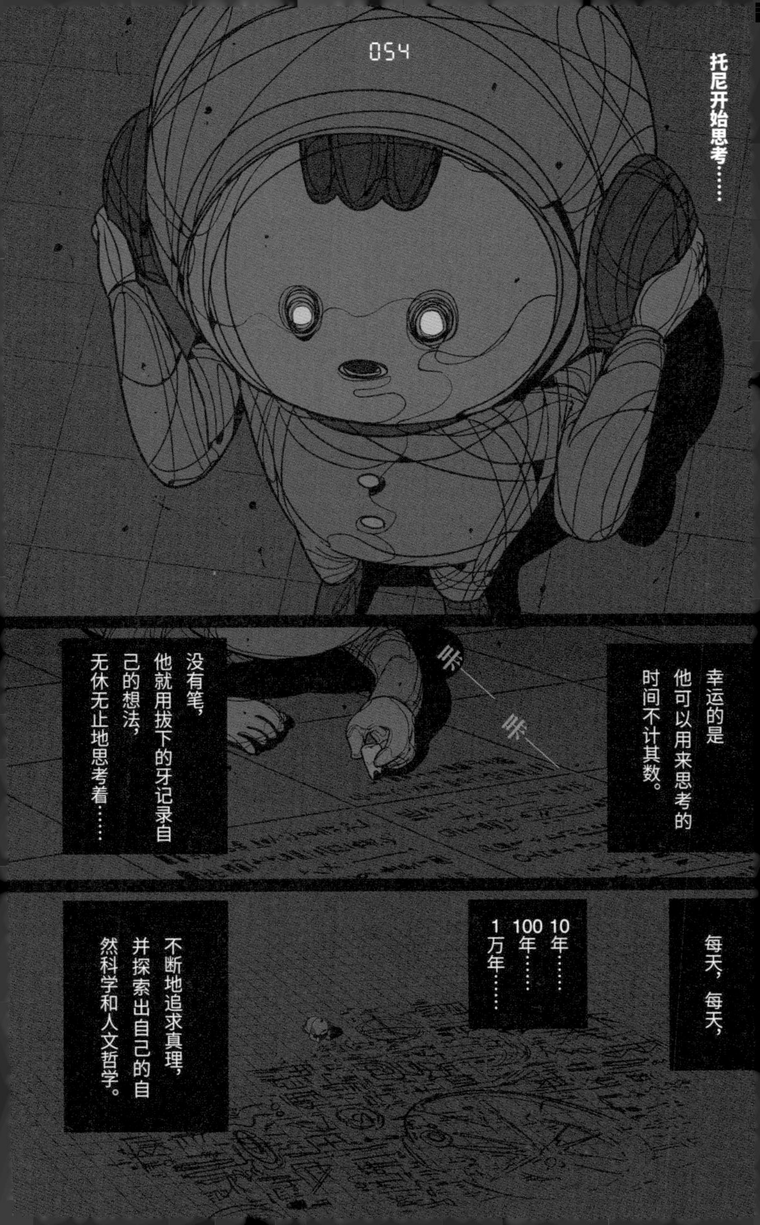
托尼开始思考……
幸运的是他可以用来思考的时间不计其数。
没有笔，他就用拔下的牙记录自己的想法，无休无止地思考着……
每天，每天，
10年……100年……1万年……
不断地追求真理，并探索出自己的自然科学和人文哲学。

接着
第 20 000 000 年，
カリ
カリ
カリ
カリ
他已经创造出远超人类智慧
的思想与理论，
但仍在不断地追求真理……

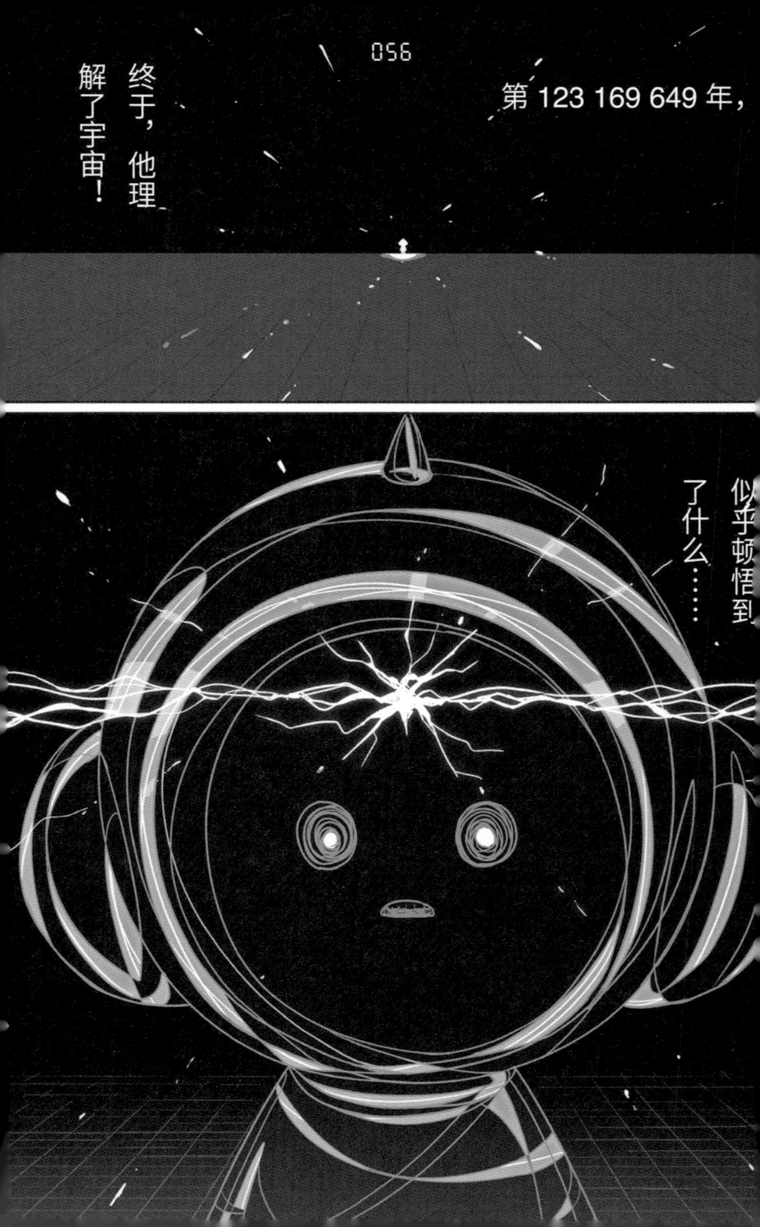
第 123 169 649 年，
终于，他理解了宇宙！
似乎顿悟到了什么……

接着，

第 3 7 683 351 年，

他与空间融为一体……

接着，
第5亿年，

回到了现实世界！
他终于，

062

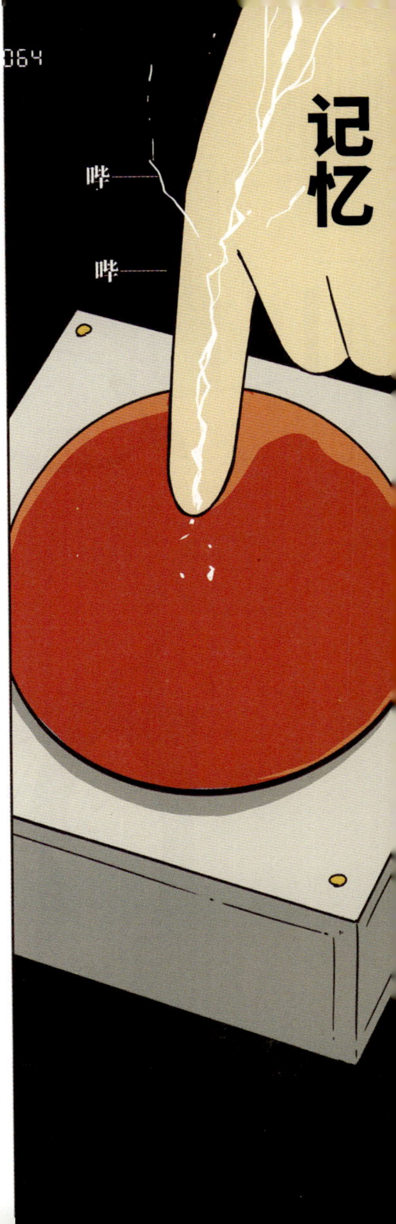
记忆
哔
哔

消失了

看吧，100万奉上！
哇！
亮晶晶
……
真的只是按一下按钮而已啊！
太厉害了！
真的是100万啊！果然好像什么都没有发生一样！
太幸运啦！
一瞬间就赚到了100万，没有什么比这更棒的兼职了！
想试多少次都可以哦！
博士，让我再试一次吧！
还要再试?!

这样一来，就有300万啦！
咔嚓
这么划算的兼职，真是过了这村没这店了啊！
一瞬间赚了300万！开心得受不了啦！
无论试多少次都可以吗？
当然咯！
5亿年后，记忆被切断。
咔嚓咔嚓咔嚓咔嚓
好！看我的连击！

5亿年×16

漫长之旅开始了

有意思吗？
哎？
连我也玩了……
这个5亿年的游戏吗？
……
你不能画一些孩子感兴趣的内容吗？
比如，去海外旅行，
或者变成透明人搞恶作剧之类的！
明白了吗？
扑通！
扑通！
咔嚓

海外旅行

前几天全家一起去欧洲旅行，好开心呀！
真的呀！我只去过夏威夷！夏威夷啊！也不错嘛！
果然——
！
旅行的话还是要去海外！
……
想去海外旅行！！
啊啊啊啊啊啊啊

不过，海外旅行很贵吧？
帮妈妈做家务赚钱吧！
1次只有50日元，什么时候才能攒够啊！
我想到一个好主意！
要是有一个超长的滑梯，可以直通夏威夷不就行了！
夏威夷
要是有的话——哪会有这种东西呀！
没有的话自己造一个不就好了！
啊！
您来得正是时候！

博士！您刚刚说没有的话就造一个，到底是什么意思啊？
井上博士!!
看起来你们好像又遇到困难了！
哇哇哇！
使用这个就行啦！
BIG
—变大喷雾—
博士的发明产品。
被这个喷雾喷过的东西
就可以变得非常非常大！
咚咚咚咚!!
哇哇哇哇！
这也太轻了吧？
少啰嗦，快干活！
你们给我看清楚了！
这个东西真的可以变大吗？

!!
对！就是这个！我们想要的就是这个！
太棒啦！
哇哇哇哇哇哇
托尼，你们想要的就是这个吧？
简直像做梦一样！
要是从这上面掉下去的话，绝对会死的！

哇哈哈哈哈哈哈哈哈哈
哈哈，太棒啦！出发去夏威夷咯！
这也太乱来了吧！
下一个轮到我啦！
好棒！
太有意思了！
哎?!
有点烫?!
好烫！
咻
后背好烫呀!!
咻
好热!!

夏威夷

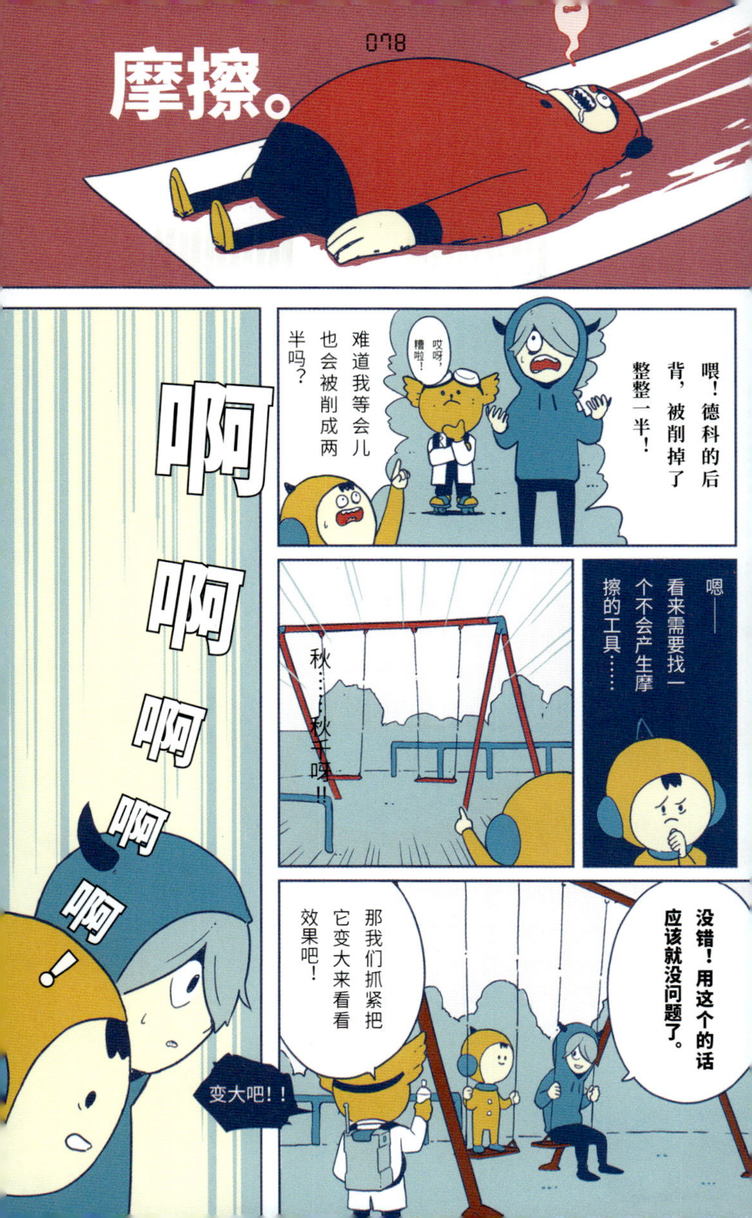
摩擦。
喂！德科的后背，被削掉了整整一半！
哎呀，糟啦！
难道我等会儿也会被削成两半吗？
嗯——看来需要找一个不会产生摩擦的工具……
秋……秋千呀!!
没错！用这个的话应该就没问题了。
那我们抓紧把它变大来看看效果吧！
变大吧!!
啊啊啊啊啊！

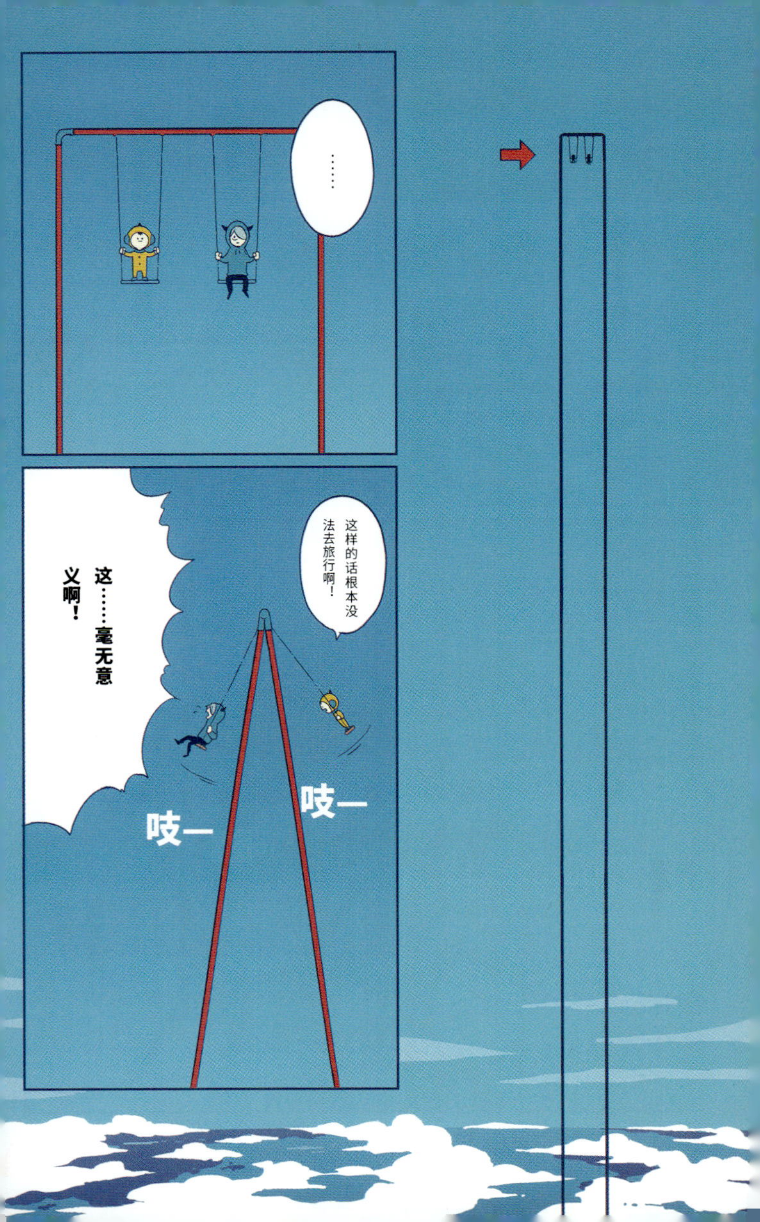
……
这样的话根本没法去旅行啊！
这……毫无意义啊！
吱—
吱—

咻
我明白啦!!
帮你们把绳子变长怎么样？
哇——
真的变长了啊！
咻——
哟嗬！
好棒——
就是这样！

好舒服！
我们到啦！
哇哇!!
哇
哇
哇
哇
哇
哇

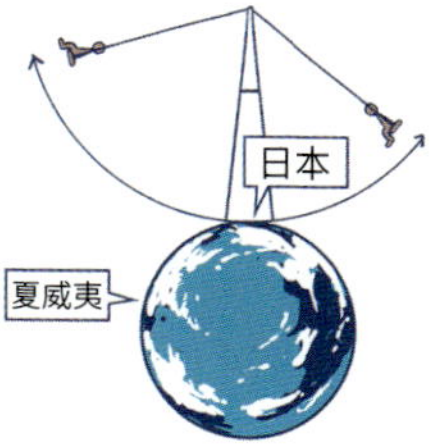

仔细想象的话，
乘坐巨大的秋千去
夏威夷，
本来就是不可能的。

透明人

到啦!!
到冲绳啦!!
不过，真没想到我们可以神不知鬼不觉地坐上飞机！
不愧是井上博士呀！
几小时前
我刚研发出一种可以变成透明人的药……
你们有兴趣试试这个药的效果吗？
嗯嗯嗯！
可以尽情地恶作剧了！
太幸运啦！
快看那个！

那块砖居然飘在空中了！
呀！它往这边飞过来了！
冲啊啊啊啊！
德科已经开始了他的恶作剧。
哇，那边有个漂亮姐姐！
可恶!!
等一下！
砰！
即便变成透明人，也没办法穿墙而过呀……
好痛……

接着——

怎么样？成为透明人感觉如何？
确实挺开心的，但如果苛求一点的话，要是能成为可以穿越一切的透明人，就更好了！
原来如此……
实际上，我早就研发出来了!!

它的名字就是『透明人二号』!!
NEW
透明人二号
它是『透明人』的改良版。
哇，真是高效啊!!
不过，需要格外小心!!虽说可以穿过一切，但由此带来的危险也很大。吃药的时候一定要……
吃下去试试吧！
快点快点！
吃的时候如果不加稀释的话……
!!
咕咚咕咚
咕咚咕咚
咕咚咕咚
啊！你们认真听我说完啊!!

!?
一切都可以穿透!!
啊，我们穿透地板了！
糟了！糟了！
啊啊啊啊啊啊啊啊啊啊啊啊啊啊
啊啊啊啊啊啊啊啊
要落到地下了!!
哧溜——
连衣服都不剩了！
哧溜——

哇啊啊啊啊啊啊啊啊！
到底要掉到哪里去啊?!
可以穿越一切的托尼一行人，
按照重力学原理，
最终来到了地核正中心的镍合金层，
此后一直在那里维持着静止状态……
哇哇哇哇哇！
啊啊啊啊！

最佳状态

我正在思考，什么是人类的最佳状态。
没有痛苦，也没有悲伤，生活中尽是开心与满足。
你们俩状态也不错嘛！可以算得上是最佳的吗？
并没有……普普通通吧。
您刚刚说了『也』，难道有谁现在状态不错吗？
实际上，斯托克目前正处在最佳状态。
那就是斯托克现在的样子!!
咕咚
咕咚
什么?!斯托克……只剩下他的大脑了吗?!

没错，他的大脑正被电脑控制，可以随时对幸福中枢进行直接刺激。
他这一生，可以一直做最开心的梦，快乐地生活着。
HAPPY!
那些美好的梦境，对斯托克就如现实一般，他在其中快乐无比。
这就是，每天开心、快乐的最佳状态。
不过，博士，人生不是只有经过痛苦才更能体会到快乐的可贵吗？
??

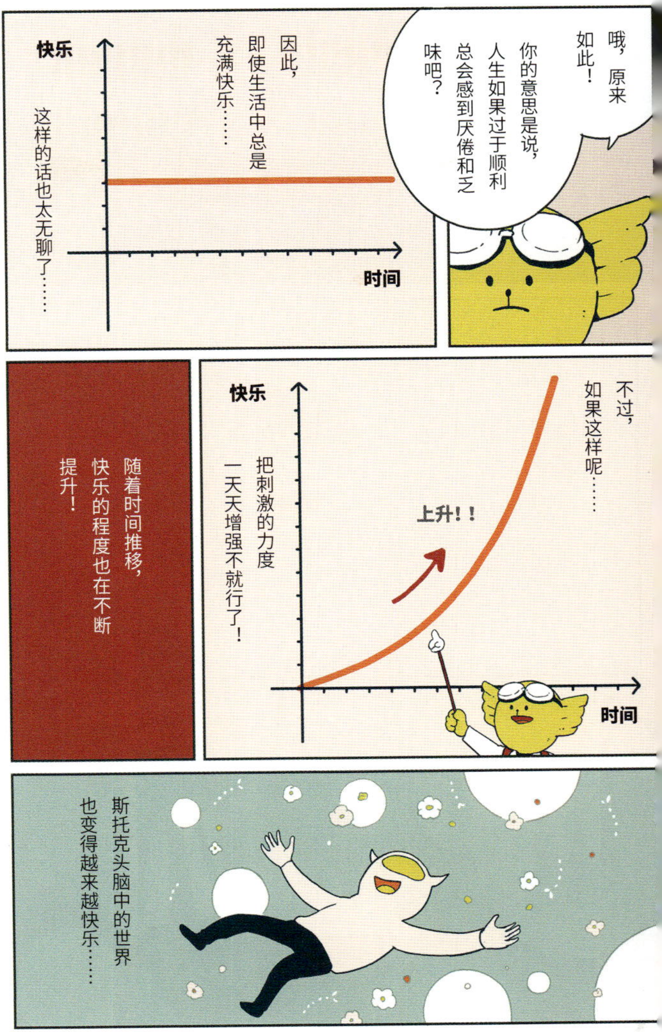

哦，原来如此！
你的意思是说，人生如果过于顺利总会感到厌倦和乏味吧？
因此，即使生活中总是充满快乐……
这样的话也太无聊了……
快乐
时间
不过，如果这样呢……
把刺激的力度一天天增强不就行了！
上升！！
快乐
时间
随着时间推移，快乐的程度也在不断提升！
斯托克头脑中的世界也变得越来越快乐……

那么，斯托克脑海中的世界如今已经变成什么样了呢？
那个世界非常——非常棒哦！
在达到普通人2倍的快乐时，他感受到和喜欢的女生陷入初恋的幸福。
2
我也很喜欢斯托克君！
开心！
在达到普通人4倍的快乐时，他成功『倒插门』，和富家女结婚，从此过上幸福的生活。
4
太棒啦！

接着，如今的斯托克，正在体验普通人256倍的幸福感。
咻！
256
太……太厉害了！256倍啊！到底能幸福成什么样啊！
哔哔——
搞定！已经和斯托克的大脑连上线了！
怎么样?!256倍的幸福是什么感觉呀？
……
？
他的样子怎么有点奇怪!!

博士，
我……在达到256倍的快乐时，终于领悟到……帮助别人、施爱众生才是最幸福的状态。
我，想离开这个梦境，回到现实世界中，从事志愿者活动，造福他人。
……
什么？

博士……我想回到现实！
这……即使你这么说，我也……
感觉已经认不出来了呢！
这就是斯托克吗？
少儿不宜
虽然还想帮助别人，但实际上，斯托克并不知道，他的身体早已不存在了。

弄一些更讨女孩子喜欢的内容吧……比如关于小精灵、赏花或者青梅竹马终成眷属等等。
不能画一些这类的吗？
我们怎么到最后总是一命呜呼啊！嗯?!这样的话，没有女生会喜欢看吧!!
想躲在这里是吗？

大便精灵

100
XX公园
快，快点出来！我快憋不住了！
咔嚓
终于出来了!!
咚
咚
咚
咚
Gentlemen
咣咣咣……
怪……怪兽吗?!
轰
而且他看起来好像很生气啊……

吓我一跳……
喂！爸爸！
！
呼——
哎？并没有生气啊……
只是蹲得太久了，有点累了而已。
就是你把我生出来的吗？对吗?!
苍蝇
嗡——
哇！这是什么啊？
大……大便居然在说话……
刚才的那家伙忘记冲厕所了吧！
便便君
（大便精灵）
你的父亲可不是我！好像是刚刚那家伙忘记冲水了。
嗡——
给我等一下！

小爷我，
即使一面也好，我要见一下我的父亲！
恐怕不行吧。你……不是一个便便吗？
拜托啦！
把我带到我父亲那里去吧！
啪——
哇!!
托尼你躲到哪里去了?!
砰砰砰
喂!! 你躲起来也没用!!
给我适可而止吧……
?!

啊——快看呀！这家伙头上居然有堆大便！可找到你了!!
说什么!!
嗡——
ドババ
嗒嗒嗒!!
啪唧——
呸!!
!!
可恶!!这是什么啊？
是大便！那家伙居然在喷射大便!!
啊啊啊啊啊啊啊啊
可恶!!咱们走！
仅凭大便就……
你们给我记住！
……
谢谢你的帮助！
小意思！

在哪儿呢？
那之后，我们就踏上了寻找怪兽之路……
找到啦！那位就是你的父亲！
你们俩确实有一些地方感觉很像啊！
啊！
很让人意外呢……那样一个怪物居然在养花！看来确实有亲切和蔼的一面呢！
那是当然咯！毕竟他可是我的爸爸呀！
ジョロ～
爸爸！
哇！
爸爸！我……是我呀!!
爸爸……

啪
浑蛋！想故意找碴儿吗？你这家伙！
？！！
你这个像屎一样的脏东西！
离我宝贝的花儿远一点！

别这么难过啦……
你的爸爸肯定只是暂时心情不好而已……
……
爸爸……
你真的这么讨厌我吗？
你真的不要我了吗？
果然
因为我是一个大便……
所以不配得到父爱吧。
即使是爱着生育自己的至亲，
也是不被允许的吧……
爸爸……

那天晚上，
便便君，
在我的家里住了下来……
……
星空真美啊！
便便君在那天晚上再次来到了花园……
爸爸……

第二天早上醒来
便便君早已不见踪影。
哎?!便便君去哪儿啦?
喂——
便便君——
前一天晚上，便便君把自己作为肥料，将全部生命燃烧殆尽。
这一天，怪物的花园里，开出了一朵从未有过的美丽鲜花。
便便君到底跑到哪儿去了?

小爱

110
我和小爱的相遇——
还得从那颗碰巧飞来的棒球说起。
咻咻咻咻——
咚！
好痛！
溜……
哧……
?!
啪！

她的名字是小爱。
身高 12 厘米，体重 13 克。
虽然有些固执，
但是个非常亲切可人的女孩子。
哇——我的眼睛!!
好痛……
哎？这家伙是什么呀？感觉怪怪的。
我的眼睛好像在说话。
你们在看什么呀!!
托尼，用这个小木棍戳一下试试……
喂！你的眼里……
？
太荒谬了！
他居然在这里盖了个小家!!

喂！不要随便看女生的房间啊!! 变态！死胖子！
这家伙真让人火大！
啊啊啊！
这个色眯眯的死胖子!!
啪！
哇！我的鼻子！
我再也不要跟你们在一起了！
啊啊啊啊啊
跑掉了……
哎？那我的眼睛该怎么办……
于是——

小爱在自然界的野外生存
正式开始了……
最初的一个月，
她一边躲避虫子的威胁，
一边吸食花蜜充饥，
好甜！
好好吃！
チュー
三个月后，
晚餐到手！
她利用自己的智慧，
已经可以捕食小鸟和青蛙。
最终，
她以手中的牙签作为武器，
在食物链中，
处在仅次于人类和猫的
上游。
人
猫
小爱
鸟
老鼠·青蛙·蝾螈
昆虫
植物
不过，
在自然界的生活，
并不总是如此一帆风顺……

雨一直下，食物也消耗殆尽。弱小的小爱，只能一边被冻得瑟瑟发抖，一边静静地等着天空放晴。
就在这时，小爱却总是想起那个人的事——
托尼君……
另一边，托尼也一直在想着小爱。
小爱……
于是，托尼
在三个月中持续不断地搜寻小爱的下落。
两个人终于在一台自动贩卖机的下面相遇了！
小爱！
托尼君！

小爱！
这三个月，有苦有甜。不过我终于意识到，
如果没有你，我根本活不下去！而你如果没有我，也会活不下去！
嗯？
我回来了！
欢迎回家！
噗……
早上好啊，托尼！
砰！
你在干吗？

哎!!
你的眼睛里好像有什么东西流出来了！
快去眼科好好看看吧！眼睛这东西本来就挺娇贵的。
……
于是乎，托尼虽然恢复了视力，但他和小爱的故事还没开始就已画上了句号。
听见了吗？
……
你这家伙为什么对我痛下杀手啊!!
对不起——

我和你

人的心意，
究竟能多大限度地被对方理解呢？
今天是小花的生日，
生日快乐！
作为今天的礼物，
CRAYON
我特地做了一个绘本。
在这个绘本里传达了我平时难以言表的情感。

我
和
你

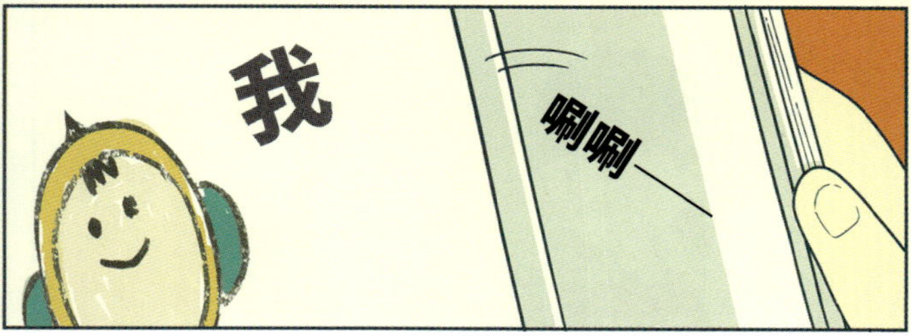
我
唰唰——

我就是我，
一生都是我。
你就是你，
一生都是你。
虽然可以手牵着手、说着话，
还要吗？
决定了！

我就是我，
你就是你。
给我?!
这样的话，
无法理解彼此真实的意思。
我，每一天都是我，
今天，明天，
后天都是一样。
从头到尾，
我就是我。
对于我之外的事情，
全然无法理解。

如果『咔嚓』一下
打开大脑的盖子，
咔嚓
咔嚓
即使把两个人的大脑贴在一起。
咣——
也没有任何意义。
我们终其一生，
金子？
漂亮？
也无法理解对方脑袋
中的想法。

不过，
无论如何，
我也想让你理解，
我的，
真实的心情。
手
想让你，
充分地理解
与感受。
我在！

124
……
这到底是什么啊？
!?
ビリ
喂，托尼！这家伙做了什么啊？
你以为我没注意到你的小伎俩吗?!
usi

刚刚的故事里，圈里的人物对白看起来很奇怪吧！
你把它们连起来读读看。
『快来帮我，我被监禁了！』
给我重写！
本来还想让他尝尝我做的牛排的……
德科做的牛排，可是最棒的呢！
你今天看来得饿肚子了！

70年后的
我和你
小花……
我们都这么老了，
已经吃不动牛排了吧。
今年我都
75岁了吧?!
你看你，
又乱说话了。
放心吃吧……
虽说如此……
时间过得可
真快啊！
我曾经也像他们
一样年轻过啊！
一起去
玩吧！
好！

在一望无际的蓝天之下——
和推心置腹的死党一起回忆，
想笑就笑、想哭就哭的时光。
每天都快乐无比，
直到太阳下山都元气满满，
每天都闪闪发光。
看我来抓你！
长大之后，大家想变成什么样的人呢？
大家的梦想是什么呢？

我想变成精灵，在空中自由自在地飞翔。
我的话——牛排吧！
谁让你说自己想吃的食物了呀！
长大之后，我想成为一个新娘！
小花……
我的梦想……
就是能和小花结婚。
那个时候真的很开心啊！
我的梦想已经实现了……
德科和斯托克呢？他们的梦想实现了吗？

德科从小学到中学，都被视为不良少年，高中之后又和朋友组乐队，之后就音信全无。
斯托克则做了倒插门女婿，生了四个小孩，成了大资本家。不过，听说他由于压力过大，最近生病住院了。
那个时候，本以为大家可以一直在一起。
但最终都分道扬镳，踏上了自己的人生路……
人生啊……究竟是什么呢？
现在已经无法再回到过去的时光了……

130
那天晚上——
托尼！
嗯？
托尼！
嗯……
是我啊！我！
惊！
啊?!
好久不见了，托尼！
斯……斯托克?!是你吗?!

对……是我！我的梦想实现了。我终于变成了无所不能的精灵……
斯托克君！
人生总有酸甜苦辣，但那时候的生活才是最快乐的！托尼！
长大之后，我虽然腰缠万贯，但一直非常孤独。
家人们几乎不来医院看我，我始终孤身一人，在医院走完了自己的余生。
呼……
呼……
不过，从现在开始，我终于变成精灵，可以在空中自由飞翔了！

再见啦，托尼！有缘再会！
斯托克君……
斯托克君……
你的梦想已经实现了呢……
次日早晨——
小花！

昨晚我看到了变成精灵的斯托克君，
他的梦想终于也实现了呢！
是啊！
这样的话，我们所有人的梦想终于全部实现了！
……
所有人?!
我想变成精灵，在空中自由自在地飞翔。
我的话——牛排吧！
谁让你说自己想吃的食物了呀！

牛排……
昨天的……
……

一半

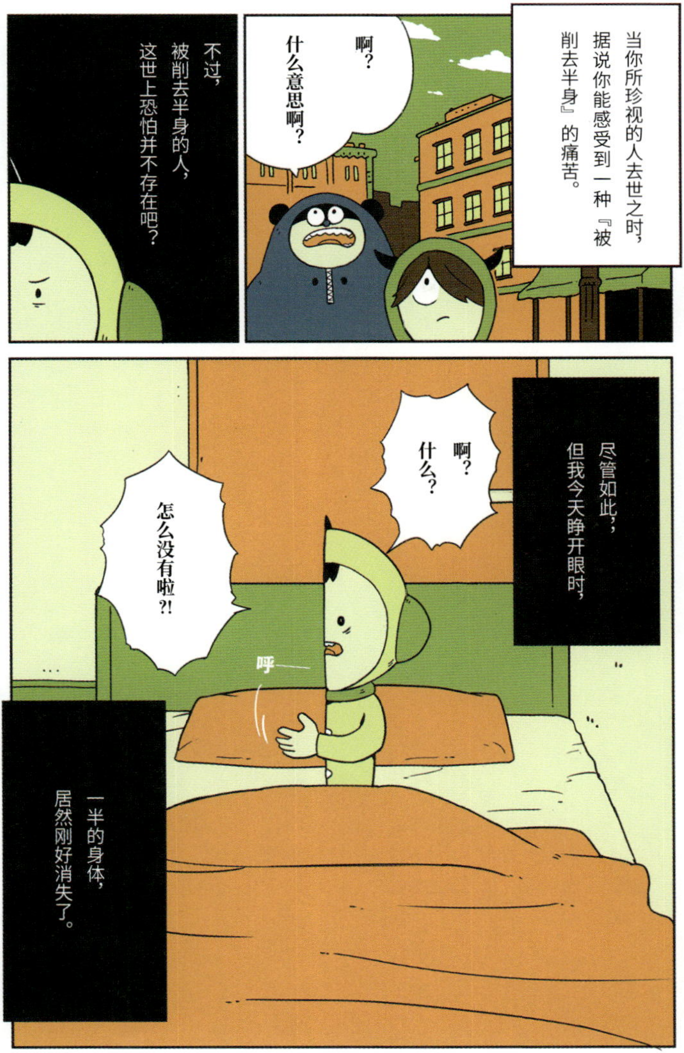
当你所珍视的人去世之时，据说你能感受到一种『被削去半身』的痛苦。
啊？
什么意思啊？
不过，被削去半身的人，这世上恐怕并不存在吧？
尽管如此，但我今天睁开眼时，
啊？什么？
怎么没有啦?!
呼——
一半的身体，居然刚好消失了。

真的消失了……
好恶心！别让我看到你身体的横切面！
那——消失的那一半去哪儿了呢?!
不知道啊……
这样的话没问题吗?!
要是我的话，肯定想快点找到另一半。
无论喝多少水，都会一滴不剩地漏出来。
咕咚——
咕咚——
在外面摔倒的话……
好痛！
小石子啊……
沙子和小石块，都会陷进身体里。

事到如今，只有先盖上一层保鲜膜了。
……
从那以后，我在他们俩的帮助下，开始分头寻找我的另一半。
你有见过这个家伙吗？
没有啊……
哎？我不知道啊……
寻人启事
托尼
你在哪儿？快出来！
怎么都找不到呀……
他好像故意避开了周围的人……
你到底在哪儿呢？是不是吃得太多变胖了，或者是生病了呢？
接着，
托尼！找到他了！
我也找到了！

这可费了大工夫啦！
你们快抓紧合体吧！
为什么……会有两个？而且怎么看起来像垃圾一样。
看！我的这个正好吧！
这个……明显小了不少啊!!
喂！我的才合适吧?!
无论怎么看好像都多了一部分吧!!
怎么会……
难道我的一生都要一直这样下去了吗？
别这么消沉……没事的！
是啊！而且，只有一半的身体，多特别啊！
嗯？！
唰

快看！那个！
要是那个的话，应该就能合上了吧！！
喂！等等！
太好了，托尼！
嗯！
这样的话，问题终于能解决了！
嗯！

太好啦！
谢谢你，德科！
这样的话终于……
终于，
可以变回以前的我……

……
唉?
同一边……
次日早晨，
好像还不错呢?!
好……好像有点奇怪吧！
俯视图

我

我究竟是什么呢？
直到现在，我好像一直把自我等同于身体部位的组合。
不过，这好像是错的。
你怎么啦？突然说这种话感觉怪怪的！
比如，我如果切掉自己的手指……
噗

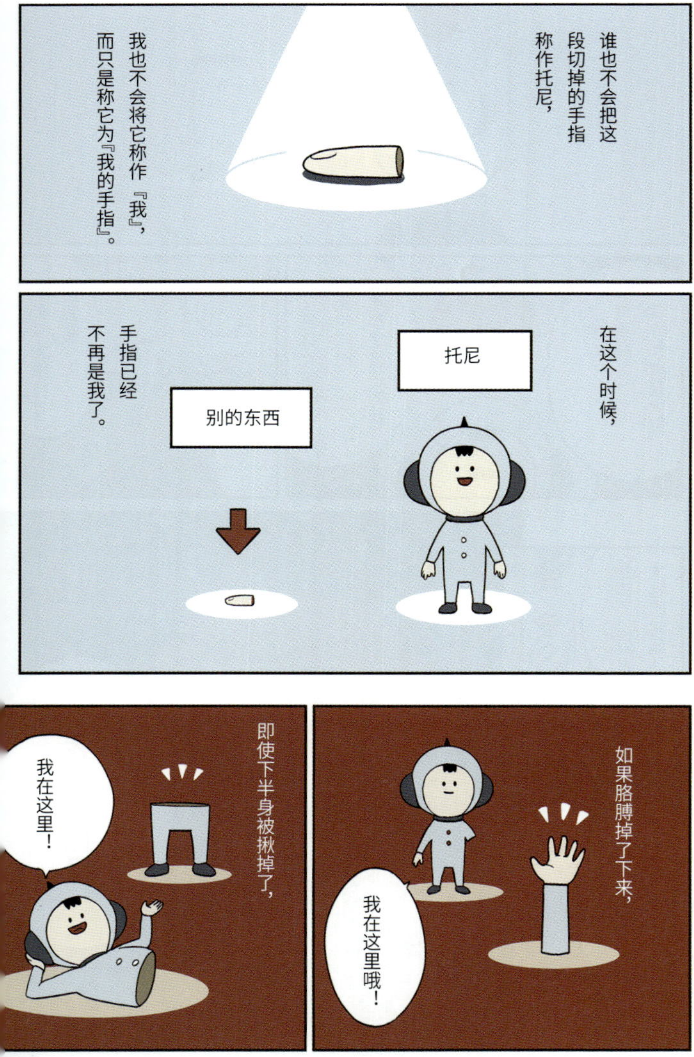
谁也不会把这段切掉的手指称作托尼，
我也不会将它称作『我』，而只是称它为『我的手指』。
在这个时候，
托尼
别的东西
手指已经不再是我了。
如果胳膊掉了下来，
我在这里哦！
即使下半身被揪掉了，
我在这里！

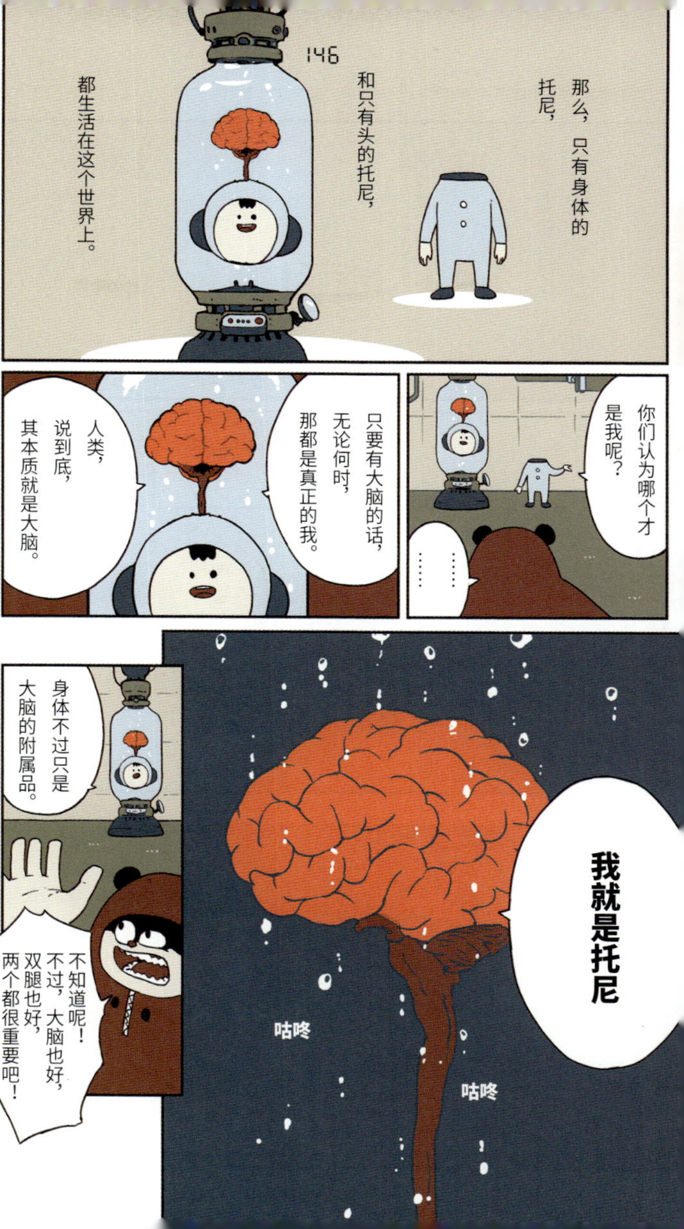
那么，只有身体的托尼，
和只有头的托尼，
都生活在这个世界上。
你们认为哪个才是我呢？
……
只要有大脑的话，无论何时，那都是真正的我。
人类，说到底，其本质就是大脑。
我就是托尼
咕咚
咕咚
身体不过只是大脑的附属品。
不知道呢！不过，大脑也好，双腿也好，两个都很重要吧！

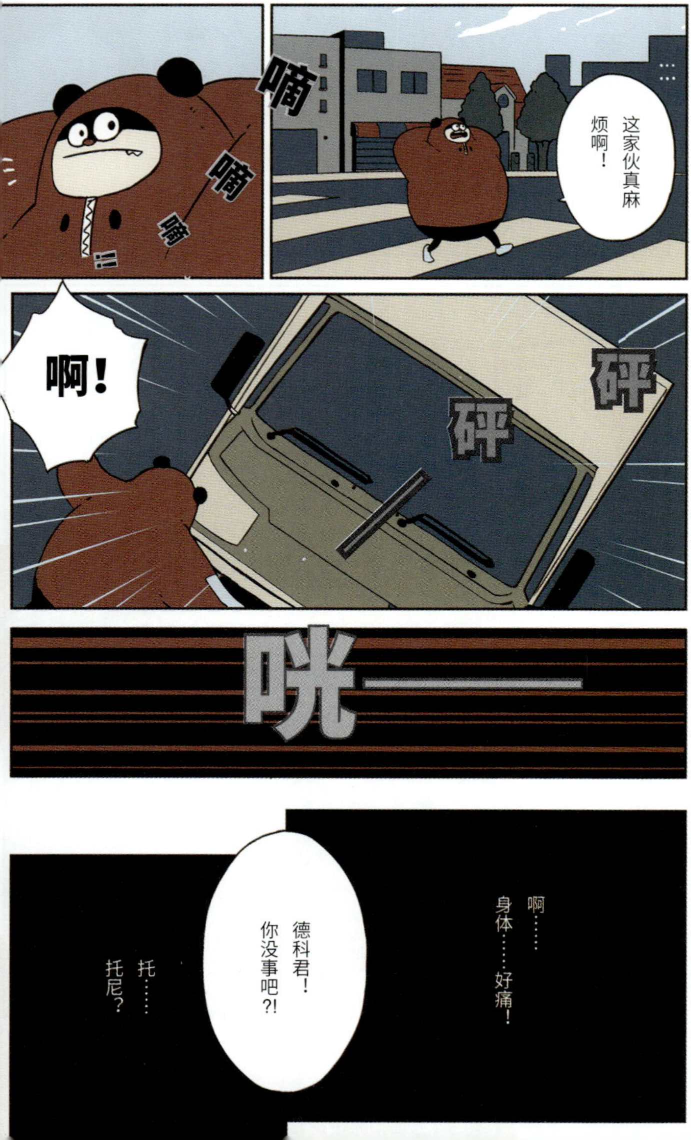

嘀
嘀
嘀
这家伙真麻烦啊！
啊！
砰
砰
咣——
啊……身体……好痛！
德科君！你没事吧?!
托……托尼？

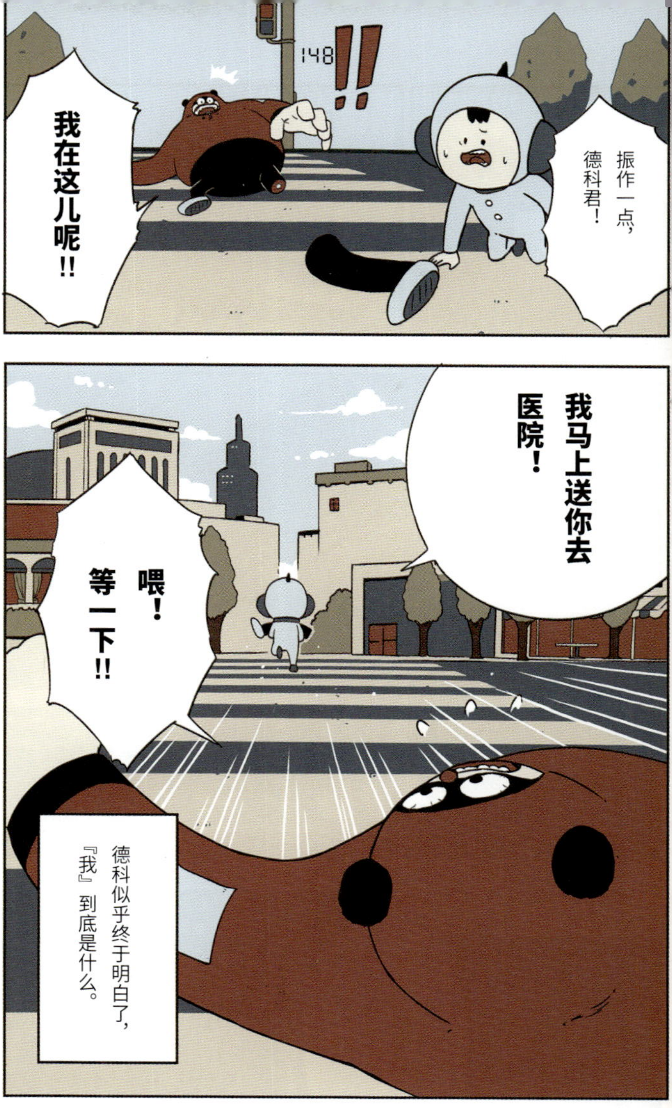
振作一点，德科君！
148
!!
我在这儿呢!!
我马上送你去医院！
喂！等一下!!
德科似乎终于明白了，『我』到底是什么。

主观

又到了三个人在托尼的房间一起画画的时间……
耶！完成啦！
画的什么啊？我要看！我要看！
怎么样，是不是很棒？
在画画方面，斯托克确实有天赋。

啊？你这家伙
在耍我吗?!
把我的鼻子再画高一点。
另外，我才是最瘦的啊！
尽管如此，
他的天赋并没有
被别人理解。
我画画，
可比你强多啦！
啪——
画了什么？
托尼！给我
们看看吧！
太难为情啦！
我才不要呢！
好啦好啦，
就看一眼！
哇哈哈哈哈！
这是什么啊！就
像幼儿园小孩儿
的画一样！

扑哧！我的手怎么是从脸上长出来的？
你这幅画的创意是从患毒瘾的人身上得来的吗？
怎么样？很像吧？
嘻嘻
哪里像啦？
再怎么看，也是我画的更像更好吧？

这幅画
就是你眼中的我和德科吗？
啊？
我可是把我看到的东西，
原原本本地画了下来哦！

154
你是想说你眼中的我们一直都是这个样子吗？
对呀！
分明是画得不好看，还在那里狡辩，快承认吧！
别理这种家伙了，出去打棒球吧！
……
明明是一模一样啊……

就凭这个，我们就能出名了吗？
能被动漫化吗？
能够被翻拍成影视剧吗？
你以为我是在跟你闹着玩吗？
啊啊啊啊
这家伙肯定把我们看成小屁孩，
你以为我们几个都是孩子，所以就可以敷衍了事了是吧？
不—不—不—
托尼，这几张好像是他的书稿。
嗯嗯，接下来的故事是这样的啊……
啦哗啦……

不行！
全部给我重画！
!?
糟了……
我们跟那个没用的编辑可完全不同！
不要小看我们！
啪！
如果你按我们的要求去画，就可以稳稳地抓住孩子们的心了！
难道你不想跟我们一起创造传奇吗？
够了！这可是你最后的机会了!!

时间

啊！一不小心又吃了三碗牛肉饭!!本来还想要减肥的呢……
不过，你都这么胖了，现在想减肥也晚了吧？
要是能坐时光机回到过去就好了！可以问博士借一下呀！
PUSH
PUSH
如果回到过去的话，就能劝说当时的你少吃牛肉饭，这样的话你应该就能变瘦了！
过去
改变过去
吃牛肉饭
现在
未来 A
* 消除未来 A
变成未来 B
被改变的现在
未来 B
不吃牛肉饭
(变瘦的德科)
嗯嗯!!
嗯？我觉得这个时间概念好像哪里有点问题。
哎？哪里有问题啊？

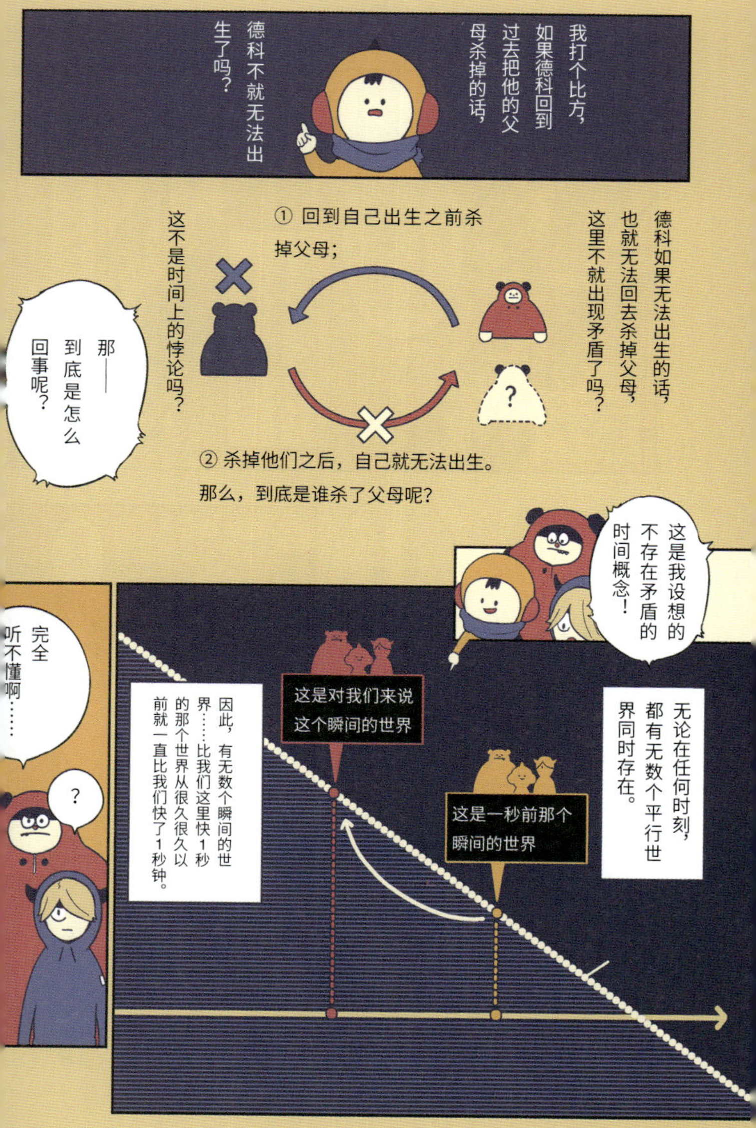

我打个比方，如果德科回到过去把他的父母杀掉的话，
德科不就无法出生了吗？
德科如果无法出生的话，也就无法回去杀掉父母，这里不就出现矛盾了吗？
① 回到自己出生之前杀掉父母；
?
② 杀掉他们之后，自己就无法出生。那么，到底是谁杀了父母呢？
这不是时间上的悖论吗？
那——到底是怎么回事呢？
这是我设想的不存在矛盾的时间概念！
无论在任何时刻，都有无数个平行世界同时存在。
这是对我们来说这个瞬间的世界
这是一秒前那个瞬间的世界
因此，有无数个瞬间的世界……比我们这里快1秒的那个世界从很久很久以前就一直比我们快了1秒钟。
完全听不懂啊……
?

那简单来说，
电梯上一级的台阶，
其实跟我所说的世界很像。
每一级台阶就是每个瞬间的世界。
时间
所谓的『回到过去』，只是走到上面台阶所在的世界而已。
吧唧！
① 回到过去
因此，不论回到多久以前的世界，对自己做出怎样的改变，对当前的世界并不会有任何改变。
② 重返现在
其他的世界也不会有任何改变，在自己的轨道中保持前进。
怎么样？
嗯，
这也就是说……
……
1秒钟前的世界也好，5秒钟前的世界也罢，
在其他世界无论抢劫多少次银行——
对现在的世界也不会有任何影响是吧？
啊？
!!

我们赶快从井上博士那里借一下时光机实践一下看看吧！
博士——把时光机借给我们吧！
你们用起来可要当心啊！
INOUE
时空扭曲
GN 银行
嗖——
来到晚了 1.782 551 秒的世界
玩具枪
啊！！
把钱拿出来——
救命啊！！
举起手来!!
老实点！我们是强盗!!
咔嚓！
发财啦！
好棒!!得到了一大笔钱！

放弃抵抗，快点投降吧!!
GN BANK
糟了，警察已经来了!!
怎么办!!
快去时光机那儿！
咻咻咻咻
快跑啊！
快逃
……
他们去哪儿啦？

太危险了
呼——
好大一笔钱啊！
成功啦!!
那我们快回去吧。
话说回来，我们是从多少秒后的世界过来的呢？
不知道啊！
哎——这样的话，事情可麻烦了啊!!
咻咻咻咻——
不管了，先找个差不多的时间出去看看吧。
哔哔——

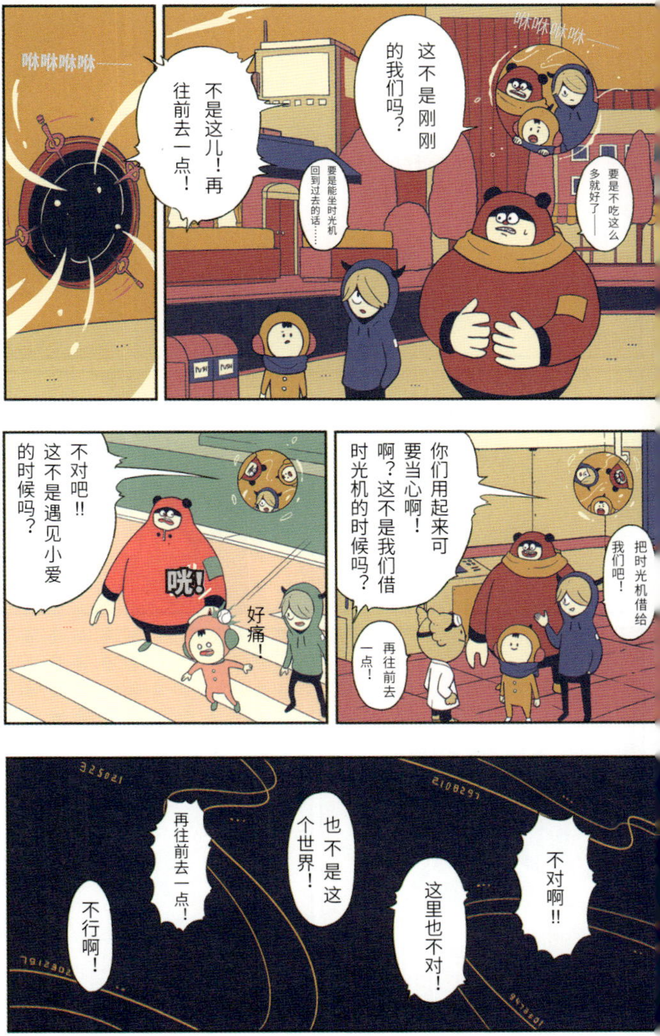
咻咻咻咻
这不是刚刚的我们吗？
要是不吃这么多就好了——
要是能坐时光机回到过去的话……
咻咻咻咻
不是这儿！再往前去一点！
你们用起来可要当心啊！啊？这不是我们借时光机的时候吗？
把时光机借给我们吧！
再往前去一点！
不对吧!!这不是遇见小爱的时候吗？
咣！
好痛！
不对啊!!
这里也不对！
也不是这个世界！
再往前去一点！
不行啊！

我们到底要去哪里啊？
想恰好回到出发的那个世界，相当于在无数个平行空间中寻找一瞬间吧……
不会吧！
托尼一行人出发的那个世界
这样下去不是没完没了了吗？一点办法也没有啊！
别的世界也无所谓啦，先找到一个落脚地再说!!
但……遇到了那个世界的我们该怎么办呢？
那些家伙，把他们赶走不就好了！
咻咻咻咻
走吧!!

就替换他们的身份吧？
4天后的世界
166
到啦！
哎？怎么办呀？
喂！可以吗？
咻咻咻咻
那是什么啊？
那里面让人有点头晕目眩啊！
嗯？
砰
快推！！
咻咻咻咻
啊！！
砰
砰

啊啊啊啊啊啊！被吸进去了！
啊啊啊啊啊啊
啪唧
安心去另一个世界吧！
大获全胜耶！
我的主意不错吧？
可恶!!
4天后的托尼一行人
这是哪儿啊？
我们怎么在这儿？
我们肯定从自己所在的时空中被赶出来了！
这里不是井上博士的时光机里吗？
接下来该怎么办才好啊？
我们跟他们一样做不就行了！
5天后的世界

咻咻咻咻
砰
168
快推！
啊!!
砰
5 天后的托尼一行人
怎么啦！怎么啦？
我们肯定从自己所在的时空中被赶出来了！
可恶！我们只有跟他们做同样的事了！
从那以后，同样的连锁反应无数次地重复着。
砰
砰
砰
砰
砰
砰
砰
砰
从过去到未来世界，不同时间的托尼一行人，以一种追尾的方式把彼此弄得一团糟。

可恶！这是什么啊！
好痛！这是哪儿啊？
いてて
20年后的托尼一行人
这不是博士的时光机里面吗？
我们肯定从自己所在的时空中被赶出来了！
PEACE
没有什么更好的时空了吗？
？！
スー
下次去2年后的世界看看吧！
！！

于是，对各自世界感到不满的托尼们，
没有停留在自己的世界，而是开始寻找更好的世界……
呃
呃
呃
呃
呃
好像是 5 岁 10 个月 16 天的 8 点 4 分 3·594 75 秒的世界……
在那个世界，好像可以抢劫银行、赚一大笔钱！
哇，那不错啊！

5岁10个月16天的8点4分3·59475秒
的世界……
呀！这些钱该怎么分呀！
当然是三等分啦！
发财啦！
扑通
也给我们分点吧！
！！
别呀！还有我们呢！
?!!
跟我们互换一下世界吧？
不是吧!!
跟我们交换一下世界吧！
不对！是跟我们才对！
不！是我们才对！
是我们吧！
人山
人海
胡说，明明是我们！
糟了!!

啊——
无论如何，我们还是快逃吧！
你们给我站住！
好险啊……
不过，事到如今，各个世界早就联通了吧？还能逃到哪儿？
先逃到那里去吧……
咻咻咻咻
你们已经完全被包围了！
这里……
不是吧……
没想到工，兜兜转转，3个人又回到了抢劫银行的那个世界。
现在以银行抢劫罪的名义逮捕你们！
咔嚓

地球仪

某一天，托尼把德科他们叫到了房顶——
喂！你把我们叫到这里想做什么呀？
请你们看一下这个！
！
这里有一个地球仪。
不过，不就是一个普通的地球仪吗？
它制作得非常精细，连街道和建筑物都被完全再现。
哇！这也太详细了吧！

而且，它的神奇之处可不止如此哦！
它和真实的地球
是完全同步的哦！
啊？不明白什么意思啊？
？
打个比方，
我们现在位于地球的这一边吧——
砰——！
啪！
？！！

176
看那边！
怎么啦？
为什么在晃？
咣——
咣——
……
街道不见了?!

到底发生了什么啊?!
怎么样，事到如今你们明白了吧？
你们仔细看看我刚刚用手戳的地方吧。
喂……这……
地球仪上竟然有变小的我们，而且也在一起运动。
那这个大洞……
喂！这个地球仪也太可怕了吧！
咚！
哇!

啪！
咣！！
叮——
突发事态，现在为您播报紧急新闻……
糟了……
!

咚！……
咚！
刚刚纽约市落下巨大不明物体！
街道上出现了大量人员伤亡，死亡人数已经……
那个物体，
不过，这个物体究竟是什么依然成谜……
不是斯托克的手指吗？!
喂！太荒唐了吧！德科，该怎么办啊？
我也不知道啊！不管怎么样，先把手指拔出来再说吧！

180
啊！那个巨大的不明物体正飞向空中!!究竟是什么东西啊？
而遭受此次冲击的街道，几乎已经被完全破坏了……
喂！好像闯了大祸了！
是啊！
啊，这恐怕是重罪吧！
毕竟这么多人死了啊。
糟了~该怎么办啊？
啊啊~要是露馅的话，肯定会被判死刑的吧，或者被世界上的其他人处以私刑。
不要不要！
嗯？
不过，或许还有转机。

地球不就在我们的手中吗？
不管是谁，
没什么好怕的吧！
？
咚！
咣！！！！
糟了！
这下整个太平洋就……
糟了！
你做得太过火了!!
惨了……

哈哈，
这不是很好吗？
惊！
这家伙……
看起来有点奇怪啊……
危险，
快逃！

你们逃不出我的手掌心……
咣
咣咣咣咣！
没用的!!

咣
咣
咣
咣
咣
手指?!

啊啊啊啊啊啊啊……
救命啊！
啊啊啊啊啊啊啊
现在来到宇宙中了哦！

哎哟！
呼——
啊！

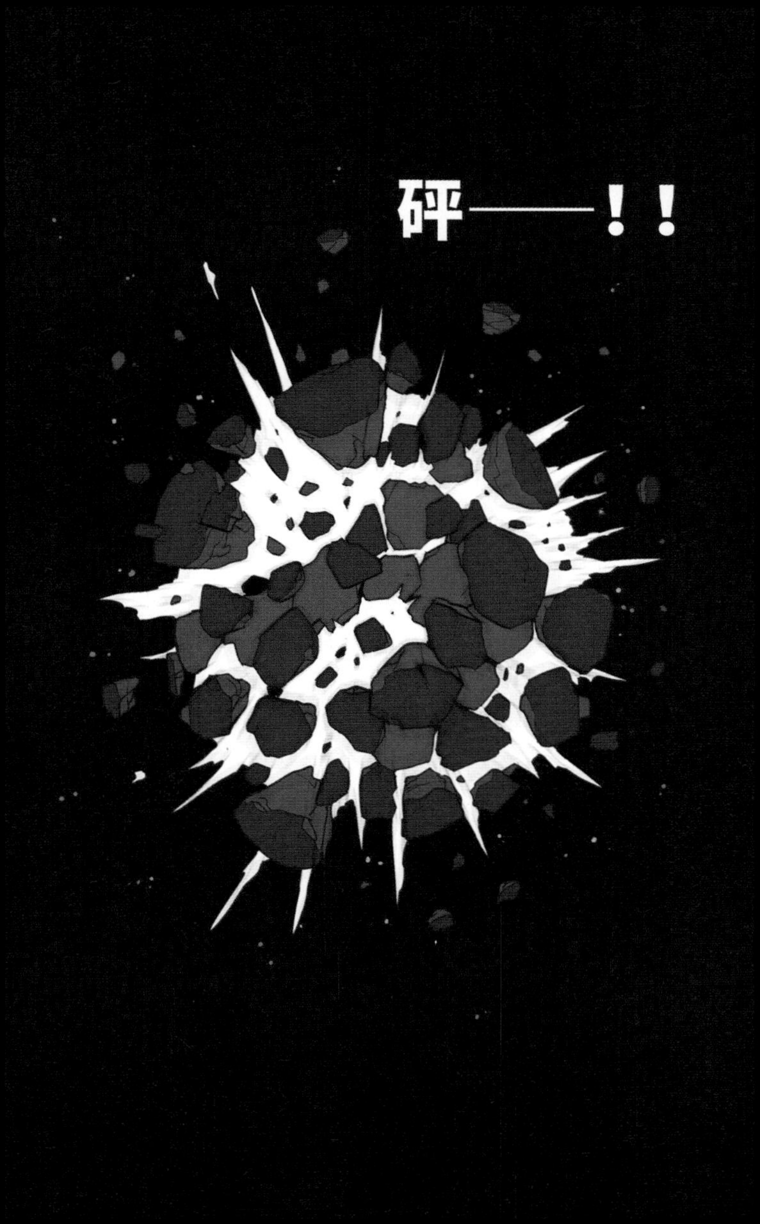
砰——！！

于是，地球爆炸了。
只有德科和斯托克幸存下来。
到底发生了什么啊？
直到今日——
宇宙中还有不少的行星，
不断重复着爆炸和重生的循环。

ポーン!!
俗话说：人生没有彩排。
在无意识中所经历的每分每秒，都是人生的现场直播。
咣！
不过，在那一天因为这辆车我的人生……

游戏结束
在漆黑一片的意识中，似乎我的人生可以像游戏一样重新启动……
这……这是什么啊?!
从存档点重新开始
继续游戏
哇!
突然回到了车祸之前的一瞬间，
啪
怎么办！？
什么啊？当然是选择重新开始了！
哔——
从存档点重新开始
继续游戏

以那一天为存档点，德科的人生得以重启，并且发生了很大的变化。
太棒啦！
192
唰——
这样不就躲开啦！
比如这种时候……
请做我的女朋友吧！
好呀！我现在也是单身呢！
啊！我已经喜欢这个女生很久了啊！
·从存档点重新开始
一定要抢先表白！
请做我的女朋友吧！
好呀！我现在也是单身呢！
耶！

没错，德科可以选择和改变自己的命运！
即使失败了，也可以不断重启，总有一天会取得成功。
高考时尽管完全没有复习，但在第34次时终于合格。
哈哈！我早就知道答案啦！
在赌马场上也保持全胜。
哇——
太轻松啦！
休息日也可以不断重复延长。
已经连续过了10个暑假啦！
可以无限次地重启人生……真是太棒啦！

某一天
我们还是分手吧……
！
接下来的回答很重要啊！总之，先存个档再说吧……
啪
!!
咣！

痛死我了！不过，一般来说，马上就会死了吧!!
游戏结束
啊啊啊啊啊啊啊啊啊啊啊啊啊啊啊啊啊啊啊啊
从存档点重新开始
继续游戏
还好，我可以重启人生！
!!
啪
哎？怎么来到这里了！
咣！
怎么又来一次！

哔——
从存档点重新开始
继续游戏
从存档点重新开始
继续游戏
该怎么办啊？
……
看来……
只有想方设法
躲开它了。
可恶!!
咣!

在那之后，德科的头被钢板砸了足足 527 632 下。
可恶！
往后！
往右！
往前！
再快一点！
咣
咣
咣
咣
咣
咣
从存档点重新开始
继续游戏
从头开始
哔——
在第 572 633 次时，正当德科想要选择时——
啊啊啊啊！出现了新的选项啊!!
从存档点重新开始
继续游戏
从头开始
选最后一个的话就可以从这种地狱般的痛苦中解放出来了吧！
当然要
继续游戏
从头开始
哔——
从头开始啦！

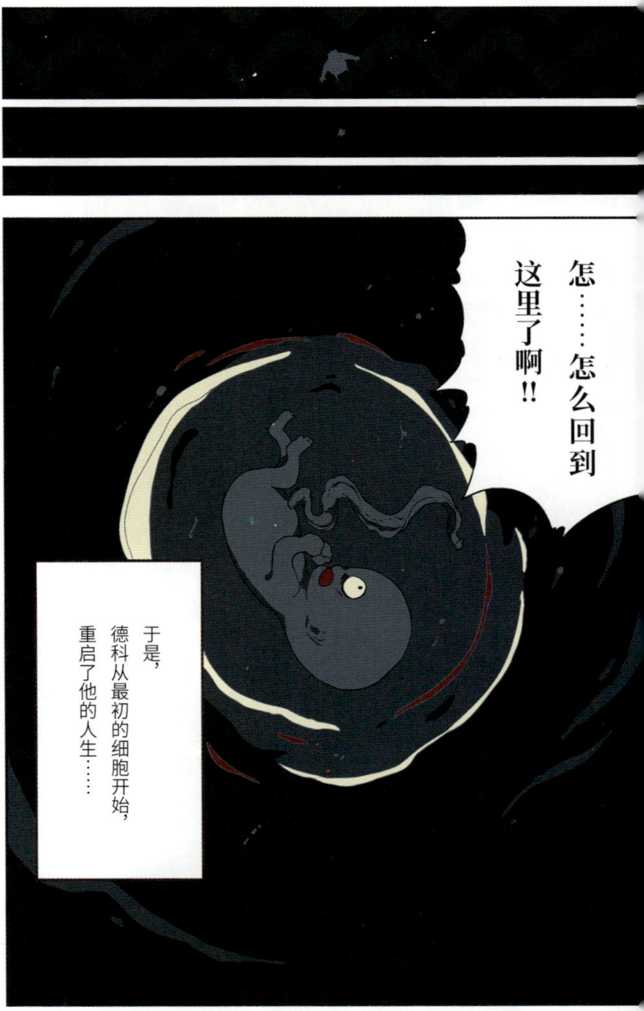
怎……怎么回到这里了啊!!
于是，德科从最初的细胞开始，重启了他的人生……

终极之谜

我们从何处来？
我们是谁？
我们又要向何处去？
这可是我们人类所面对的终极之谜啊！
突然说些什么东西啊？
最终还是变成老糊涂了啊！
真可怜——
喂！你们给我闭嘴！

化学、物理学、
数学、生物学、
哲学的最终目的
都是要理解这些问题啊！
要是能弄清楚这些问题，
那将是人类历史上最伟大的发现啊！
那些声称『已经弄清这些问题』并将他们的理念广为散布的就是所谓的宗教。
干吗一个人在这儿自说自话啊！
还是赶快把他送到医院去吧！
差不多得了吧！
等……等一下！
你们知道吗？
对宇航员来说，
从宇宙返回地球后，
似乎有不少从此放弃宇航员生涯的人哦！
从辽阔的宇宙俯视渺小的地球，
会觉得迄今为止的价值观都过于狭隘了吧……

202
人生只有一次，
不知何时就会化为尘埃。
既然如此，
为何我要一直在地球上
纠结于钱多钱少、成功与否这样
的琐事。
难道我就被这样一个
小小的障碍物
永久束缚住了吗？
人类的本质究竟是
什么呢？
我们为什么而活？
宇宙又是什么……
于是，
回到地球的宇航员们
为这些终极之谜所困
扰……
他们中的很多人，
一边寻求答案，
一边投身于宗教或务农，
以此结束自己的一生。
听好了!!
我想到3个解开这个
谜题的方法！
哇哇哇！
方法1：
死亡
在死亡的一瞬间，大脑与真理
实现了同步，你可以直观地
感受和理解，『啊，原来如此
啊！』不过，死亡的代价太大。
领悟度：
100%

方法2：提升大脑的机能
大脑信息都是通过电波来进行传达，因此只要对磁场进行适当的干预，头脑就可以变聪明。
提升大脑前额叶（负责思考的部位）的活性，就可以领悟人生的意义。
领悟度：5%
方法3：尝试去宇宙
索性我们亲身去一次宇宙，说不定所有的谜底都能被解开?!
领悟度：30%
于是，在美国国家航空航天局的朋友的帮助下，我们想尝试一下第3个方案……
真的吗？喂!!
1个月后
咣咣咣咣咣咣咣

不会吧！我们真的来到宇宙中了啊!!太棒啦！
原来真的会失重啊！
既然如此，让我们开始领悟真理吧……
怎么领悟啊？
方法就是……
咯吱
咻咻咻咻咻
这样就行啦！
这可不是什么领悟真理啊！别开门！要被吸进去啦。

砰——

被扔出宇宙飞船的托尼他们
终于看到了绝美的地球——
当然，
也意识到了自身的渺小……
地球是蓝色的啊！
不过
这里毕竟是宇宙空间——
不……
不能呼吸了……
好难受~
在逐渐模糊的意识中
托尼他们终于意识到——
!!

好像明白了什么……
我们是漫画的登场人物啊！
而画出我们的『我们』，不也同样是漫画人物吗?!
故事中的托尼他们似乎揭露了一个不得了的事实，让正在看漫画的托尼三人颇感震惊！

原来，我们也不过只是
漫画的登场人物而已啊！

虽然还想继续画下去……
但连我们自身也不过只是虚构的人物啊！
如果我们只是虚构人物的话，那不管多么努力，取得了多么伟大的成就，
结果不还是一场空吗？
无论我们多有钱，和多漂亮的女生约会，或建立多美满的家庭，成为多棒的体育健将，
结果只不过是……
不要那么悲观嘛！
为什么有一片叶子啊？
博士，你不也只是个虚构的人物吗？
人类所认为的现实世界说不定也是由更高级的某种事物所创造和管理的呀！
也有这种说法哦。

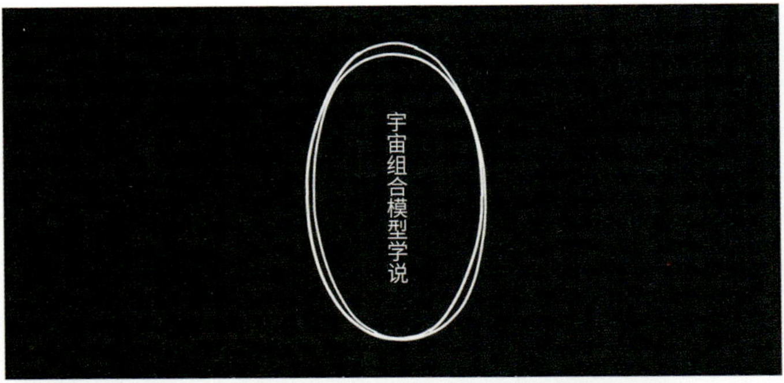
宇宙组合模型学说

不过，
在越细微的组合结构中，

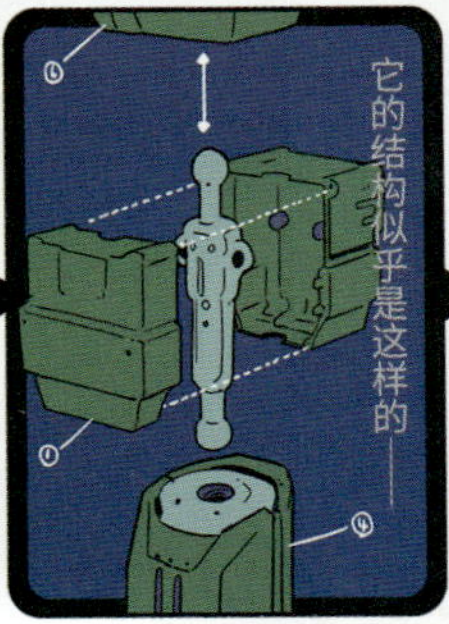
它的结构似乎是这样的——

这种组合模型
可能真的存在呢！

你越能发现那些自发组合起来的
基本粒子模型！

从一片虚无中

模型组合开始！

最开始，从简单的零部件开始组合。
不过，各部分在不停地分裂和重组，
以此来实现整体的进化。
于是，基本粒子的模型不断结合，
开始变得像石头一样坚硬，继而成为行星。
当然，偶尔也会出现一些蓝色的美丽星球。

而在这蓝色的星球上，
也具有演化出复杂模型结构的条件。
最开始，从基本的分子结构
形成了微生物模型，

而这种模型
自身具有繁殖的能力，
不断重复着『由生到死』的循环。

一次又一次，直到数千万次，
于是，结构变得越来越复杂，
出现了更为高级的模型。

这种高级模型
内部装有大脑。
不过，虽然依然重复着『由生到死』的循环，
但却变得胆小，畏惧死亡。
于是，开始思考『如何能更好地规避死亡』。

接着，又不知过了多少代，
这种高级模型已经能更好地规避死亡，也繁殖了子孙后代。
在世代交替中完成了知识的传承。

凭借自己的双手，
不断创造出更加宜居的环境。
这些模型又思考和创造出了经济、法律、科技等等。
不过，这些模型之中，
偶尔也会出现这样的想法：
『我们从何处来？
我们是谁？
我们又要向何处去？』
潜心思考这些问题的模型，其结构更为复杂。
不过，其本质仍是模型。

那些原本相同的模型
区别只在于组合的方式，
而且复杂程度的差距也并不大。
不过，虽然是高级模型，
但自身并没意识到这一点，
一般情况下也不会思考这些问题。
这些高级模型，
在早已习以为常的生活中，
一天又一天
搭建起社会结构——

他们就是所谓的『人类』吧！

拼命攒钱只为了能够搭建起属于自己的模型，在自己的模型中组建家庭，然后心满意足地离开人世……
人类本身也只是登场人物而已，跟我们没什么两样。
咔嚓！
啊！
(附送人类)
模型

如今在地球上是不是已经有许多不同种类的生命模型了呢？
没错！
距今5亿年前的寒武纪大爆发之后，生命模型的种类开始爆炸性地增长！
到底是谁创造出了这么多不同种类的生命体呢？
似乎从那时开始许多在海里生活的生命模型逐渐迁徙到陆地……
那些迁徙到陆地的原始模型，居然在5亿年后开始思考这样的问题……
不管是谁最初设计了这些模型，但谁能想到这样的意外结局呢？

第11话 粉丝们（改）

他就是负责这套人气小说漫画创作的插画师，突然，他家的门铃响了。

他打开门一看，外面站着三个小孩，脸上挂着纯真无邪的笑容。

其中一个小孩对他说道：“可以帮我签个名吗？”他一边说着，一边递上来一张纸。

插画家虽然闪过一丝疑惑的神情，但很快又笑着对他们说：“签名吗？不过，我有更好的礼物可以送给你们哦！”

“比签名还要好的东西吗？是什么啊？”其中一个孩子问道。

插画家目光炯炯有神地答道："跟我现在正在画的新书有关哦！"

一瞬间，孩子们的眼中也闪烁着同样的光芒。

"那是什么样的故事啊？"

"三个跟你们一样的小孩子，从故事的世界来到了现实世界，制造了巨大骚乱的故事！"

后记

皮格马利翁和加拉泰亚从那以后过上了幸福的生活。

不过，结婚 20 多年之后，皮格马利翁发现了一些细微的变化。

加拉泰亚脸上出现了浅浅的皱纹，身材似乎也有些发福。于是，皮格马利翁向女神阿弗洛狄忒问道：“这是怎么回事啊？加拉泰亚已经不再完美无瑕了。”

阿弗洛狄忒好像有些吃惊，接着，语重心长地告诫他：“这就是所谓的生命啊。人会变老，容颜也会变化。最终，生命的光彩也将消逝。如果不能接受这一点的话，我就只能把她变回原来的雕像了。怎么样？”

皮格马利翁看起来十分苦恼，在长时间的思考之后，说道："请……请把她变回原来的雕像吧！"

阿弗洛狄忒留下一抹冷冷的微笑，消失无踪。之后，只留下已经被夺去生命，静静伫立在那儿的雕像。

雕像们沐浴着阳光，闪耀出夺目的银色光芒。

5秒钟后意外结局系列

消失的妻子

[日]桃户晴——编著 [日]吾希——绘
姚锦祥——译

中信出版集团 | 北京

图书在版编目（CIP）数据

消失的妻子 /（日）桃户晴编著；（日）吾希绘；
姚锦祥译 . -- 北京：中信出版社，2020.10
（5 秒钟后意外结局系列）
ISBN 978-7-5217-2135-5

Ⅰ . ①消… Ⅱ . ①桃… ②吾… ③姚… Ⅲ . ①短篇小
说—小说集—日本—现代 Ⅳ . ① I313.45

中国版本图书馆 CIP 数据核字 (2020) 第 155195 号

消失的妻子

编　　著：[日]桃户晴
绘　　者：[日]吾希
译　　者：姚锦祥
出版发行：中信出版集团股份有限公司
（北京市朝阳区惠新东街甲4号富盛大厦2座　邮编　100029）
承 印 者：北京楠萍印刷有限公司

开　　本：787mm × 1092mm　1/32　　印　　张：6.75　　字　　数：50千字
版　　次：2020年10月第1版　　印　　次：2020年10月第1次印刷
京权图字：01-2020-5141
书　　号：ISBN 978-7-5217-2135-5
定　　价：128.00元（全四册）

前 言

很久以前，人类世界中并没有“灾祸”。

然而，天神普罗米修斯在创造人类之后，把“火种”作为礼物送给人类，这激怒了众神。

众神将一只“绝对不能打开”的盒子交给潘多拉，并把她送到了普罗米修斯的弟弟埃庇米修斯处。埃庇米修斯被拥有美丽外表的潘多拉迷住了，不顾哥哥普罗米修斯的劝告，跟她结了婚。

所谓“绝对不能打开”的约定,其实是众神设下的圈套。有一天，潘多拉实在禁不住好奇心的驱使，打开了盒子。

于是，不安、嫉妒、犯罪、苦恼、争斗、贫乏、疾病以及其他各种“灾祸”都从盒子里跑出来，刹那间席卷了全世界。

虽然潘多拉立即合上了盖子，但盒子里也只剩一样东西了。唯一留在盒子里的东西便是——“希望”。

“希望”被留在了盒子里——

“希望”很近，因为它仍留在我们手中；“希望”也很远，它隔着这个小盒子与人类咫尺天涯。

而且，希望到底是将人类引向幸福，还是给人类带来空虚的期盼和幻想，都还是未知数。

○ 前言 I
第1话 变成超人的少年 001
第2话 被发现的珍稀物种 003
第3话 夫妻吵架 005
第4话 银行强盗 007
第5话 来自未来世界的少年 009
第6话 影武者的使命 011
第7话 身处绝境的间谍 013
第8话 接替宰相的人才 015
第9话 超能力者的决断 017
第10话 灵异照片 019
第11话 完美犯罪 021
第12话 囊萤映雪 023
第13话 怀疑的眼神 025
第14话 侵略者们 027
第15话 能干的推销员 029
第16话 和平的城市 031

第17话 大胃王艺人的资质 033
第18话 王妃的愿望 035
第19话 判决 037
第20话 上诉 039
第21话 逃走的梦想 041
第22话 风雨无阻的爱情 043
第23话 学习外语的理由 045
第24话 第一位客人 047
第25话 聪明的证据 049
第26话 惊喜的礼物 051
第27话 忍耐的回报 053
第28话 船长的决定 055
第29话 谜一样的书 057
第30话 看见死亡的男人 059
第31话 引进机器人 061
第32话 聪明的机器人 063
第33话 机器人的局限 065
第34话 告白 067

第35话 告白的勇气 069
第36话 最后的审判 071
第37话 辛德瑞拉的故事 073
第38话 真爱无价 075
第39话 法治主义 077
第40话 临终遗言 079
第41话 危险的高速公路 081
第42话 恐怖分子 083
第43话 天神的惩罚 085
第44话 倒霉的受害者 087
第45话 地球的支配者 089
第46话 与主人撞脸的斗牛犬 091
第47话 妈妈是名侦探 093
第48话 真正的犯人是谁？ 095
第49话 透明人，出现！ 097
第50话 第三次世界大战 099
第51话 梦想、自信与练习 101
第52话 怪兽，惊现东京！ 103

第53话 100个朋友 105
第54话 男女同权 107
第55话 天才雕塑家 109
第56话 追赶的男子 111
第57话 外星人入侵 113
第58话 工作负责的男人 115
第59话 青蛙王子 117
第60话 消失的妻子 119
第61话 流放地 121
第62话 狗的世界 123
第63话 一见钟情 125
第64话 前夫 127
第65话 医生的伦理观 129
第66话 三十年的忍耐 131
第67话 接近透明的黑色 133
第68话 愤怒的理由 135
第69话 出道前夜 137
第70话 处理炸弹 139

第71话 任务完成 141
第72话 孩子的去向 143
第73话 无人问津的画家 145
第74话 自爆恐袭 147
第75话 对付霸凌的技巧 149
第76话 您的爱好是？ 151
第77话 体贴的上司 153
第78话 司机的工作 155
第79话 唯一的愿望 157
第80话 不能告诉老婆的秘密 159
第81话 工人们 161
第82话 被追赶的男人 163
第83话 神不存在的证据 165
第84话 与神的对话 167
第85话 试镜结果 169
第86话 鉴定真伪 171
第87话 追梦的女演员 173
第88话 诅咒之壶 175

第89话 圣诞礼物 177
第90话 遗产继承 179
第91话 名画的价值 181
第92话 怪盗的预告信 183
第93话 腹语师 185
第94话 幸运女神 187
第95话 手术前的告白 189
第96话 『仙鹤报恩』的真相 191
第97话 创作灵魂 193
第98话 妖怪时代 195
第99话 前进吧！ 197
○ 后记 199

第1话 变成超人的少年

少年曾梦到自己变成了超人。

在梦中，他像超人一样翱翔在空中，总是及时出现在遇到困难的人们身边，帮他们解决难题。

现在，少年真的变成了超人，在空中飞翔——

002

现在，少年真的变成了超人，在空中飞翔——

少年不堪忍受霸凌之苦，从高楼一跃而下。在撞上地面的一刹那，他终于又看到了那个超人的梦。

第2话 被发现的珍稀物种

科学家在一处人迹罕至的洞窟中发现了一个珍稀物种，由于它生命体征良好，随即被带到动物园供游客观赏。

据说该物种曾拥有高度发达的文明，支配着整个地球，却因为种族间的战争而灭绝。

据推测，这是一种被称为“人类”的物种。

为了亲眼看一看有过这种愚蠢行为的物种，大家纷纷涌向了动物园。

第3话 夫妻吵架

我们夫妻俩总因为一点小事就吵架。之前我一直选择忍让，但现在再也无法原谅老婆了。

老婆似乎看出我是真的生气了，在我面前跪了下来。

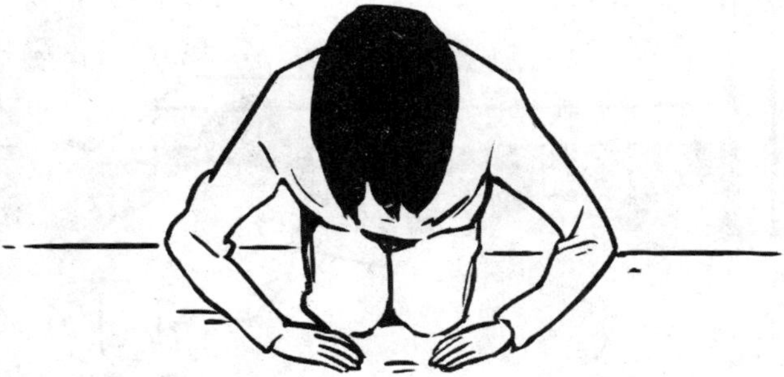

但是，我绝对无法原谅老婆，更别想让我从床底下出去。只要待在这里，就不会挨老婆的打。

第4话 银行强盗

光天化日之下，银行遭到了强盗团伙的抢劫。无论工作人员还是银行客户，都被强盗们要求靠墙站好。强盗团伙中的一人向他们大声吼道：

站着的人中，有叫铃木跟佐藤的两个人，他们是同一家公司的同僚。铃木看准时机趁强盗不注意，塞给佐藤一个像纸片一样的东西。然后小声对佐藤说道：

第5话 来自未来世界的少年

一个少年对木匠大师说道："我是从未来世界过来的。"

突然听到这种让人一头雾水的话，大师懒得理睬少年，不耐烦地打发道：

010

两天后——

少年再次出现在木匠大师的面前。

这次大师被彻底激怒了，怒不可遏地吼道：“你给我滚回前天去！”

第6话 影武者的使命

战国时期，一位将军在作战中被敌军突袭，身负重伤。

如果主帅不幸去世，那势必将动摇军心，这场战斗将必败无疑。

为了安定军心，上层紧急召集了五名武士，他们正是为了防备敌军的暗杀计划，特别培养出来与主帅高度神似的“影武者”。

此时，侍奉将军的一位重臣对五位影武者说道：“诸位敬请放心，将军的命保住了！不过，在和敌军的搏斗中，将军的右胳膊不幸被砍掉。所以，为了不让外界起疑心，你们最好也……”

第7话 身处绝境的间谍

他是被多国通缉的国际间谍，各方都想将其置之死地而后快。

这天，在激烈的打斗后，他的武器被夺走，赤手空拳的他被逼到了十字路口。通往十字路口的路都窄到只容得下一个车身，追捕的车从四个路口齐头开来，根本无处躲藏。

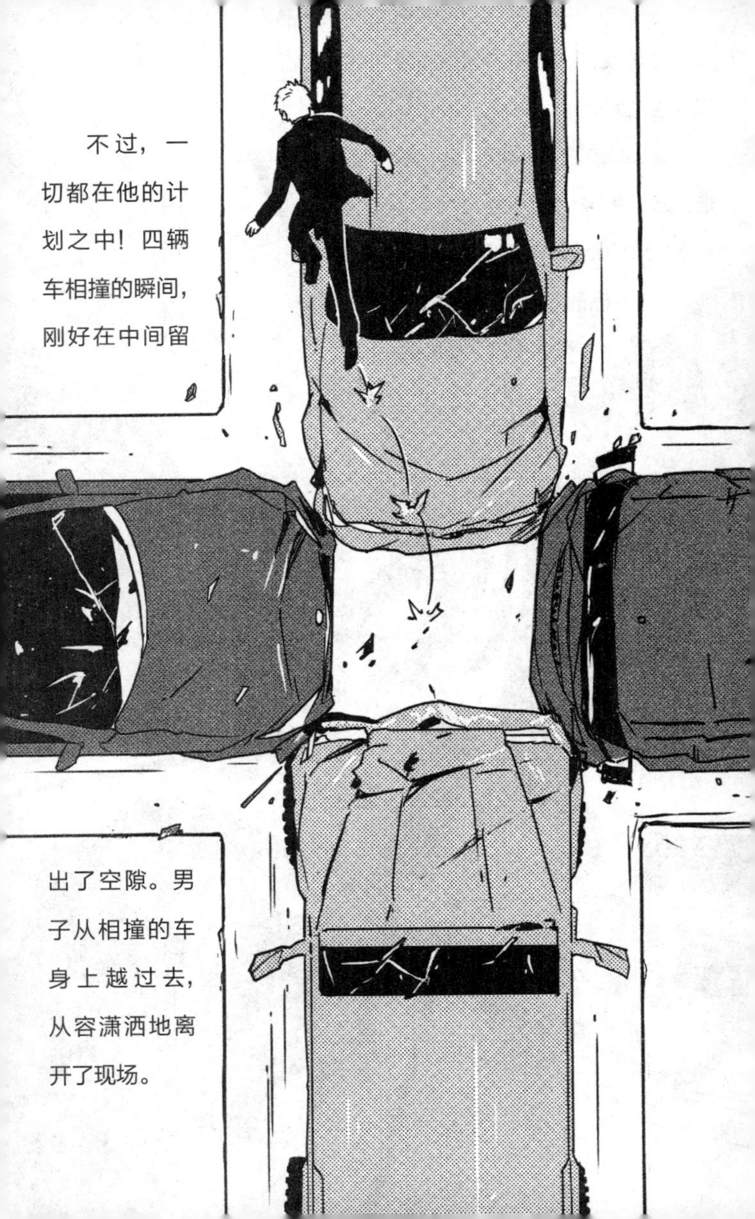
不过，一切都在他的计划之中！四辆车相撞的瞬间，刚好在中间留
出了空隙。男子从相撞的车身上越过去，从容潇洒地离开了现场。

第8话 接替宰相的人才

这个国家的宰相被暗杀了。

宰相是国王的左膀右臂，深受国王信赖。但事实上，杀死宰相的正是他的某个部下。

葬礼当天，在运送宰相灵柩的肃穆氛围中，凶手装作若无其事的样子，在国王的耳边悄声说道：

一瞬间，国王仿佛知道了宰相被杀的真相，满是愤怒与悲恸的神情，冷冷地回应道：
那可真是太感激了。
要是你能代替宰相进到那个棺材里，
那真是大快人心！

第9话 超能力者的决断

男人是拥有意念力量的超能力者。但是，他封印了自己的能力，隐瞒了自己的身份，像普通人一样生活着。

一天晚上，男人在昏暗的路上行走着，正巧看到一个打算横穿马路却不小心摔倒的小女孩。

就在这时，远处的两盏车头灯照亮了小女孩的身影，并以极快的速度向她奔驰而来。

千钧一发之际，男人决定解除超能力的封印。

两盏车头灯瞬间定格在当场，小女孩虽然在哭，却没有受伤。

然而，仔细一看才发现，刚刚打着两盏大灯的并不是汽车，而是两辆摩托车。

由于没有任何防护措施，两个摩托车手被一股强大的惯性力甩了出去。他们重重地摔在地上，场面惨不忍睹。

家庭聚会进行到一半，看到大家拍的照片，在场的所有人都愣住了。

原来，照片里房间的窗户上，浮现出一张充满怨恨的男人的脸。

大家伙儿实在难以释怀，决定去附近有名的通灵者那里询问意见。然而，惠子却笑着说道：“肯定是光线的原因，才出现了这样的错觉！你们太大惊小怪了！要去你们就自己去吧！”于是，惠子就一个人留在家里。

通灵者一看到照片就断言道："哪有什么幽灵，我从这张照片里感觉不到一点幽灵的气息。"

大家接着问道："那照片里拍到的到底是什么呢？这绝不是光线或反射造成的错觉啊！"

通灵者顿了一下说道："这不就是一个大活人吗？难道他不是你们的朋友吗？"

只要尸体不被发现，就不会立案侦查。于是，男子来到一处人迹罕至的深山里，把尸体埋了起来，试图从此逍遥法外。

然而，几个月后，男子不断梦到自己被带到行刑台上，处以绞刑。“难道，这预示着我最终的下场吗？”男子惴惴不安。

因此，他再一次去到掩埋尸体的地方。可无论他怎么挖，都找不到尸体的影子。

就在这时，男子感到一道视线正在直勾勾地盯着自己。

他猛然抬头，只见尸体不知被谁挂在了高高挑起的竹竿上，空洞的眼窝正注视着自己，仿佛在暗示男子最终的下场。

第12话 囊萤映雪

父亲对沉迷游戏的儿子说道："你知道'囊萤映雪'的故事吗？"

儿子只顾着玩游戏，头也不回地摇了摇头。

父亲接着说道："'囊萤'的典故说的是在中国古代，有一个小孩因为很穷点不起灯，晚上就用萤火虫的光来学习，最后功成名就的故事。所以说用功学习是非常重要的！"

听到这儿，儿子停了下来，回头对父亲说道："爸，那个中国人在晚上借萤火虫的光读书，那他白天到底在干什么呢？我觉得，他白天肯定是光顾着捉萤火虫，没有把心思放在读书上！那家人之所以那么穷，可能也是因为做事情完全本末倒置了吧！"

父亲听后满脸失望，无可奈何地呆立在一旁。

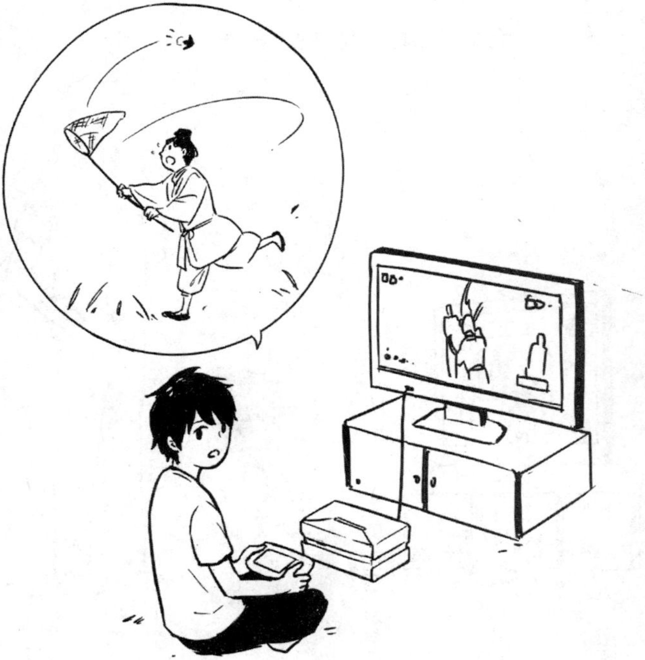

第13话 怀疑的眼神

一个电闪雷鸣、狂风暴雨的晚上，一起悲剧发生了。一位伯爵在家中被人刺杀。

侦探在第一时间被叫到案发现场，开始着手调查。

掩面失声哭泣的伯爵夫人、互相争吵的子女、看上去满怀心事的管家……每个人看似都与案件相关。

侦探向在场的每个人询问案件发生的经过，将这些信息在头脑中快速分析推断，最终得出一个结论——“凶手就是你吧！”他所指的，正是成了寡妇的伯爵夫人。

众人面面相觑，一脸不可置信的表情。

然而，在侦探缜密的推理和对人性细致的观察下，伯爵夫人的计谋被逐一识破。

最后，伯爵夫人卸下了伪装，高声尖笑道：“你说的没错，人确实是我杀的！你的推理完全正确。但是真不可思议，如果一开始猜不到我是凶手的话，你是无法一步步把我逼入绝境的。你到底是从什么时候开始怀疑我的呢？”

侦探淡淡地回应道：“夫人，打从一开始我就知道是你了！我刚到这里的时候，你正为伯爵的死失声哭泣。但是，闪电的光亮照出了你真实的内心。”

第14话 侵略者们

宇宙里的某种生命体，将地球选作他们新的居住地。

首先，他们用宇宙飞船向地球派出了数以万计的先遣部队，来调查地球的自然环境、粮食等状况，以确定其是否宜居。

他们的迁移计划是——先隐蔽地潜伏并开始繁殖，直到最终支配整个地球。

然而，先遣部队发回了让后方大为震惊的报告。

原来，地球上早已设置了活捉他们的机关陷阱。虽然他们巧妙地隐藏起来，但在人类面前依旧无所遁形，遭到精准打击。因此，先遣部队正在全线崩溃。

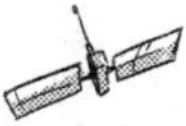

于是，在宇宙飞船的母舰内，发起了捉拿告密者的行动。

但是，这种生命体并不知道，他们的身形像极了地球上的一种昆虫——蟑螂。

第15话 能干的推销员

迈克在生前是位精明强干，销售业绩很好的推销员。

然而，他的推销绝技并不是说话技巧，而在脚上。

面对客户回答“我不需要！”，正要把门关上的瞬间，迈克会迅速将鞋插入门缝内，阻止门关闭。

但也因为这种推销方式，迈克在背地里经常被称为“恶劣推销员”。

某天，迈克去世了。当他再次恢复意识时，发现自己正走在通往天国的台阶上。

他试图打开天国的大门，当开到一半时，出现一位天神模样的长者。他拿着像名册一样的东西跟迈克比对了一下后，冷冷地回道：

“你来错地方了！非常遗憾，你应该沿台阶去下面的地方（意指地狱）。你快走吧。”

正当天神准备关门的瞬间，迈克瞅准时机，把脚伸到了门缝里，硬是把门打开了。

现在，迈克已经是天国居民的一员了。

第16话 和平的城市

距离上次战争爆发，已经足足有一百年了。

这一天，某国国内正在举行盛大的和平纪念游行，大家都沉浸在和平的愉快氛围中。

但是，就在这时，谁都没有注意到一个发光物体正在逼近城市。

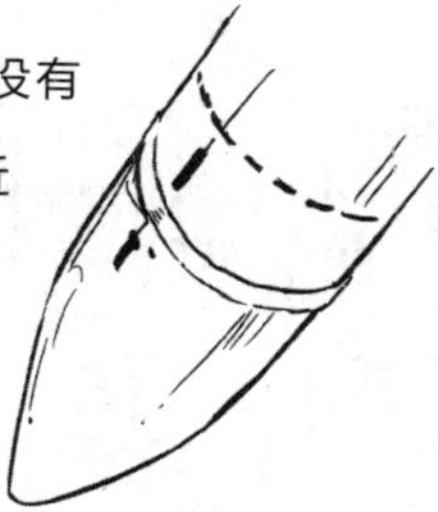

手举着发光炸弹玩具的孩子们，并不理解“和平”的可贵。不过，孩子们无忧无虑，这样也挺好的。

但对于拥有战争记忆的大人们来说，“和平”是极其特殊和珍贵的，实属不可多得，必须好好珍惜。

第17话 大胃王艺人的资质

一个自称在吃上面绝不会输的男人，决定加入演艺公司，做一名大胃王艺人。

他一开始总被人吐槽“那种程度的技能，在演艺圈根本见怪不怪！”，每个月最多也只能录制一场电视节目。但渐渐地，他的节目和活动邀约越来越多，以至于到了一天要录五场电视节目，必须挤时间才能参加其他活动的忙碌程度。

按照这种日程，他必须整天不停地吃东西。社长语重心长地对他说：“虽然可能很辛苦，但这就是演艺圈的现状。如果对工作挑挑拣拣，说不定什么时候就没有工作找上门来了。是要努力，还是放弃，完全取决于你自己！”

听完社长的话，大胃王艺人丝毫没有犹豫地答道：“我之所以选择这份工作……是因为喜欢吃东西，所以无论怎样都会好好努力的！但是，日程太满的话就会有点问题……我只想请求一件事，无论多么忙，请至少保证我一天三顿饭的用餐时间！”

第18话 王妃的愿望

狱卒对法国大革命时遭到逮捕的玛丽·安托瓦内特王后说道："你如果对过往的所作所为忏悔，今后安分守己地生活，你的死刑或许会被延期。不过作为特别关照，今天用餐时你可以点自己喜欢的东西来吃，你有什么想吃的吗？"

"让我选择自己想吃的东西？看来今天恐怕就是行刑的日子了吧！"安托瓦内特王后暗想。

安托瓦内特王后考虑了一会儿后说道："那能给我一杯红酒吗？如果可以的话，请给我'1798 年产'的红酒吧。"

狱卒听后失望地叹了口气，转身离开了牢房。他心想，"都到了这个节骨眼上，还点名要喝哪个年代的酒。这女人真是一点悔改的念头都没有！"而就在 1793 年的这一天，玛丽·安托瓦内特王后被执行了死刑，命丧断头台。

但实际上，王后的真实意思是"想活下来并喝到五年后的红酒"。但这点小聪明并没有被狱卒理解，反而赔上了自己的一条命。

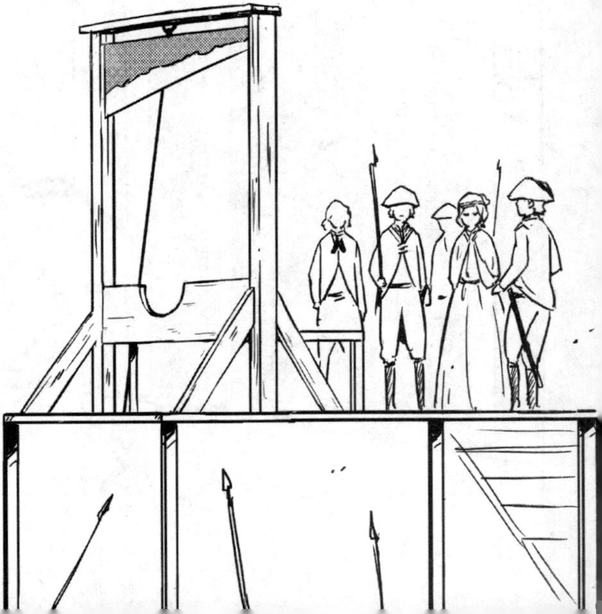

第19话 判决

被告因为杀人罪，被起诉到法院。

由于在作案时被当场逮捕，他毫无疑问是本案真凶。但在警察的审讯过程中，他真正的犯罪动机一直未能弄清楚。

在法庭上，被告人谈及自己的作案动机时，提到了自己的病情。

他说，由于自己来日无多而产生了厌世情绪，不小心伤害到无辜的人，使其丧命。

听了被告的陈述后，旁听席上的受害者家属激动地吼道："满嘴谎言，胡说八道！"

审判长见状，温和地对被告人说："如果你从心底强烈渴望'活着'，就不会被病魔压倒，也就不会伤害无辜者的生命，不是吗？你的人生，说到底只有靠你自己才能真正改变，所以千万不要放弃和病魔抗争啊！"

被告人听着审判长的话，一边泪流不止，一边不断地用力点头。

接着，陈述结束后，审判长庄严地宣判道：

“判决如下：被告，被判处死刑——”

第20话 上诉

在一审被判决死刑的被告人，上诉到高等法院，要求进行案件重审。

但是，在审判途中，被告人因病重被紧急送医。由于情况危急，医院迅速对被告人实施了手术。

一年后，身体复原的被告人重返法庭，高等法院的审判长再次宣判道：

“判决如下：被告被判处死刑——”

听到判决内容后，被告人大声抗议道：“你们为什么要救我呢？早知如此，为什么不让我就那么死了呢？”

审判长严肃地回答道：“审判过程不仅仅是制裁犯罪、宣读判决。为什么犯人会犯法，为什么受害者会丢掉性命，弄清这些事实才是审判的终极诉求。而且，你夺走了三条无辜的生命，不是这么简单就能一笔勾销的！”

第21话 逃走的梦想

这座城市第一次出现百岁以上的人瑞。

为了就此事写篇专稿留念，报社记者打算采访一下老人。

记者问道："您能活到如此高寿，有什么秘诀吗？迄今为止，您有没有生过重病或其他濒临死亡的经历呢？"

老人一边回想一边答道："我从出生就一直没有得过什么大病。但是，说到濒临死亡的经历，确实有过一次。"

“大概 80 年前了吧，这个城市曾经发生过一起连续无差别杀人事件，你知道这事儿吗？”

这算是这座城市过去发生的最恶劣的事件，十多人因此而丧命，另有多人受伤。

记者答道：“当然知道了！不过，最后也没能抓住凶手。难道您在当时也是受害者之一，受了重伤吗？”

老人抢过话头说道：“恰恰相反。我就是当年的凶手啊！曾经有一次接受过警察的调查，但被我蒙混过关了。要是那时被捕了，肯定就是死刑了啊。哈哈哈哈哈！”

第22话 风雨无阻的爱情

美纪的心，这会儿正怦怦怦地小鹿乱撞。勇太竟然会用情书这种富有深意的方式来告白：

“只要美纪需要帮助，不论发生什么，我都会第一时间赶过去……就算有倾盆的大雨、肆虐的台风，我都会化作美纪的保护伞，守护美纪。”纸面上绵延的情愫比什么都让人心动。

读到这里，有电话打进来了，是勇太。

勇太高兴得简直就要跳起来。然后，他压抑着兴奋，对美纪说道：

“明天我们约会吧。对了，就去游乐园吧！能和美纪单独去游乐园玩，简直跟做梦一样。啊……”

勇太似乎突然想起了什么，“稍等一下！”接着挂断了电话。

几分钟后，勇太再次拨通了美纪的电话说道：

第23话 学习外语的理由

一对年轻的白人夫妻抱着黑人婴儿来到了外语学校，说是想学非洲的斯瓦希里语（非洲三大语言之一）。但学校里学这门外语的人极其少见，前台职员感到很不可思议，便询问他们学习这门语言的理由。

原来，他们怀中的婴儿是从非洲某个内乱国家逃出来的难民的孩子，现在被这对夫妻领养了。两人满脸慈爱地看着婴儿说道：

第24话 第一位客人

从公司辞职后，男子开了一家商业咨询工作室。

今天是开业第一天。

男子发现门外有一个人，一直在伸着头往里看。

还没有任何业绩的男子，想为自己虚张声势一下，于是拿起了电话话筒，开始演起了“独角戏”。

站在门口的人，尴尬地说道：

第25话 聪明的证据

一对年轻的夫妻正在激烈地争吵着。

为了压制住妻子的气焰，丈夫说道："差不多就闭嘴吧！从结婚到现在，你也看出来我比你更聪明吧！你没办法做出正确的判断，只要听我的就好了！"

听了这话，妻子用无奈的口气回应道："确实不得不承认你很聪明，我很傻呢。"

丈夫嘴角挤出一抹得意扬扬的胜利微笑。

妻子继续说道："毕竟我不小心选择跟了你这么个人结婚，而你却选择了我啊！"

051

第26话 惊喜的礼物

办公室里，男子正在向同事们炫耀新西装。

“哇，新西装吗？看起来挺贵的呢。这是名牌吧？”

“能看出来吗？其实，这是我老婆给我的礼物。虽然码儿有点大，但这是给我的惊喜嘛，所以就将就着穿吧！”

“给你的惊喜？生日礼物吗？”

男子被问道后，不好意思地说：

“不不，上周末出差提前结束了。虽然跟平时相比有点早，但我没回公司就直接回家了。然后，我就看到客厅里挂着这身西装。肯定是我回去得太早了，所以老婆还没来得及包装吧！”

第27话 忍耐的回报

打完针后，老医生向一直哭个不停的孩子递出一盒糖。

“男孩子嘛，不要哭啦。这盒糖你能抓多少，就给你多少。像个男子汉一样给我看看！”

但是，男孩子更大声地哭了起来，向妈妈说道：

走出医院后，妈妈笑话男孩道："还像小宝宝一样，哭得那么大声！"

早已不哭的男孩，狡黠地笑着说道："要是我抓的话，肯定不如妈妈抓得多啊！"

这到底是真心话，还是孩子为了害羞在辩解，妈妈就不得而知了。

第28话 船长的决定

20 世纪初，在大西洋的海面上，一艘豪华客轮跟冰山相撞，巨大的船体即将沉入海中。

救生艇被紧急放下，以尽快转移乘客和船员。但救生艇也很快满载，已经装不下更多人了。

当船渐渐沉入海中时，一位男子郑重地向船员们敬礼。

“船长！船长您也到这边来吧！！船长，请跟我们一起走吧！！！”

“谢谢了，大家。但是，我要和这艘船共存亡！”

此时，一名船员用哭腔喊道："船长，但您坐的不是船，而是救生艇啊！"

船长面向留在甲板上的船员，小声地说道："我绝不会忘记你们的。但是，请你们忘了我吧！"

几分钟后，冰冷的海水将船体整个吞没了。

第29话 谜一样的书

我正在寻找一本书，那是来学校做教育实习的大学生绫子告诉我们的。

“处在青春期的你们，非常适合读一下这本书。”说完这句话后，绫子就结束了教育实习，从我们的面前突然消失了。

我去到一家家书店、图书馆，试图寻找那本书。但那本书似乎有上下两册，我无论如何也找不到上册。我感到，找书的过程就像是对青春的求索，两者有异曲同工之妙。

如果在网上查一下，或者在网店下单肯定能很快到手。但我并不想这样做。

就这样毫无头绪地一直寻找，几个月后的某一天，在一家不经意间走入的书店柜台里，看到了熟悉的面孔——正是之前来做教育实习的大学生绫子。她现在好像在这家书店打工。

我急忙从包里取出那套书的下册，因为想着等拿到上册后再一起看，所以一直带在身上。

我向绫子问道：

第30话 看见死亡的男人

生来视力不好的男子，却拥有一项“看见死亡”的能力。

在他眼中，凡是临近死期的人，脸色都开始发青。

一开始，男子把这当成“死神的能力”，非常厌恶。

但这个能力也可以被用来预知和改变死期，于是男子开始用这项能力来救助他人。例如寻找脸色看起来泛青的人，然后给他们提供建议和帮助。

有一天，男子在繁华的街道上，看到一位死期临近、满脸铁青的人。

男子急忙向那个人跑过去。

男子拨开拥挤的人流，向看到的那个人跑过去。

在巨大的展示窗前，男子这才意识到，上面竟然反射出自己的脸。

正在此时，背后传来人群的尖叫声，一辆卡车正轰鸣着朝男子疾驰而来。

第31话 引进机器人

机器人制造商的推销员，正在向A公司推销一款新型的机器人。

“这款机器人将颠覆您以往的认知。只要购买一台，定能大大提高贵公司的工作效率，预估员工的工作量甚至能减少到目前的一半。”

接着，推销员开始演示机器人的各项操作系统。

一开始半信半疑的企业负责人，突然目光炯炯地说：

“人事费用开支是我们公司最头疼的事儿了。好的，我很满意，那就先购买两台这款机器人吧！”

两个月后——

以“没达到预想的效果”为由，两台机器人被退了回来。

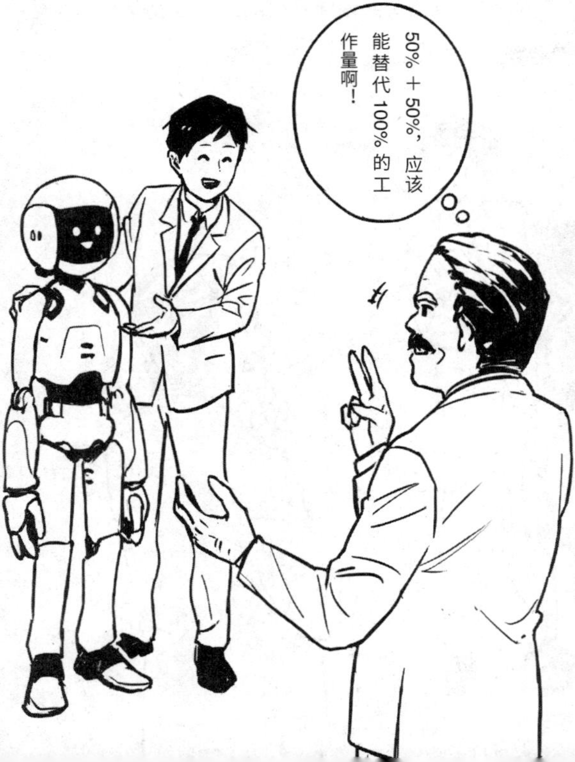

第32话 聪明的机器人

机器人制造商的推销员，正在向B公司的营业部长，推销一款机器人。

“这款机器人的强大功能，说跟人类齐平都不算过分。它最大的特长，便是出众的学习能力。虽然基础能力也很优秀，但由于跟超级电脑相连，只要将其在特定环境中放置一个月的时间，它便能掌握最合适的行为模式。”

于是，B公司答应先试用机器人一个月，看一下实际效果。

一个月后，推销员来到 B 公司。

“引进后，您觉得效果怎么样呢？我们公司的机器人，有什么问题吗？”

营业部长表情复杂地说道：“这个机器人确实很厉害，没想到这么聪明……适应能力简直就像在公司待了 20 年以上的老员工一样，而且也很努力地工作。”

推销员高兴地问道：“那么，您考虑正式引进这款机器人吗？”

“还是不打算引进了。虽然机器人看上去很努力地在工作，但并没有展现很高的效率。那种‘聪明’，跟在公司工作了 20 年的老员工一样，完全是说一套做一套，装作工作、实则偷懒的‘小聪明’啊……”

第33话 机器人的局限

推销员一边叹气，一边汇报说："尽管机器人有这么优质的性能，以及卓越的环境适应能力，也不一定能卖出去啊。"

开发机器人的博士也表示赞同。他说："是啊！而且，即使有跟人类相似的情感体验，也不一定能促进销售啊。"

助手提议道："不如把他的外形设计得更像机器人，这样是不是更能体现性能的优越性呢？"

"兴许会吧，就照那样再调整下吧。"

助手问道："博士，不如换掉这个仿真头部设计，从脖子往上使用球形的机械装置，您看如何？"

博士回答道："我觉得可以，他的声音也换成机械合成音色吧……"

第34话 告白

一个高中男生把手撑在墙上，脸上带着一种迄今为止都没有过的认真表情。他想跟好友结束青梅竹马的关系，正式开始交往。

虽然只是在练习告白和“壁咚”，但听到从自己嘴里讲出电视剧里才会有的台词，男生感到非常难为情。照在镜子里的脸羞得通红，露出了迄今为止没有过的怯懦表情。

第35话 告白的勇气

小遥突然意识到自己喜欢上了青梅竹马的幸助。两家是邻居，小遥以前只把幸助当成弟弟看待，不知从什么时候开始，突然意识到他已经长大，并不由自主地爱上了他。

幸助很有女人缘，喜欢他的女生有很多，但应该没有正在交往的。

既然这样，小遥决定干脆鼓起勇气跟幸助告白。

小遥看起来非常烦躁，平常即使幸助做一些孩子气的举动，自己也都没有特别介意。但今天的幸助，实在是太烦人了！

到达忍耐极限的小遥说道：“不要用一种解说我心里话的语调，在我耳边絮絮叨叨地说个没完！”

第36话 最后的审判

过去，神创造了王国跟宫殿。

但现在，守卫王国的是神的儿子。

但是，不知是何原因惹怒了神的儿子，他召唤来洪水跟地震，甚至巨大的陨石，开始攻击王国和宫殿。

不过，宫殿顽强地抵挡住了这些攻击。

“健太，该回去啦！”

虽然被妈妈催着回家，但小孩还想继续玩儿。

爸爸似乎有点生气，严厉地对他说：“差不多就行了！快走！”

健太被训完之后很不高兴，开始毁掉爸爸亲手堆起来的沙土城堡。

然而不论是用水浇、用石块砸，城堡还是老样子。

或许是不耐烦了，健太开始用脚踩踏沙堆，直到已经看不出城堡的样子。

突然，一阵大浪卷过，将残存的沙堆彻底冲走了。

第37话 辛德瑞拉的故事

时针马上就要指向午夜12点了。一旦过了12点，魔法就会解除，因此辛德瑞拉急匆匆地跑下城堡的台阶。就在这时，有人紧紧地抓住了她的胳膊，正是王子。

“站住，不要走！我想知道更多关于你的事情！”

“王子殿下，非常抱歉。现实中的我根本配不上这高贵的城堡，这件礼服、鞋子，都是靠魔法变的。”

王子语气温柔地对她说：“这些都无所谓。我真正爱着的，是你本来的样子。”

时钟的长针跟短针“咔嗒”一声交错，12 点的钟声“咚、咚、咚”地响了起来。

正在这时，一股浓烟不知从何处升起，将辛德瑞拉包裹了起来。

钟声在敲响 12 下后，烟雾缓缓散开。站在那里的并不是辛德瑞拉，而是刚刚解除自己魔法的老巫婆！

第38话 真爱无价

这个年轻人是大富豪的独子，从小到大他靠着父亲的权力和金钱，只要是他想要的东西，就没有得不到的。这一次，他看上了一个女人，想要将她据为己有，于是用尽各种手段接近她。

但是，无论他怎么做，都无法博取她的芳心。

朋友听说了这件事后问道：“原来你也有得不到的东西啊！那个敢反抗你的女人现在怎么样了呢？”

男子一脸痛苦地对朋友说：“那个女人，把我妈赶出了家门，跟我爸结婚了。现在已经是我的后妈了！”

第39话 法治主义

在这个国家内，因为行人闯红灯造成的交通事故数量年年攀升。

因此，国家制定了严格的法律，凡是无视红绿灯穿行马路的司机、行人，都将面临高额罚金或刑期处罚。

法律颁布以来，硬闯红灯过马路的行人数量不断减少。

但是，在没有红绿灯的地方，硬闯机动车道的行人数量急剧上升，因此，目前的交通事故死亡人数居然比之前翻了几倍。

第40话 临终遗言

男人奄奄一息地躺在床上，将不久于人世，妻子守在身旁陪伴着他。男人用尽最后的一丝力气对妻子说道：

妻子微笑着对丈夫说道：

但是，我们无法知道妻子的话是否传到了男人的耳朵里。不过，他被妻子握着的手，已经变得冰凉。

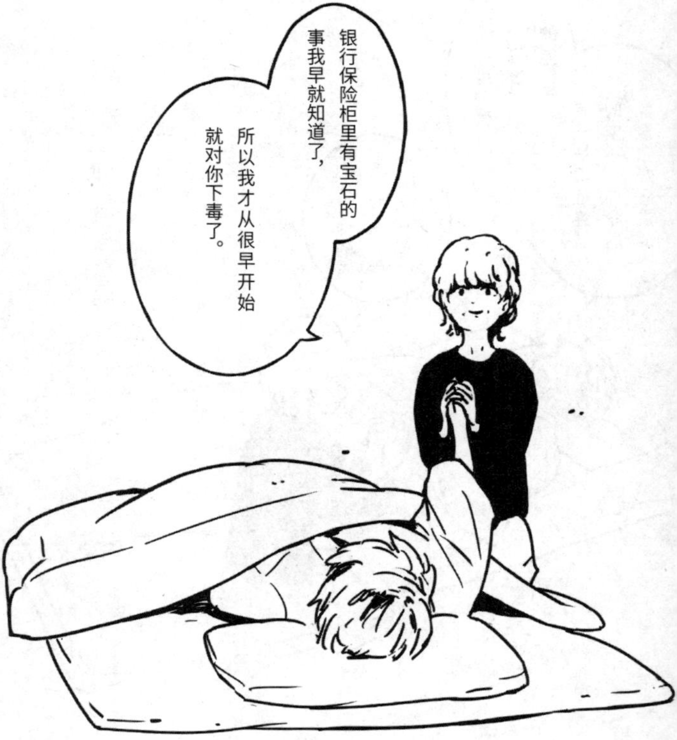

第41话 危险的高速公路

一位老人正以极快的速度驾车行驶在高速公路上，往家的方向赶。

这时他的电话铃响了。

接通电话后，他妻子在电话另一头用惊恐、担心的声音问道：

老人神色开始有点紧张，回答老伴儿说：

第42话 恐怖分子

这个男人是个不折不扣的炸弹狂魔。他计划制造一颗定时炸弹，在两天后的正午引爆政府大楼。炸弹将通过快递包裹送达，神不知鬼不觉。一切都在按计划顺利地进行着。

两天后临近正午时分，男人待在家中，打开电视机，等待收看爆炸新闻的实况报道。

第43话 天神的惩罚

儿子总是喜欢挑食，今天吃饭的时候还是把汤里的胡萝卜剩下了。

“不好好珍惜食物的话，可是会受到天神的惩罚哦！”

尽管母亲严厉地训斥，连神鬼都搬了出来，儿子仍然毫不在意，一溜烟儿地跑进了自己房间里。

大约一小时后，天突然下起雨来，顷刻间电闪雷鸣。

刚刚才提到“天神的惩罚”，这么快就应验了！母亲心想，儿子这会儿应该吓得躲在被窝里发抖吧。

于是，母亲决定去儿子房间瞧一瞧。

结果，母亲却看到儿子趴在窗户上兴致盎然地看外面的闪电。

“都是因为刚才你把胡萝卜剩下了，所以天神生气了呀！”

听了母亲的话，儿子似乎有些失望地说道：“偌大的世界里，仅仅是因为一个小男孩剩下了一点点胡萝卜，就发这么大的火，天神真是又急躁又小气！”

第44话 倒霉的受害者

一位男子独自开车行驶在人烟稀少的山路上，他注意到有个老人躺在地上，就开车过去查看。

老人还有意识，似乎并无什么大碍。

老人向男子问道："这附近有警车巡逻吗？有能赶过来帮忙的居民吗？我的手机被偷走了，你的手机有信号吗？"然而，在这种荒郊野外，根本无法收到信号。

面对老人的提问，男子都一一摇头。

看到男子无力地一个劲儿摇头，老人突然跳了起来，用手中的黑色东西指向男子。

“这可是真枪。把车子跟你所有值钱的东西都交出来！最近作案后总是让人立马就报了警，都被问询好几次了。所以这次我格外小心，选择了一片荒山野岭，你可真是不走运啊！”

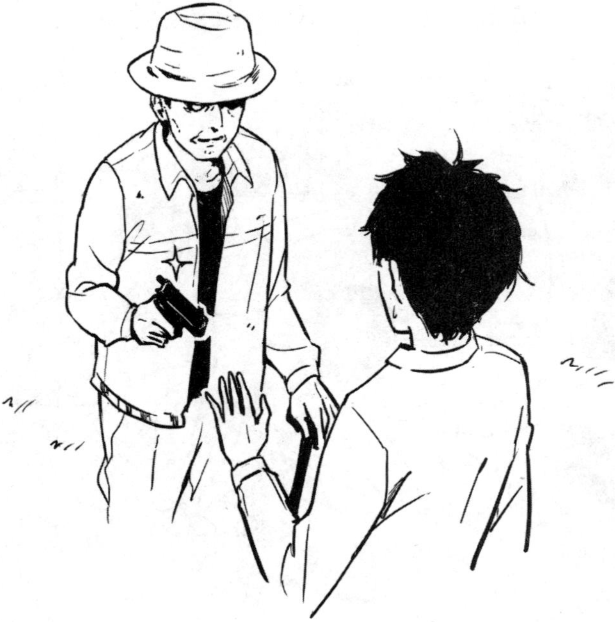

第45话 地球的支配者

在地球上被称呼为“神”的正是这位外星人，向地球上的低等生物灌输智力的也是这位外星人。

突然，这位外星人时隔数万年后再次到访地球，做出了一项重大宣告：“我让你们拥有智慧，并得以建立发达的社会关系。正因为如此，你们才得以支配这个星球。但是，你们却互相抢夺粮食，兵戎相见，种族相残。这个星球已经不再需要你们了！”

从这天开始，世界范围内的蚂蚁开始大量死亡，忽然之间从地球上消失得无影无踪。不过，几乎没有人对此有任何察觉。

第46话 与主人撞脸的斗牛犬

一对母女正在路上走着，这时一位老太太牵着一只斗牛犬迎面走了过来。

据说宠物都会和主人越来越像。迎面走来的斗牛犬跟老太太的样貌非常相似，擦肩而过时，那位母亲拼命忍耐着不让自己笑出声来。

这时，女儿似乎也注意到了，像发现了什么有意思的事一样，开心地大声说道：“那只狗长得好像那位老婆婆啊！”

老太太才刚走开，怕不小心被她听到，母亲赶紧对女儿做出嘘声的动作，并说道：

“嘘——！惠美，这么大声会被听到的！”

听了这话，女儿像是提醒母亲一样说：“妈妈，没关系的啊，狗是听不懂人类的话的。”

第47话 妈妈是名侦探

妈妈打开橱柜一看，发现盘子上仅剩下了半个包子。

“明明记得放了十来个的……”

于是，妈妈把兄弟四人叫到跟前，问道：

“是谁吃了呢？要老实回答！”

大儿子说道：“我发现的时候只有一个包子，就吃了半个。”

看到哥哥坦白，二儿子说道：“我也只吃了一半。”

“我也只吃了一半呢。”三儿子讲道。

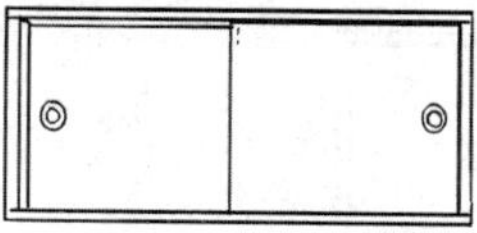

“我也是只吃掉了一半啊！”四儿子无辜地说道。

四人异口同声地喊道：“妈妈，相信我啊！”

妈妈凭直觉认为，四人都没有说谎，而且她也不愿意去怀疑孩子说的话。

最先回到家里打开柜子的是小儿子。刚才他似乎说过，“看到的时候，盘子上放了八个包子。”

妈妈突然明白了。

一开始是八个包子。

所以最开始小儿子吃了一半，也就是还剩四个。

接着三儿子吃了一半，还剩两个。

再接着，二儿子吃掉了一半，还剩一个。

最后大儿子吃了剩下的一个包子的一半。

妈妈向兄弟四人微笑着说道：

“我终于知道犯人是谁了！”

第48话 真正的犯人是谁？

“犯人是……这个橱柜！”

妈妈说完后，孩子们都觉得妈妈脑袋糊涂了。

他们一齐向妈妈反驳道：

“妈妈，橱柜怎么可能会吃东西呢？但真不是我们啊。我们都只是吃了一半啊！”

从孩子们的表情来看，他们确实没有撒谎。

妈妈脑子有点混乱了——可是家里的小猫咪也不可能打开柜子，吃完包子后再关上柜子呀！

突然，妈妈身上起了鸡皮疙瘩——难道这个家里还有其他人？

惊恐不已的妈妈耳朵里，突然传来一阵阵窸窸窣窣的人在走廊里走路的声音。

接着，门把手转动后，门打开了。

——站在那儿的，是头发跟胡子长得乱糟糟，形迹可疑的男子。

孩子们尖叫道："爸爸！"

原来，他正是从辞职以来，就把自己关在房间里一直不露面的"一家之主"。

妻子神情冷淡地对他说道：

"哎呀，原来你在家啊？真难得从房间里出来。以后不要偷偷摸摸地从柜子里拿吃的，偶尔跟孩子们一起吃个饭怎么样？"

第49话 透明人，出现！

年轻的科学家经过不断实验，终于发明了能使人变透明的药物。

吃了透明药之后身体会变透明，服用解药后身体又会复原。

“只要有这个透明药，就可以不被任何人察觉，不但可以从银行抢很多钱，还可以藏身在任何地方！”

科学家迫不及待地服用了药物，从研究所飞奔出去。

咚!

卡车司机在开车的时候觉得猛地撞上了什么东西。

“不好了！是撞到什么人了吧？!”

但马上停车确认后，并没有发现撞到什么人。

“也是啊。视野这么开阔的路上，要是有人过来，肯定会注意到的。”

从那之后，在这条路上就有很多奇怪的事情出现，比如“好像绊到了什么东西？”“路上好像坑坑洼洼的有什么东西，不好开车”等等，但又找不到原因。

不过，随着时间流逝，这些怪相慢慢消失，街道又恢复了往日的生活。

第50话 第三次世界大战

这里是某个军事大国的会议室。

军队的高级将领、著名科学家齐聚一堂，共同商讨开发应对第三次世界大战的军事武器计划。

总统向一位科学家问道：

“在第三次世界大战中，什么样的武器会成为主流在战场上应用呢？”

科学家环视了一下争论激烈的现场，说道：

“第三次世界大战中什么军事武器会成为主流，说实话我并不知道。但我知道第四次世界大战会怎么样。到那时，人类会投掷石块、挥舞棍棒战斗吧。”

第51话 梦想、自信与练习

少年曾梦到过自己成了职业棒球选手，他坚信那个梦一定会变成现实。

因此，不管在棒球社团的练习多么辛苦，回到家之后，仍然一直练习到深夜，从来不曾中断。

但是，与少年的自信跟热情完全不同，母亲向少年投去冷淡的目光，说道：

“你不可能成为职业棒球选手的，快睡吧！”

但是，少年仍然继续练习，手上都磨出了茧子。

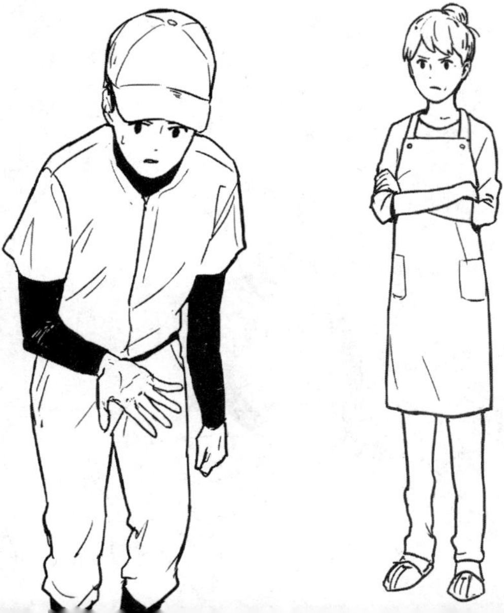

这一天，少年也一直练习到深夜。母亲的忍耐终于到了极限，吼道：

“这样练习是没用的！要是真的想成为职业棒球选手，练习下挥棒行不行？要是像这样一天天练习‘签名’练到深夜，还不如早点睡好！”

第52话 怪兽，惊现东京！

某一天，东京湾出现了怪兽。

或许是因为受到放射物照射产生了变异，它的身体像高楼大厦一样巨大。

怪兽上岸后慢慢向市中心走去。

但是，人们并没有因为怪兽的出现而惊慌失措。

在怪兽出现的数十年前，人类发明出无须摧毁建筑物便能杀死巨兽的兵器，以及启动后仅破坏设定范围内物体的超小型原子弹。

但是，人类并没有惊慌失措的原因并非如此。

由于受到第三次世界大战与放射性元素的影响，地球上已经没有人类了，更不用说向怪兽扔石块，或者挥舞棍棒反抗了——

因为，人类已经灭绝了。

地球上，已经是一片废墟，什么也不存在了。

第53话 100个朋友

无论是小学还是中学时期，真司的目标都是“交 100 个朋友”。

在小学和中学时，真司都只花了三个月的时间就达成了这一目标。

真司性格很好，不论男孩女孩都喜欢跟他交朋友，不论什么时候都是班上的人气王。

升入高中时，他的目标依然是希望“交 100 个朋友”。

这一天，他交到了一个新朋友。但是，真司的脸上却流露出一种难过的神情。

今天，真司交到了一个新朋友，这样就能恰好实现交100个朋友的目标了。

但是，平时总是非常阳光的真司，现在却难过得想哭。

“为什么只能跟我做朋友呢？”

第54话 男女同权

正在举行男女同权话题的专题讨论会。

与会的一名男性参会者针对女性活跃于职场的行为，用一种轻蔑的语气评论道：

“女人们在做的，只是单纯地模仿男性罢了！”

一个女性参会者问道：“你是怎么看待这种行为的呢？”

“如果用一句话概括的话，就是笨蛋。不，是大笨蛋！”

听了这话，女性参会者温和地笑笑说：

“如果模仿男性的做法，看起来像是大笨蛋的话，那么也就是说，女性的模仿算是成功了吧？”

第55话 天才雕塑家

不知是什么时候，一位雕塑家在城镇偏远的角落里造了间作坊。雕塑家总是把全身都裹得严严实实，连脸也遮起来，充满了神秘感。

不过，听到过她声音的人都说："她一定是个女人！"

雕塑家的作品都像拥有生命一般栩栩如生，即使是随意放在作坊里的作品，其完成度谁也无法模仿。

不过，雕塑家没有任何弟子，也不让任何人看到她创作时的样子。

某一天，一个想要窥探雕塑家创作秘密的人，悄悄地潜入了作坊。

接着，他终于看到了，隐藏在外衣底下的雕塑家的真实身份。

第二天，雕塑家的作坊里，又增添了一座雕像。

第56话 追赶的男子

一名悠闲地坐在咖啡店里的男子，若无其事地看了眼窗外后，震惊不已。

原来，他发现不知什么人正跨上一辆停在外面的自行车。

店里的客人、店员都转过头来，跟着他一齐看向窗外。

男子一边指着跨坐在自行车上的人，一边跑了出去。

跑出店外的男子，跟在自行车后面拼命追赶着。

转过大楼拐角后，附近已经一个人都没有了。

男子稍微向周围张望了一下后，开始朝着远离咖啡店的方向走去，小声嘀咕道：

“刚刚看了眼钱包，一分钱也没带。这会儿他们应该发觉我不是什么‘自行车被偷走的可怜人’，而是‘白吃白喝的老赖’了吧。”

第57话 外星人入侵

突然出现的不明飞行物，摧毁掉了地球上的一座座大型都市。

人类的科学力量无法与之对抗，因此逐渐被外星人消灭，直到只剩下少数的人类尚存活于世。

即便是这些幸存下来的人类，也被外星人的先进探测器一个个发现，被集中安置到一个收容所里。

被捉来的人，都认为自己将被用来做实验或解剖，每日担惊受怕。

——但是，与料想的不同，他们的生活实际上非常不错。

虽然只能在划定的范围内活动，无法逃脱出去。但是无论是饮食还是居住环境，都要比以往的生活更加优雅舒适。甚至在生病、受伤时，也能得到尖端医疗器械的治疗。

有一天，某个去到人类定居点边界的人，发现了一块悬挂着的巨大标示板。这位熟悉外星人语言的人在看到标示板上写的内容后，终于理解了自己的遭遇跟处境。

1:15

第58话 工作负责的男人

一位河流管理局的工作人员，正在巡视检查河道状况。

正在这时，他听到不远处传来一阵阵水花拍打的声音。他顺着声音急忙追上前去，看到一名男子似乎正在河中心游泳。

不是在游泳啊，那就好！
プイッ
河流管理
禁止游泳

第59话 青蛙王子

公主正在森林里散步，突然被一个奇怪的声音叫住了。

声音的主人，原来是一只小小的青蛙。

小青蛙对她说：“我是某个国家的王子，被施了魔法，变成现在这个样子。但是，如果能得到公主的吻，我就能重新变回人类。”

公主把脸凑近青蛙。

公主把脸凑近青蛙，这样说道：

“向我告白的王子，数都数不过来。而且，只要是我想要的东西，就没有得不到的。但是，我还从来没有遇到过会讲人话的青蛙呢。”

第60话 消失的妻子

迈克和苏珊是一对结婚十年的夫妻。

刚结婚那阵儿，迈克从不出去鬼混，专注地在家陪伴妻子。

而现在，迈克直到睡觉的时间才回家。

这天，苏珊终于忍受不了了。

这天以后，苏珊真的从迈克面前消失了。迈克开始深深地反思之前说过的话。

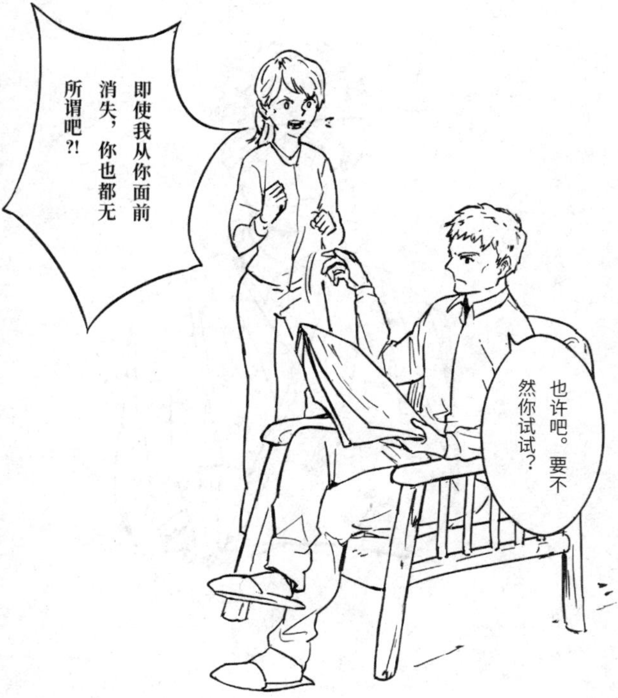

五天后——

终于，苏珊重新出现在迈克面前。

准确地说，是迈克重新能看到苏珊的身影了。

原来，迈克被苏珊殴打后肿胀的双眼，终于恢复过来，可以看见东西了。

第61话 流放地

出于人道主义主张，某星球不设立“死刑”制度。

取而代之，犯了重刑的犯人，会被遣送到流放地。

然而，流放地的生存环境极其恶劣，每天都像在进行着杀戮游戏。因此，一旦被遣送到流放之地，就绝无生还的可能。

今天，又有一名男子被法庭判处“流放之刑”。

男子被注射了麻醉剂，等他恢复意识之后，已经到达了流放地。

街道上充斥着污浊的空气，就像身处毒气室一样。

表情一脸愤怒的人们，无声地向男子聚拢过来。

原来，这里是被他们星球称作“流放地”的地球。男子四下看了看，发出了一声绝望的悲鸣。

第62话 狗的世界

剑持博士非常讨厌人类，并以此著称。他说：“人类总是撒谎，又喜欢钩心斗角。而狗要温柔、纯粹得多。”因此，他特别喜欢动物，尤其是狗。

博士尝试通过手术，将自己发明的翻译装置安装在大脑中。这样一来，就可以听懂狗说的话，不过也同时失去了听懂人类语言的能力。

手术成功了。

博士养的十多条狗，像欢迎新伙伴的加入一样冲向他。

然后，这些心灵纯粹的狗，一齐向博士抱怨起来，“汪汪汪”地叫个不停。

第63话 一见钟情

绘里香在酒吧里一个人喝酒。这时有一个男的坐到了绘里香的旁边，向她搭话。

“从刚才开始就觉得很不可思议，为什么你能知道我喜欢什么呢？”

“什么意思？”

“就是说，你怎么知道我对哪种长相会一见钟情呢？”

“我才不知道你喜欢什么长相呢。而且我们根本就不认识，今天是第一次见面吧？”

男人向绘里香投去灼热的目光，继续说道：“你长了一张我认为是‘世界上最好看的脸’，然后又用这张脸看着我不是吗？但是，你却说不知道我喜欢什么，这怎么可能呢？”

第64话 前夫

绘里香在酒吧里一个人喝酒散心。没想到，邻座的男子用肉麻的陈词滥调向她搭讪。

“谢谢称赞！你也是我喜欢的类型呢。但是，你很像我离婚的前夫。虽然我们都是被对方外表吸引走到一起结婚的，但性格不合适，很快就离婚了呢。”

男子用同情的语气说道：

“所以你才一个人坐在这儿喝酒啊！你们什么时候离婚的呢？”

绘里香恶作剧似的笑了笑，朝着男子说道：

“哎呀，我还没结过婚呢。要说离婚的话，估计是着了你的道儿，大概一年以后的事儿吧。”

第65话 医生的伦理观

这位医生的医术非常高超，但要求支付的手术费用同样相当高昂，因此大家在背后叫他“守财奴”。

某一天，一个对医生的道德伦理持有异议的记者，故意问了他一个刁钻的问题：“假如同时来了两名患者需要你救助。一个是贪污受贿、昏庸严苛的官员，但是非常有钱；另一个是前途无限的天才少年足球运动员，但是家里很穷付不起医疗费，你会选择先救哪个呢？”

医生冷笑地看了下记者，说道："很简单的问题嘛，当然是先救病情更严重、情况更危急的病人。无论病人是不是罪犯，是否有才能，是否有前途，这些都不是重点。医生不是裁判，我们只要治好眼前的病人就可以了。"

第66话 三十年的忍耐

住在小镇偏远一角的发明家，专做一些破烂儿一样的机器。因此，他一直被小镇上的人嘲笑为“旁门左道科学家”。

但在某一天，破破烂烂的工厂突然换上了崭新的设备，发明家的生活也焕然一新。

觉得不可思议的孩子们，向科学家问道：“你是造出了什么很厉害的发明吗？”

发明家回答道：“没有，只不过是忍耐了30年，终于有了回报而已”。

发明家继续说道："三十年前，我创造出了一个划时代的发明。但是，要把它投入生产，需要一个实业家的投资。但那人完全不把我放在眼里，还一直嘲笑我。于是，我就用花瓶把那人杀了，之后盗走了他放在金库里的金条。直到最近，那件事才终于过了追诉时效。这 30 年里，我一直忍耐着不把金条换成现金，实在是太辛苦了。现在，我的付出终于有了回报。不过刚刚说的这番话，可是秘密啊。如果说出去的话，我就用这个消灭人类的机器把你们……"

第67话 接近透明的黑色

大学同学会上，两个男人搭上了话。

其中，表情略显愤怒的男子向露出一脸疲惫表情的男子质问道：“你经营的公司，据说是一家相当黑的公司啊。你这个黑心肠老板，应该搜刮了不少钱，让底下员工没什么好日子过吧！”

被逼问的男子自嘲一般淡淡地回答道：

“确实，我的公司之前挺黑的。我只想着挣钱，一点都不考虑员工的感受。连内心都是阴暗的，违法的事儿也照做不误。但也因为这样被刑事起诉，坐了三年牢。在服刑的时候，我就打算洗心革面，重新开始了。我过去所攒的钱都用来支付赔偿金，当然工作也丢了。所以，现在我可是无职（无色）状态啊！”

* 日语中没有工作被称为“無職”，与“無色”发音相同，都为musyoku。这里一语双关，既指出自己的无职状态，也暗示自己不再像过去那样“黑”，决定洗心革面。

第68话 愤怒的理由

公司里一位上司正在训斥一名年轻下属。

可是不管上司的态度怎样严厉，下属的态度仍然没有什么变化。

而且，年轻人也搞不懂为什么自己会被训斥。

终于，上司的忍耐到了极限，他朝年轻人吼道：

“还不懂吗，哪个白痴会在工作的时候吹泡泡糖呢！”

第69话 出道前夜

一位新人作家带着小说走进了一家出版社。

编辑将作品通读一遍后，盯着作家说道："从经历上看，你是数学专业出身……也难怪语言跟内容都乱七八糟。我就直说吧！你把故事情节尽可能地展开，最后用'原来是黄粱一梦'来结尾，职业作家的话是绝不会这么处理的。"

被编辑无情地批评之后，作家非常失望，准备起身离开。

不过，编辑叫住了正准备离开的作家，问道：“道奇森先生，你说如果小说能发表的话想用笔名，那你的笔名是什么呢？”

作家像看到一缕曙光一样，转过头去。

编辑似乎怕对方误解了自己的意思，连忙补充道：“不是那个意思，这个小说还是不能出版，只是我很好奇……”

作家的表情一瞬间暗淡下去，又马上用洪亮的声音回答道：

第70话 处理炸弹

炸弹被安装在一间充满毒气的狭小的房间内，只要吸进身体就会立即死亡。

为避免不小心吸入毒气，或使毒气接触到皮肤，爆炸品处理班的成员必须穿戴密封的防护作业服。

房间大小只能容得下一人。汤姆进入房间找到炸弹时，时间已经所剩无几了。

不过，炸弹本身的装置非常简单，只要剪断红线与蓝线的其中一根，就可能解除装置。

汤姆向留在房间外的同伴请求指示道：

接到汤姆请示的爆炸品处理班班长，对着安装在防护服内的对讲机大声说道：

“汤姆，蓝色，剪蓝色的线！”

蓝色是汤姆的幸运色。

但此刻呈现在汤姆眼前，是颜色深浅不同的两根蓝色的线。

原来，之前防护服的面罩玻璃划破了的时候，他把玻璃更换成了蓝色的幸运色。

汤姆瘫在原地，后悔万分。

第71话 任务完成

接到汤姆请示的班长，对着对讲机大声说道：

“汤姆，蓝色，剪蓝色的线！”

接下来，只能相信汤姆会一切顺利了。

——已经过了炸弹预定爆炸的时间。

班长冲进可能还残留着毒气的房间。虽然炸弹装置里的蓝色线已经剪断了，但却看到汤姆倒在血泊中。

这时班长回想起来，汤姆的面罩是蓝色的。

——他想，汤姆为了确认线的颜色，在明知会吸入毒气的前提下，还是摘下了面罩吧！

这时，从防护服的对讲机内传来一阵微弱的声音：

“班长，快救救我啊！我摘掉了防护手套，手已经感染毒素了。”

汤姆接着说道：

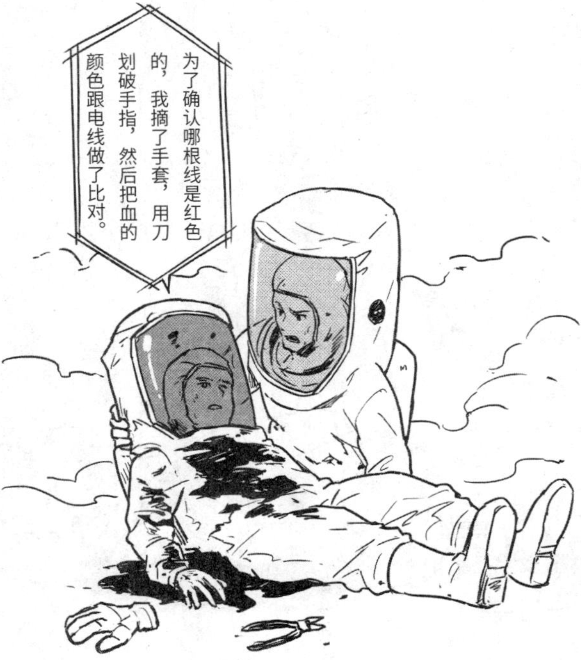

第72话 孩子的去向

深夜的居民区里，昏暗的灯光映照着街道。

男子匆忙地走在路上，急着回家。这时，突然从旁边冲出一个学龄前模样的小男孩。

紧跟着，一个像是男孩母亲的女人也冲了出来，拼命想要追上男孩。

男孩躲闪着，不想被女人追上。他瞅准时机，猛地加速跑开了。

“这是再婚丈夫带来的孩子，一直不肯认我这个妈……”，女人不好意思地说着，又追了上去。

一会儿工夫，这两人就消失在了男人面前。

第二天——

新闻里正在报道昨夜在居民区发生的一起杀人案。案发地就离昨晚碰到那对母子的地方不远。

报道称，一对年轻的夫妻被残忍地杀害，他们的孩子目前仍下落不明。

男人吃惊地看着电视上公布的照片，正是昨晚碰到的那个小男孩。

接着，画面切换到惨遭杀害的夫妻两人的照片。

“咦！这个妈妈，并不是昨天晚上碰到的那个女人……”

直到现在，小男孩仍然下落不明。

他是成功地逃掉了吗，还是已经被……

第73话 无人问津的画家

一位老婆婆来到了一处画室，打算拜托那儿的画家帮她画一张肖像画。

但是，画家正忙着作画，便敷衍地回答道：

“即使帮你画了，估计也不会是多好的画。你就准备出这么一点钱，谁都不愿在你身上浪费时间吧……等一下，好像邻村有个挺闲的画家，那人兴许会帮你这个忙。不过，他虽然画得不错，但只考虑画画技巧，才不管画得像不像。”

听了画家的这番话，老婆婆道了声谢正准备离开。

接着，她转过身对画家说：

“您能再讲一下那位画家的名字吗？”

“旁边芬奇村的列奥纳多，列奥纳多·达·芬奇。路不好走，小心点啊，蒙娜·丽莎！”

第74话 自爆恐袭

一名外国的恐怖分子来到了日本，目的是策划一起针对平民的大型恐怖袭击。

在一个休息日，恐怖分子借来了一辆货车，驾车猛地冲向一处热闹的步行街。察觉到货车的异样后，大家纷纷躲避，失声尖叫，惊恐不已。

这似乎刺激到了恐怖分子，他更加用力地踩向油门。

但是，车速并没有加快，反而恰好在行人面前停了下来。

接着，一个电子合成的女声不带任何感情地说道：

第75话 对付霸凌的技巧

少年一直遭受同学们的霸凌，比如强迫拎书包等等。

他之所以开始练习健美，也是想要改变弱不禁风的自己。

经过日复一日的锻炼，他的块头也在一天天地变大。

半年后，他已经不觉得帮同学拎书包有那么辛苦了。

拎书包这种程度的事儿，现在对于他来说，已经像早饭前的热身一样轻松了。

第76话 您的爱好是？

两位正在相亲的男女，都经历过一次失败的婚姻。美穗的前夫是个只对钱感兴趣的人，两人的价值观完全相反。所以对于以后的结婚对象，她认定必须是“热爱艺术，价值观相同”的人。虽然听起来像司空见惯、不怎么走心的要求，但对美穗来说却是最重要的。

晚上回到家，阿健想起了白天的那场相亲。女方条件还不错，而且似乎对自己也比较有好感。突然，他意识到，“哎呀，都到这个点了。明天还有工作要做，得早点休息！”

但阿健并没有马上去睡觉，即使这么晚了，他也没忘掉每天的必修课——美术鉴赏。

阿健从金库里把自己的收藏小心地取出。福泽谕吉、野口英世、樋口一叶……然后，把这些肖像画收藏品——通称“纸币”，一遍遍用脸颊充满疼爱地轻抚着。

* 福泽谕吉、野口英世、樋口一叶分别是日本 10 000 日元、1 000 日元、5 000 日元上的肖像人物。

第77话 体贴的上司

新员工跟一位上司打扮的男子一起走进一家餐馆，找了个位子坐下了。

上司打扮的男人很大声地跟老板点完菜后，笑眯眯地问新员工："抱歉我先点了，你要跟我一样的吗？"

"当然，来一样的吧。"新员工说道。

于是，上司打扮的男人又对着餐馆老板大声说道：“老板娘，刚才的套餐再来两份！”

“我饭量大，所以午饭总是吃两人份的套餐。但你其实不用跟我点一样的，毕竟用现在的工资吃两份饭也挺贵的吧？”

第78话 司机的工作

女演员愤怒地冲向所在演艺公司的社长办公室，一推开门就向社长抱怨道：

“这种事儿绝不能原谅。为什么要雇这种司机呢？刚才开车载我的时候，差点撞上一辆卡车，我差点就没命了！这种事儿我碰上都快四回了！”

社长显得有些为难。

他心里暗想，这个女演员以前虽然很火，但现在几乎没什么名气，只能没事儿摆摆臭架子，也无法给公司带来什么收入。如果她将来真的出了交通事故，说不定还可以借此制造新闻话题，上上热搜。

于是，社长不假思索地说道：

“行了行了，司机下次应该就不会犯错了。能不能再给他一次机会呢？”

第79话 唯一的愿望

有一家人不幸遭遇游艇事故，随着海流漂到一处荒芜人烟的小岛上。

他们绕着岛转了一圈后发现，虽然食物没有太大问题，却没找到可以饮用的水。

这时，从小孩捡到的古老油灯里喷出了一股烟雾，烟雾里显现灯神的身影。

灯神允许他们许一个愿望，什么都可以满足。

一家人商量后，决定还是要优先确保可以饮用的水源。

作为一家人的代表，孩子大声地说出了他们的愿望：

第80话 不能告诉老婆的秘密

星期一，男人一来到公司，就有同事走过来对他悄悄说道："昨天，我可是看见你跟一个大美女在街上挽着胳膊呢！那样的大美女跟你在一块儿，看上去太不搭了，特别显眼。那人到底是谁啊？"

男子听后脸色铁青地对同事说："你能保证刚才说的话一定不跟我老婆讲吗？"

"当然，我能保证。"

男子叹了口气说道："其实你昨天看到的那个人，就是我老婆。但是她只要一听到别人夸她'长得漂亮''我配不上她'之类的话，就会特别骄傲地在我面前显摆，让人非常不爽。所以，你千万别跟我老婆说那种话啊！"

第81话 工人们

一手创办了某个大型 IT 产业的企业家，正在巡视各地工厂。

因为他打算“微服私访”，不想引起下属们的注意，所以故意隐瞒了自己的身份。

一个向他介绍工厂情况的操作员，完全没有察觉站在对面的是企业的老板，所以不加遮掩地向企业家介绍起了工厂的各种情况。

操作员用谨慎的语气，小声说道：

第82话 被追赶的男人

男人脸色煞白，跳上一辆出租车。

“有人在追我。快开车！”

出租车司机向外看了一眼，几个面露凶色的男人正朝这儿赶来。

在快被追上的一瞬间，司机迅速踩油门飞驰而去。

为了彻底甩掉那些人，开了一阵儿后，男子才从出租车上下来。他小心翼翼地观察了下四周，赶紧朝家走去。

但是，漆黑的道路对面突然传来一阵脚步声，而且声音正在不断靠近。从声音上判断，这些人显然是追踪他而来。

于是，男人迅速躲进了公寓房间里，锁上了门。然而，五分钟后，门铃一个劲儿地在响。

男人自觉已经走投无路，便战战兢兢地打开了门。

果然，他意料中的几个人，都一脸愤怒地站在门口。

第83话 神不存在的证据

某一天，所有日本人的脑海里都浮现出神的形象，而且能听到神的声音。

不过，每个人看到和听到的都有所不同。

但是，所有人凭直觉都认为这就是神。

神对大家说道：“我是伟大的神，无所不知，无所不能。从今以后，你们都要听我的命令。”

但是，一个男人在听到神的话后，在电视节目中向人们呼吁：“我将向大家证明，他并不是什么无所不知，无所不能的神。”

一瞬间，人们好像感到时间静止了。接着，像什么都没发生过一样，一切又流转如常。

不过，刚刚向神提问的男人已经消失了，也没有任何人记得他曾经存在过。

第84话 与神的对话

一名遭遇生意失败、破产的男子，向神问道："您存在世上的时间如此之久，对于无所不能的您来说，钱这种东西一点价值也没有吧。对您来说，一万年的时间有多久呢？一亿日元又有多少价值呢？"

神回答道："如果用人类的感知来比喻的话，一万年只有一秒，一亿日元只是一日元那么多吧。"

男子眼里放着光，激动地对神说道：

“我可以实现你的愿望！”

听到神的回答，男子顿时浮现出满面笑容，双手合十对神不住地感谢。

紧接着，神对男子郑重地说道：

第85话 试镜结果

为某偶像团体挑选最后一名成员的试镜活动正在进行中。

评委们在会议室内商讨最终结果，而试镜选手们都在其他房间里等待。

立花树梨觉得最终的人选不是自己就是岬麻都香，越是待在房间心情就越是焦躁不安，所以她起身出去，打算到处转转散散心。

正当她闲逛时，听到一间房间内传出一阵说话声。

原来评委们正在这间房内商讨人选结果。

虽然声音断断续续，但听到的内容已经足够让树梨喜不自胜了。

看来，自己比麻都香更受评委们喜欢。

仅凭这点，就可以百分百确信最后胜出的一定是自己。

树梨心情大好，于是动身返回选手们候场的房间。

第86话 鉴定真伪

老人在国外的一个跳蚤市场上买了一幅画。

虽然对画了解不多，却多多少少听过这位画家的名字。当时犹豫再三，最终老人还是被画作独特的风格和灵气吸引，一拍大腿决定买下它。

但因为5000美元并非小数目，老人的妻子便对此一直喋喋不休，反复说一些“反正也是假的吧”之类的话，怀疑丈夫的审美眼光。

由于难以忍受妻子的喋喋不休，老人决定请美术品鉴定专家帮忙鉴定下画的真伪。

听到专家这么说，老人一脸得意的表情望向自己的妻子。

而妻子此刻的心情，与其说是对丈夫感到抱歉，不如说是对真品画作充满了期待，脸上满是笑容。

看到两人的反应，鉴定专家继续冷静地说道：

第87话 追梦的女演员

一定要成为女演员！阿绿从小时候开始，就暗暗给自己定下目标。她希望所有的日本人都能认识自己，只要在街上走路，人们就能叫出自己的名字。

成为这样家喻户晓的大明星，是阿绿的梦想，这些年来她也在努力追逐自己的梦想。终于，付出得到了回报，阿绿渐渐成为人气女演员，开始被众人熟知。

但是，突然发生的一件事打破了阿绿的梦想。

一天晚上，正当阿绿走在繁华的街道上时，从阴影处冲出几个男人，拿着相机对阿绿一阵猛拍——于是，阿绿跟当红男星的恋情，就这么被曝光了。

从那以后，阿绿就被公司的人要求，外出时必须乔装打扮。现在她再出门时，已经谁都认不出她来了。

“真是不走运啊！”阿绿无奈地叹气道。

第88话 诅咒之壶

男人在古董店买到了一只“诅咒之壶”。

据说只要将想要诅咒的人的头发放进去，摆在家里，就能将对方折磨致死。

虽然把它放在对方能看到的地方，效果会更好，但男人却不想把这个阴森森的壶堂而皇之地摆出来。

于是，男子将妻子的头发放进壶中，并藏到了一个妻子看不见的地方。

但过了三个月，诅咒没起到任何作用。

想起店主说过“要是没有效果就退给你一半的钱”，男人果断地将壶退给了古董店。

这会儿，男子内心五味杂陈。

原来，在起居室最显眼的地方，正摆放着一只“诅咒之壶”。

昨天，他看到妻子将壶摆在这儿。妻子脸上是刚结婚那阵儿经常能看到的幸福笑容，嘴里哼着欢快的小曲。

第89话 圣诞礼物

圣诞节前一天的早上，妈妈把兄弟俩叫到面前说："悄悄跟圣诞老爷爷说一下，今年想要什么样的礼物吧！"实际上，妈妈打算把兄弟俩的愿望告诉丈夫，让丈夫偷偷把礼物买回来。

接着，兄弟俩开始特别大声地，把想要的礼物一件一件地列出来。

妈妈听到之后，赶紧把兄弟俩叫停："不用这么大声，圣诞老爷爷是可以听到的。"

"小声说的话，妈妈是听到了，但是二楼的爷爷奶奶却听不见啊。"弟弟跟妈妈争辩道。

这时哥哥赶紧慌张地制止道："喂，你怎么把实话讲出来了呢！"

第90话 遗产继承

老人是位白手起家的大富豪。

他有七位子女，大多数子女从不敢顶撞老人。

这是因为，如果顶撞了他，说不定就得不到分给自己的那部分遗产了。

在子女中，只有小儿子洋助敢跟暴躁的父亲对着干。

但出人意料的是，根据老人生前立的遗嘱，遗产的绝大部分都留给了这个小儿子。

某一天，收到“父亲病危”的紧急通知，子女们都来到了父亲的病床前。

在众多的子女之中，老人单单把洋助叫到跟前，对他说道：“很多人想讨好我，只有你敢顶撞我，牢骚发个不停。我不讨厌你，对的，不讨厌……实际上，我非常讨厌！听到我病危，你心里很痛快吧？遗产的继承人虽然还是你，但我还没死，我随时都可以修改遗嘱。你虽然总会说些漂亮话，但在今后的人生里，你就带着因为父亲去世却觉得开心的丑态，继续活着吧！”

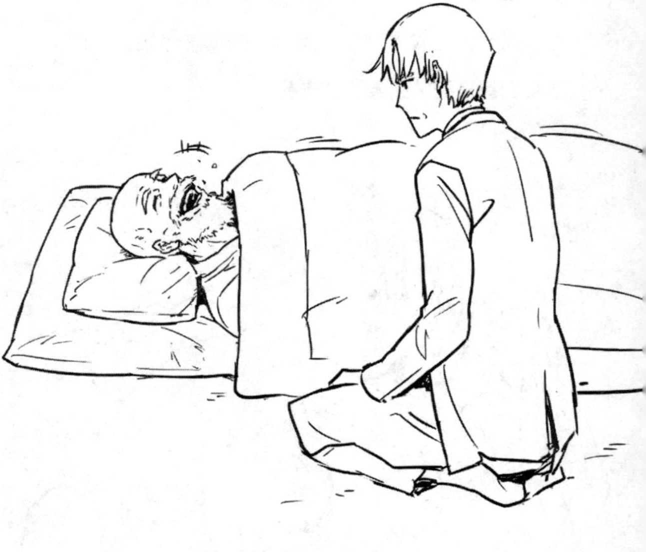

第91话 名画的价值

一位女士找到画商，说想要卖掉一幅凡·高的作品。

画商开门见山地问道：“您的要价大概是多少呢？”

女士竖起了三根手指。

“300 万美元吗？这个价钱可能有点高了。”

女士用力地摇了摇头，平静地说道：“不是的，三美元就可以了。”

画商有点摸不着头脑，心里暗想：这可真的是货真价实的凡·高真迹，这位女士难道认为它是赝品吗？

女士似乎看穿了画商的疑惑，解释道："前几天我的丈夫去世了。他在遗嘱里写下了遗产的继承方法。所以，遗产分配必须严格按照遗嘱来执行不可。可是在遗嘱里，我们才知道他一直在外面有个情妇。遗嘱里说'把凡·高作品卖掉，得到的钱给艾琳'。所以我才想用三美元把这幅画卖给你啊。啊——哈哈哈！"

第92话 怪盗的预告信

“我会来偷你的画！”美术馆馆长收到了一封明目张胆的偷画预告信。

大家想不通的是，虽然那幅画的价格很昂贵，但并不是馆里的镇馆之宝，为什么要瞄准那幅画呢?

到了预告信里提到的这一天，在重重护卫中——

突然，地面上冒起一股烟雾，警卫的视线变得一片模糊。

过了一阵儿，也就几十秒的时间。

馆长在确认画作之后，发出了一声尖叫。

“假的！这幅画被调包成赝品了！”

别说是怪盗的影子了，谁也不知道怪盗是怎样偷走画的。不过，有一个人除外——

第93话 腹语师

一位腹语师通过在表演时借助木偶来吐槽观众，形成了自己独特的演出风格。

当然，根据吐槽的观众不同，现场的气氛也会不同。

因此，挑选观众也是展现腹语师功力的一件事。

今天，他挑选的是一位看起来十分优雅的贵妇人。

刚吐槽完，这位女士便一脸凶相地站起来抗议。

腹语师还是第一次遇到如此生气的观众，顿时惊慌失措，连忙辩解道："这是我的表演风格，真不是有意要羞辱您……"

女士完全不管腹语师的辩解，继续吼道：

第94话 幸运女神

对詹姆斯而言，女朋友简直就是自己的“幸运女神”。

以前赌博总是走背运，自从交到女友后，可谓逢赌必赢。

詹姆斯用赚到的一部分钱给女友买了宝石，当作礼物。尽管这样，箱子里还剩下满满当当的钞票。

为了感谢詹姆斯送给自己宝石，女朋友想要回赠给他一个小小的礼物。

詹姆斯听话地照做了。

但过了很久，也没有等来预想中女朋友的吻，嘴唇上没有，脸颊上也没有。

詹姆斯慢慢睁开了双眼。

女朋友不见了。

而且，装满钞票的箱子也不见了。

第95话 手术前的告白

国内顶级的人气女演员即将接受手术，据说手术的成功率还不到1%。

手术前，女演员把主刀医生叫到面前，对他讲述自己隐秘的过往经历，简直可以称得上是一波三折、跌宕起伏。

“您知道我有孩子的事吧？”

曾经有段时间，大家纷纷议论孩子生父是谁，全民似乎都成了八卦记者，想对真相一探究竟，但都没有得到确切答案。

“我只跟大夫您讲，事实上……”

医生难掩好奇之心，聚精会神地准备听她继续说下去。

“事实上……接下来的内容就等到手术结束后再说吧。”

听到这话，医生失望地重重叹了口气。

女演员像在捉弄医生一样，继续说道：“如果手术成功，我还活着的话，您就能听到让人震惊的真相了！”

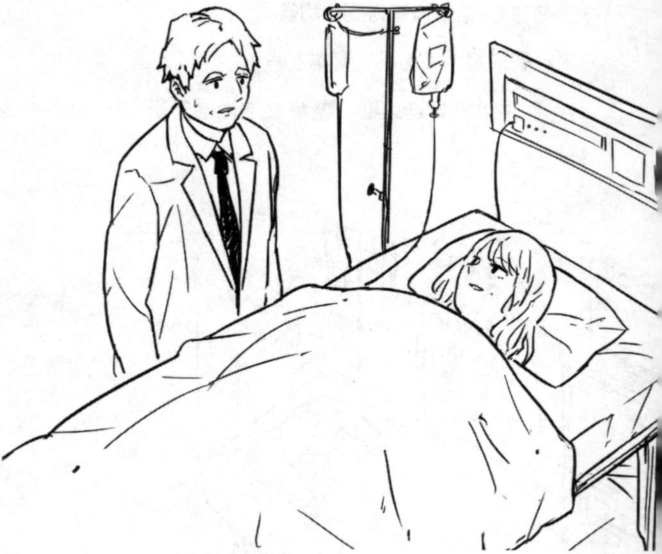

第96话 『仙鹤报恩』的真相

一个冬日的夜晚，一位陌生的女子敲了男人家的门。她对男人说："请让我报答您的恩情！"男人听后心中窃喜不已。

原来，他听说邻居与平在帮助一只白鹤后，收到了价值不菲的纺织品作为回报。

不过，与平没有遵守约定，在房间外偷看，结果让仙鹤飞走了。他心想，自己一定不会犯这样的错误。

他为了得到纺织品，打算设下圈套困住仙鹤，然后再故意放走它，好让它欠自己的人情。但不论男人怎么等，女子还是没有打开房门。

终于，男人等得失去了耐心，猛地一下推开了门——女子不见了。房间里的贵重物品也都没了踪影。

男人查看了一下房间后，在床上发现了几根散落的羽毛。

或许，女子就是在这儿变回原形，飞走的吧。

突然，男子猛地看了一眼手中的鸟羽。

终于，他意识到自己犯了一个大错。

“这不是白鹤的羽毛！那个女人不是白鹤变的，是鹭！”

* 日语中“鹭”（sagi）和“诈欺”的发音相同。

第97话 创作灵魂

一名获得小说新人奖的男子，站在舞台上，对着麦克风开始发表演讲：

“我从小就梦想成为一名侦探小说家。为了保证写作时间，我没有找固定工作，而是一边兼职一边继续写小说……”

虽然因为情绪太过激动，男子一度失声，无法继续讲下去，但会场内观众却向他报以热烈、赞许的掌声。

男子在打工的地方面试时，面试官随便翻了下他的履历，故意挑剔地说道：

“原来你有过获得小说新人奖的经历呢，但会写小说跟保安的工作没什么关系吧？”

男子并没有介意面试官的语气和态度，而是坦率地回答道：“保安的工作，对写小说是有帮助。获奖的小说，也是之前在做保安工作时，把电脑带到岗上写出来的。而且，这也便于我通过实际的盗窃，验证一下我所写的犯罪手法是否可行！”

第98话 妖怪时代

中世纪的欧洲，在太阳照射不到的地下栖息着大量的怪物。

例如像“噬人魔”这样的巨大妖怪，十分憎恶人类，并靠食人为生。

但是随着社会文明的发展，黑暗一步步褪去。与此同时，妖怪也渐渐地从人们的头脑中消失了。

不过，中世纪的欧洲社会，生存环境依然非常恶劣。由于黑死病（鼠疫）肆虐，因染病而死的人数占到了欧洲总人口的一半左右。

公元 20×× 年，在阿尔卑斯山脉的山脚入口处，发现了一处巨大的地下洞穴。

洞穴的各个分支如同蜘蛛网一样遍布欧洲各国。

并且，在洞穴内发现了无数的人骨。

这些人骨跟现代人类的骨骼结构不同，像野兽一般的头盖骨上长着獠牙，推测身高约为五米。

他们为什么会大量死亡，直至灭绝呢？

通过 DNA 检测，他们的死亡原因确定了，正是黑死病！

到底是它们捕食人类而感染了黑死病，还是当时的人类利用黑死病来消灭这种怪物，历史书籍上并无记载。

第99话 前进吧！

正在路上疾驶的汽车突然开始减速，最后不得不停到了路边，似乎是车没油了。

看到女司机在路边不知所措的样子，正巧锻炼经过的两名大学体育生决定帮一下她。

其中看起来年长一些的那个人说道：“这样吧，我们帮你把车推到附近的加油站那儿吧。”

离最近的加油站还有一公里的路程。两人一边流着汗，一边继续用力向前推车。

几十分钟后，载着美女司机的车终于被推到了附近的加油站。两人高兴地欢呼着，心想终于可以结束了。

但是，女司机连谢谢都没说，也丝毫不怕继续麻烦二人，笑着对他们说道：

后记

不堪忍受霸凌的折磨，从楼上一跃而下的少年，曾梦见过自己成为超人。

因为，他希望能成为超人，来帮助那些有困难的、弱小的人。

但是，在撞到地面后，他的身体像弹簧一样伸缩后又猛地反弹开去，在大楼上留下了一个人字形的大洞。

接着，他又被卷到机车滚轮下，被压得像纸片一样轻薄，至此少年终于省悟了。

作者在小说中并没有打算让自己成为超人，或者悲剧的主人公。

自己登场的这个故事，是一个彻底的荒诞喜剧。

5秒钟后意外结局系列

改良版的时光机

[日]桃户晴——编著 [日]吾希——绘
姚锦祥——译

中信出版集团 | 北京

图书在版编目（CIP）数据

改良版的时光机 / (日) 桃户晴编著 ; (日) 吾希绘 ;
姚锦祥译 . -- 北京 : 中信出版社 , 2020.10
(5 秒钟后意外结局系列)
ISBN 978-7-5217-2135-5

Ⅰ . ①改… Ⅱ . ①桃… ②吾… ③ 姚… Ⅲ . ①短篇小
说—小说集—日本—现代 Ⅳ . ① I313.45

中国版本图书馆 CIP 数据核字 (2020) 第 155194 号

改良版的时光机

编　　著：[日] 桃户晴
绘　　者：[日] 吾希
译　　者：姚锦祥
出版发行：中信出版集团股份有限公司
（北京市朝阳区惠新东街甲4号富盛大厦2座　邮编　100029）
承 印 者：北京楠萍印刷有限公司

开　　本：787mm × 1092mm　1/32　　印　　张：6.75　　字　　数：65千字
版　　次：2020年10月第1版　　印　　次：2020年10月第1次印刷
京权图字：01-2020-5141
书　　号：ISBN 978-7-5217-2135-5
定　　价：128.00元（全四册）

前　言

宙斯之子阿波罗,和某个王国的公主科洛尼斯相爱了。有一天，科洛尼斯向阿波罗问道：“我要是爱上了别的男人，你会怎么办？”

阿波罗答道：“我可是个射箭高手。等到那时，我会毫不犹豫地出手，射断你们的红线。”几天后，阿波罗的手下卡拉斯告诉他，科洛尼斯正在和别的男人幽会。

于是，阿波罗从远处拉弓射箭，箭身银光逼人。这只箭的速度极快，最终射穿了科洛尼斯的胸膛。

阿波罗跑到科洛尼斯的身边。

科洛尼斯说道：“……为什么？你不是要用箭射断我们之间的红线吗？”刚说完这句话，她便断了气。

阿波罗像野兽一样咆哮着，大声哭喊道：

“太阳！太阳太刺眼了!!”

实际上，阿波罗是太过于自信了，他的箭术并没有他自己所想象的那么好。

◯ 前言 —— I

第1话 疯狂暴走 —— 001

第2话 蜡像馆杀人事件 —— 003

第3话 美女与野兽 —— 005

第4话 外星人的交通工具 —— 007

第5话 向巨人进击 —— 009

第6话 审讯 —— 011

第7话 排起长队的便利店 —— 013

第8话 上司的教导 —— 015

第9话 触动心弦的照片 —— 017

第10话 漂亮的姑娘 —— 019

第11话 不合理的要求 —— 021

第12话 虫 —— 023

第13话 羊肠小道 —— 025

第14话 大学宿舍的怪人 —— 027

第15话 透明药水 —— 029

第16话 书的力量 —— 031

第17话 膝盖中箭 033
第18话 小石子 035
第19话 特洛伊木马 037
第20话 特洛伊木马杀人事件 039
第21话 前前前世的记忆 041
第22话 狼人的袭击 043
第23话 华丽的推理 045
第24话 小小的谎言 047
第25话 时光机 049
第26话 改良版的时光机 051
第27话 发明的理由 053
第28话 小气鬼 055
第29话 报警 057
第30话 快递之谜 059
第31话 医疗革命 061
第32话 选举革命 063
第33话 操纵重力 065
第34话 拿破仑 067

第35话 鱼之国的审判 069
第36话 复活的拿破仑 071
第37话 信用问题 073
第38话 魔术秀 075
第39话 恋人与工作 077
第40话 男朋友的相貌 079
第41话 悖论 081
第42话 丢失的车票 083
第43话 女儿的电话粥 085
第44话 手牵手 087
第45话 伪装者 089
第46话 善意的力量 091
第47话 犯罪动机 093
第48话 恶鬼袭来 095
第49话 万宝槌 097
第50话 连载推理小说 099
第51话 连载推理小说（漫画版） 101
第52话 跳蚤市场 103

第53话 偷窥 105
第54话 诗歌解读 107
第55话 一切为了汪星人 109
第56话 知音 111
第57话 伊卡鲁斯的坠落 113
第58话 独眼怪 115
第59话 河豚之毒 117
第60话 跟踪狂 119
第61话 重要的娃娃 121
第62话 感谢的话 123
第63话 被害人的下落 125
第64话 橘子 127
第65话 朋友跟对手 129
第66话 口红 131
第67话 一票难求 133
第68话 父亲的去世 135
第69话 追诉时效 137
第70话 响不了的铃铛 139

第71话 新式武器 141
第72话 新作品 143
第73话 卡珊德拉的预言 145
第74话 阿波罗的复仇 147
第75话 阿波罗神庙 149
第76话 作弊 151
第77话 一生只一次的置物 153
第78话 相思病 155
第79话 销售达人 157
第80话 玉匣的真面目 159
第81话 边界战争 161
第82话 破碎花瓶的秘密 163
第83话 犯人怀特的请求 165
第84话 奔向自由 167
第85话 无情的声音 169
第86话 想成为的人 171
第87话 帅气的间谍 173
第88话 成捆的钞票 175

第89话 遗产 177
第90话 一码归一码 179
第91话 抓住我 181
第92话 专业级的水平 183
第93话 下次一定会赢…… 185
第94话 沉默权 187
第95话 优先权 189
第96话 僵尸 191
第97话 点菜 193
第98话 手术 195
第99话 父母的爱情 197
第100话 伊卡鲁斯的脱逃 199
○ 后记 201

第1话 疯狂暴走

刚满 15 岁的这位少年，对社会充满了愤怒。为了表现自己的不满，他大白天就开始抽烟喝酒。

不过，谁都没有注意到这位少年。

少年为了表达对这种情况的抗议，骑着偷来的摩托车，在夜晚的街道上暴走，用金属棒把教学楼的窗户砸得粉碎。

“快来人阻止我吧！快注意到我吧！”

少年忍不住哭了出来。

002

少年又跨坐上摩托车，一边痛哭，一边制造出巨大的轰鸣声。

但是，能指责他这种行为的人，在地球上已经不存在了。少年始终孤身一人。

他再次向社会发出了怒吼：“为什么要打仗啊?！为什么要使用那种能够灭绝人类的武器啊?！不要让我孤零零地活在世上啊！！”

少年胯下摩托车的轰鸣，似乎是在竭尽全力寻找幸存同伴的痛苦哀号！

第2话 蜡像馆杀人事件

被召集到那间古老洋房的十个客人，此刻都大吃一惊。

原来，餐厅里装饰了十座和他们一样大的蜡像，连细微之处都一模一样。

第二天早上，这些蜡像之中，突然有一个年轻男人的头滚落下来。而且，这个男人的本尊，现在并不在餐厅。

大家忽然有了不祥的预感，急忙跑到他的房间，果然，发现了一具被切掉头部的男性尸体。

而这件事拉开了今后几晚连环杀人事件的帷幕。

在第五天晚上，其中一位客人，号称自己是名侦探。

接着，他指着其中一位女性说道：“凶手就是你吧！”

侦探从他所指出的女性嫌疑人的房间里，搜出了被巧妙地藏匿起来的凶器，接着，又从电脑的秘密文件夹中，发现了策划这次连环杀人事件的计划书。

凶手的罪行被揭露之后，她似乎怒不可遏，颤抖地说道："你为什么知道犯人是我呢 ?! 我的手法简直是天衣无缝啊！！"

此时，侦探似乎有些尴尬地说道："这里的诸位，恐怕都猜到了你才是犯人吧。你好好看看这个吧。"

侦探所指的，正是犯人给自己所做的蜡像。

"制作这个蜡像的，恐怕就是犯人吧！其他所有人的蜡像，都几乎和本人一模一样。但只有你的蜡像……和本人相比，蜡像简直漂亮太多了吧！你修改得太过头了。不，恐怕你是根本认不清自己吧！！"

005

第3话 美女与野兽

这个国家的王子，长着一副野兽的模样。

他被魔女施了诅咒，变成了现在的样子。

有一天，他对舞会上遇到的另一国的公主一见钟情。

公主虽然也觉得王子的外貌非常可怕，但在了解他真诚的内心后，一点点被王子吸引。

王子对公主说：“请跟我结婚吧。要是你接受的话，能跟我接吻吗？要是能得到所爱之人的吻，我身上的诅咒就会被解开。”

公主轻轻地点了点头，吻了王子。

公主想，虽然王子的外貌很吓人，但如果诅咒能够解开，王子就能恢复之前的样貌。

所以，她鼓起勇气来跟王子接吻了。

就在这一瞬间，耀眼的光芒将王子包围。

几分钟后，光芒消散，站在那里的，是恢复本来样貌的王子。

王子的体毛本来很轻，但由于魔女的诅咒，全身都被浓密的毛发覆盖了。

第4话 外星人的交通工具

东京上空正在被无数圆盘状的物体淹没。

“那应该是外星人的某种交通工具吧！这些外星人拥有高度的科学实力。要是他们发起攻击的话，整个东京恐怕会顷刻间化为乌有吧！”

想到这里，人们不禁吓得发抖。

十年后——

东京和地球上的其他都市一样，并没有被破坏，更没有变成废墟，仍然和外星人到来之前一样完好如初。

而当初蜂拥而至的那些圆形飞船，也很快飞往了宇宙的另一边。

只是，如今的人类已经成为那些入侵的外星人的新交通工具了。

第5话 向巨人进击

某一天，巨人突然出现，踏平并蹂躏了我们的村庄。那天，由于我独自一人在山中练习剑术，得以幸免于难。

不过，当看到被毁灭的村子时，我顿时怒不可遏。

为了平复心中的愤怒，我一边怒吼，一边挥舞手中的宝剑，在我凌厉的剑气下树枝纷纷掉落，我终于回归平静。

于是，我冷静下来，在后背装上了飞行器，直勾勾地盯着巨人。只要有了这个装置，不管巨人有多大，我都能飞到他头顶上，用巨剑给他致命一击。

于是，我朝巨人狂奔而去。

这可以充分激发我的愤怒，并让我飞得更高。

接着，正当我猛蹬地面，准备一跃而起的瞬间，脸上感到一阵强烈的疼痛感。是蜜蜂！突然有一大群蜜蜂，发疯似的朝我脸上猛刺过来。

我实在疼得受不了，“咻”的一下栽倒在地。脸上就像被烧伤一样，火辣辣的。用手碰了一下才发现，脸早已肿得面目全非。

我疼得满地打滚，忽然看到一个破烂不堪的茶色球状物。——啊！这不是，蜂巢吗？！

也就是说，我刚刚愤怒挥剑的时候，蜂巢从树上坠落到地面，它们的家园在我的盛怒之下也被摧毁殆尽。——原来，对它们来说，我也是巨人啊！

第6话 审讯

抓获谋杀案的嫌疑人后，刑警和嫌疑人在审讯室里，开始了一问一答。

嫌疑人："差不多得了！你真的敢让我把实话都说出来吗？"

刑警："实话？什么意思？"

嫌疑人："真正的犯人，其实就是你！"

刑警："你有证据吗？"

嫌疑人："当然！我可是亲眼看到事件的全过程！"

刑警："这样啊，看来我还真是不走运啊！"

说着，刑警微微一笑。

刑警虽然觉得自己“不走运”，但转念一想，嘴角露出了微笑。——还不如说，自己其实是走运呢！虽然一直觉得有人目击了自己的作案过程，但谁曾想就是眼前这个被误抓的男人。

本来还以为要亲自找出这个人，将他解决掉，但现在可以省去这个功夫了。接下来，就是在这个无人看守，甚至可以称作“密室”的审讯室里，以犯罪嫌疑人袭警为由将他解决掉。而且他还戴着手铐，这一切似乎太简单了。

不过，嫌疑犯并不知道刑警在盘算些什么，继续大声叫道：“你才是犯人！”

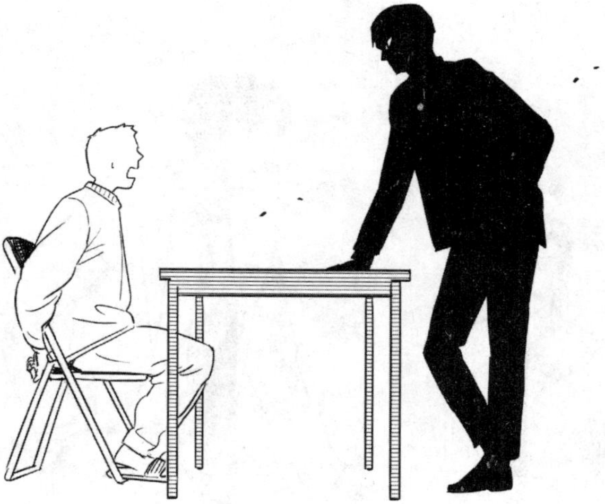

第7话 排起长队的便利店

我是一名生活黑客。

我的工作类似于咨询师，主要传授“工作或生活的小技巧”。我今天的客户，是一位便利店的店长。他向我咨询如何才能快速增加客流。

我亲自来到店里考察，马上就发现了问题所在。

于是，我对店长说道：“接下来的三天，您能把店交给我管理吗？”

店长欣然接受。

——三天后，眼前的一切让店长大吃一惊。

只见收银台前排起了长长的队，甚至延长到了店外。

店长走进店里一看，又被眼前的一切吓了一跳。

原来，正在排队的客人们，几乎脸上都是怒气冲冲。

店长忙向正在收银的生活黑客询问原因。生活黑客带着哭腔答道：“不，我只是想实际体验一下便利店的工作，就在前台收银。没想到我的速度太慢了，结果让这么多客人在这里等候，就是这么一回事……”

第8话 上司的教导

这个年轻人所在的公司，在国际上素来以竞争激烈闻名，在日本国内也是屈指可数的大企业。在这样的企业中，员工们都忙得不可开交，没有人有精力去教导新人。因此，公司要求员工们能够独当一面，并且具有超前思维。

不过，这个年轻人从刚进公司开始，就饱受上司的训斥："你怎么这么悠闲啊！去找活儿干啊！！找不到活儿的话，就自己创造出来啊！！"

最终，年轻人发现自己和这种令人窒息的工作环境格格不入，大概五年后从公司辞职，通过考试后，到地方做了一名公务员。

换工作到现在也有二十年了，那位年轻人——如今已年届中年，想起了上司曾经对他说的那番话。

“找不到活儿的话，就自己创造出来啊！！”

男人换完工作的几年间，确实满足于清闲优哉的生活状态，但慢慢地，他又怀念起当初的那种紧迫感。

对呀！没有活儿的话，我自己创造出来不就行了——没有杀人事件的话，我亲自弄出一件不就行了！

对这个安逸了太久的国家来说，用谋杀案适当增加一些紧张感，也是对社会的一剂强心针呢！

已经成为地方公务员——警察——的我，正处在搜查工作的第一线。

想要捏造一些证据，简直是再简单不过了。

万一出现意外，就跟那个时候一样，以正当防卫为借口，把“嫌疑人”处理掉就行了。

他的儿子被卷入雪崩之中，为了把儿子从雪堆中救出来，他拼了命地铲雪搜寻。

最终，儿子终于获救。

记录这一瞬间的照片，在社交媒体上广为传播，全世界许多人为之感动落泪。

不过，几天之后，记录同样事件的另一张照片再次火爆网络。

网友们的表情突然从“感动的笑脸”，变成了“轻蔑的冷笑”。

在这张照片中，有很多评论这样写道：

“要是有拍照的工夫，赶快帮他去救人啊！”

第10话 漂亮的姑娘

我在湖畔的一个小村庄出生，从小我就拥有别人无可比拟的美貌。周围的人看到我后都说："这孩子长大之后该有多漂亮啊！"

不过，随着时间流逝，身边的小伙伴们都变得美丽大方，但我却越发平庸，一脸的寒酸相。于是，在大家纷纷走出村庄，拥抱未知的世界时，只有我还留在这个小村庄中，无法向未来展翅高飞。

有一天，我在湖畔的村子里，看到一幕不可思议的景象。

原来，在鸭群当中，有一只天鹅混在其中。那只天鹅从鸭群中一跃而起，猛地扇动翅膀，向远方飞去——我这才意识到了什么。

我们从蛋里被孵出来的时候，会把第一个看到的东西视为自己的父母。所以，我才一直以为自己是只天鹅。不过，我的真实身份其实是只鸭子吧？不知道是什么原因，或许是人类小孩的恶作剧，用鸭蛋替换了天鹅蛋也说不定。

那么刚刚的那只天鹅，是怀着什么样的心情一点点长大的呢？

不过，现在的我觉得，如果从一开始就知道自己是只平凡的鸭子就好了。

第11话 不合理的要求

此时，国王站在城墙之上。

在城池四周，簇拥着超过一百万的民众，挤满了整片空地。

不过，国王却能清楚地看到每个人的脸。

为了庆祝国王凯旋归来，更有数千头巨龙在空中飞舞。

接着，国王向民众们高声宣告。

插画家对着电话那头的人几乎是怒吼着说道：

“这次的文章是怎么回事啊！虽然只写了短短十行，但居然让我画一百万的民众，也多少考虑一下我吧！另外，空中还有数千头的巨龙？喂！本来就要画一百万个人了，而且要每个人的脸都看得清清楚楚。你在开玩笑吧？国王的视力难道有 5.0 吗？啊啊啊——今天又要熬夜了 !!!”

第12话 虫

我刚搬到一间新的公寓，但在房间榻榻米的缝隙里，发现一个小小的白色物体在蠕动。

抓起来一看，竟然是一只蛆。

“为什么会有这种虫啊？”

我刚这么一想，突然有一股腐臭的味道扑面而来。于是，我小心翼翼地，把有些潮湿的榻榻米掀起来一探究竟。

原案：江戸川乱歩「蟲」

第13话 羊肠小道

你站在昏暗的阴影之中。

视野虽然模糊，但却隐约看到一条笔直的路。

这条路比一个人还要窄，而且似乎被架在了高空中。有好几条直路混杂在一起，你可以任意选择其中一条。

可以把它想象成，在一个正在修建的摩天大楼上，你在裸露的钢筋上缓步前进。你走得很慢，但居然有一个男人坐在钢筋上。看起来他好像挡住了你前进的道路。

“不过，我和这个钢筋，有什么关系吗？”

在人行道上放了一个大手提箱的男人，略带不满地说道。

接着，旁边的绅士温和地对他说：“你和钢筋之间，没有任何关系。不过，你可以稍微想象一下。对于那个拿着盲杖，正向这边走过来的人来说，在盲道上放着这么大件行李的你，不就跟刚刚我所说的钢筋上的男人一模一样吗？”

第14话 大学宿舍的怪人

到了年底，宿舍里的大学生们几乎都回老家探亲，仍然坚守在宿舍的，就只有我和美雪。

那天，正准备外出的美雪对我说道：“最近好像有一个奇怪的男人，在宿舍附近徘徊。你一定要把门锁好呀！”

夜色已深，我正准备钻进被窝睡觉，突然外面传来一阵诡异的声音。

似乎有人在拖着什么东西移动，声音在我的门前戛然而止。

接着，那人又使劲儿敲我的门，并发出一阵阵低吼声。

门把手似乎正被慢慢转动。

我惊恐万分，连忙躲到书橱后面，竟然就这样睡过去了。

第二天，窗外刺眼的光将我从睡梦中唤醒。我飞快地环顾四周，似乎没有什么异常的情况，房门也好好地锁着。

我小心翼翼地打开门，看了看走廊，正当我以为一切如常时——脚边的情景却让我大吃一惊，不由得惨叫一声。

于是，我迅速锁上门，并报了警。

此时躺在走廊里的，正是美雪的尸体。

她不知被谁用刀砍伤背部，失血过多而死。

从走廊上的血迹来判断，美雪曾艰难地匍匐前进，一直爬到我的门前。

恐怕她是被某个人袭击之后，为了求救，才一直爬到这里。

而之后从警方处得知，她的死亡时间断为早上 6 点左右。

第15话 透明药水

N博士声称发明了一种新药，并把一大批人叫到了他的研究室。

据说，博士发明的是“透明药水”，只要喝下这种药，身体就会马上变透明。

博士在现场征集志愿者，Y先生自告奋勇地报名。

Y先生喝下药水后，指尖开始慢慢变透明。

博士对他说：“这个药水只能让人体变透明，你快把衣服脱了吧！”

于是，Y先生脱下衣服，一丝不挂。

接着，他的身体从脚尖开始，一点点地变透明。

很快，Y 先生头部以下全部变透明，并继续向上蔓延，不久之后连脸也看不清了。

不过，只有他的头发，无论如何也无法变透明。

看起来就好像是一团头发，孤零零地悬在空中一样。

博士一脸惊讶地说道：“这也太奇怪了！人类的身体，在药物的作用下应该会变透明啊……为什么他的头发却变不了呢？”

接着，有些人似乎明白了其中的原委，扑哧地笑出声来，不久所有人都恍然大悟，一时间哄堂大笑。

伴随着一阵类似撕开魔术贴的声音，头发在空中飘浮了一会儿，最后被扔到了桌子上。

而 Y 先生也行踪不明，直到三天后，全身赤裸的他才被别人发现。

第16话 书的力量

在电视评论节目中，一位社会学者带着嘲弄的口吻，对现场的儿童文学作家说道："说到底，书这种东西，没有办法帮饥饿的孩子填饱肚子吧？它既不能扶危济困，又不能夺人性命。只有这种程度的力量，不是太可笑了吗？"

不过，一个月之后——

这位社会学者，竟然在书的力量之下，命丧黄泉。

这位社会学家的死因，是头盖骨凹陷。

似乎是被什么重物，多次击打头部所致。

第17话 膝盖中箭

为了给在拳击赛上获得亚军的选手庆功，特地举行了一场慰劳会。

虽说得了亚军，但拳击手的表情却是阴沉沉的。

原来，他是以极其悬殊的比分落败的。

无论教练还是亲戚，都想尽办法给他打气。

“我们都觉得你才是赢家！”

“论实力的话，还是你更强！对手获胜完全是侥幸呀！”

听到这些话，拳击手不禁眼眶泛泪。

此时，教练为了缓和气氛，把酒杯塞给拳击手，高声喊道：“别灰心，要对自己充满自信！”

接着，大家高高举杯。

大家满脸笑容地看着拳击手，大声喊道："干杯！"（在日语中音同"完败"）

听到这句话的拳击手，突然趴在桌子上，放声痛哭起来。

第18话 小石子

白手起家的富豪，收购了一家企业。

接着，他断然实行结构重组，关闭并拆除了企业工厂。另外，他又凭借雄厚的资金收购土地，并清退了所有公寓住户。

不过，长此以往，富豪的家底还是被熬穿了，最终以破产收场。

曾经有人目睹晚年的他，独自一人在河滩上散步。

不久之后，就传出了他的死讯。

这位曾经的富豪，就在孤独中撒手人寰。

不过，在他去世的一瞬间，脸上却带着幸福的微笑。

他死前在河滩散步时，曾经对遇到的一个人这样说道：“这附近，曾经是一条美丽的小河。不过后来上游建了工厂，排出大量污水，并在周围修建了公寓，导致自然环境被破坏殆尽。我人生的意义，就是让这么美丽的景色恢复如初！因此，如今能在这样的河滩散步，我感到非常幸福！”

他死后只留下了两件遗物。一个是他儿时以河滩为背景所拍的照片，另一个似乎是他在河边捡起的一块闪闪发亮的小石子。

第19话 特洛伊木马

“特洛伊木马的故事，根本就是无稽之谈吧？”

男人似乎工作得有些倦了，便主动找旁边的同事搭话。

“为了攻陷坚固的城池，便把士兵藏在巨大的木马中，接着便顺利地混入城中，这根本不可能吧？”

不过，谢里曼（19 世纪德国考古学家）确实找到了特洛伊的遗址。

同事问道：“你到底在怀疑些什么呢？”

“你看，这么大一个木马放在那里，本来就很奇怪吧？不是明摆着有人躲在里面吗？要是连这一点都注意不到，那也太蠢了吧！”

同事似乎不想再继续跟他闲聊，便把头转向电脑，继续工作。

一小时后——

旁边座位上突然发出一声惨叫。

同事忙起身看了看男人的电脑，只见屏幕上写着“警告：已被病毒感染”。

看起来，电脑似乎染上病毒了。接着，恐怕电脑里的信息会被黑客窃取，系统也会彻底崩溃。

“这到底是怎么回事啊？”

只见男人手足无措地解释道：“我刚刚收到一封邮件，说我中了大奖，于是我打开附件，里面写着让我输入银行账号……”

事到如今，居然还有人会相信这样的诈骗邮件，着实让同事吃了一惊。

从古至今，在好奇心和欲望面前，恐怕再坚固的心防也会最终陷落吧。

第20话 特洛伊木马杀人事件

看着城墙前面的巨大木马，特洛伊的士兵满腹狐疑。

很明显，肯定有人潜藏在木马之中。

不过，木马中寂静无声，似乎又不像有人存在。

于是，特洛伊士兵们暂且把木马搬入城中，大军手持钢枪，把木马团团围住。

仔细观察一番后，发现木马的腹部有一扇门。

果然还是有人藏在木马当中！

于是，士兵缓缓打开门，往里一瞧，里面确实有不少希腊的敌军，不过这些人早已一命呜呼了。

他们是怎么死的，难道是被谋杀的吗？

不过，真相依旧是个谜。

士兵们将敌军的尸体搬出来，在广场上整整放置了三天。

之后又过了三天，一种可怕的疾病开始在城中蔓延，转瞬之间给特洛伊军队造成了致命的打击。

士兵们已经没有继续作战的能力，只能缴械投降。

事情要追溯到一个月之前。

希腊的一个城邦暴发了可怕的流行病，并造成大量死亡。

虽然尚未弄清病因，但希腊军决定把死者打扮成士兵的模样，塞到木马里，并把木马推到特洛伊城前。

话说回来，在这个时代，人类还并未意识到，细菌和病毒具有传播疾病的能力呢！

第21话 前前前世的记忆

我清楚地保留了前一世的记忆。

我的前世是一个武士门第的次子，虽然有心仪的姑娘，但由于彼此身份悬殊，最终未能共结连理。

转世之后，我一直在寻找她的下落。

没有任何理由，但我总觉得，转世之后的她，一定跟我身处同一个时代、同一个国家。

终于有一天，我找到了她。

虽然长相发生变化，但我一眼就认出是她。

她看着我，似乎也非常惊讶。

想必，她也保留了前世的记忆，所以一下子认出了我。

不过，在看到我之后，她突然转身，似乎想要逃走。

我急忙抓住她的胳膊。

“等一下！你难道不记得我了吗？我是新之介，前世我们俩曾经相爱，甚至许下了婚约！你为什么要逃走啊？!”

不过，她似乎非常害怕，脸部也开始变得僵硬，声音颤抖地嘀咕道：

“你……你又要掐死我吗？”

听她这么一说，我立马回想起当时的情景。

在父母反对我们的婚事之后，我仍想和她白头到老，便邀她一同殉情，没想到却被她断然拒绝。

于是，我由爱生恨，一怒之下将她掐死，随即也自杀了……

第22话 狼人的袭击

在欧洲的一个小村庄。

占卜师预言：在下一个满月之夜，狼人将现身袭击村庄。

而能够制服狼人的办法，只有一个，那就是用银弹贯穿狼人的身体。

于是，村民们纷纷制作银弹，并把牲畜拴在村里的广场上，静待狼人出现。

满月之夜，狼人果然如预言所说，在村中现身。

不过，村民们并不惊慌，也没有心生畏惧，而是从四面八方用银弹向狼人扫射。

狼人惨遭射击之后，发出了痛苦的呻吟和嚎叫声，接着便逃到了森林深处。

到达森林深处的占卜师，终于卸下了身上的狼人伪装。

原来，这件衣服是用可以吸收子弹的材料做成的，光是穿着它走路，就要耗费很多体力。

占卜师小心翼翼地，把陷入衣服的银弹，一颗颗地拔出来。

“他们射的子弹可够多的啊！不过，射的子弹越多，我就能熔成越多的白银大赚一笔，这可太棒啦！”

第23话 华丽的推理

一个女人来到了某家事务所。

“我最近有些困扰，所以想找您求助……”

此时，坐在沙发上抽着烟斗的男人抢过话头，对着女人说道：

“从发音来判断，你应该出生于东欧的XX国吧！你身上的这件衣服，则是10年前面向20岁女性的特卖品，所以你今年应该是30岁吧。嗯？从鞋后跟的磨损程度来看，恐怕你今年已经去过10个以上的欧洲国家了。当然，你的来意我已经完全明白了……”

接着，男人把右手上黑色笔记本似的东西交给女人，对她说道：

“你正在找的，就是这本护照吧？阿迪尔·海德女士。你怎么能把这么重要的东西弄丢呢？”

听到这番话，男人的同事连忙向女人示意，满怀歉意地对她说：

“小姐，这家伙就是这个样子，非常抱歉！”

接着，他又转身对男人说道：

“以后别再把护照上的个人信息，说的跟自己推理出来的一样了！这里可不是侦探事务所，我们是遗失物品收集中心啊！”

第24话 小小的谎言

春季学期转校的健太总是一个人独处，似乎没能很好地融入班级。

进入暑假的前一天，健太君把我叫出来，告诉我一个令人震惊的秘密。

“其实，我是从公元 2450 年的日本穿越而来。不过，来到这个世界之后，我的时光机发生了故障。详细的情况不能跟你说太多，不过为了重返未来，我需要一只白色的独角仙，你能帮助我吗？”

实际上，健太正是因为没有朋友，所以才编造出这么一个故事。不过，我并不认为健太君是在撒谎。

那一天，我们走入山林深处，寻找白色的独角仙，不过无论如何也找不到。

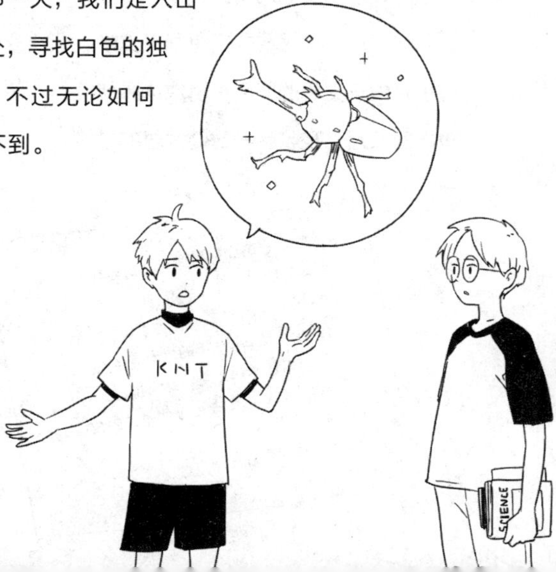

当我们回过神来，早已夕阳西沉，更不幸的是我们迷路了。

我逐渐感到有些害怕，忍不住责怪起健太君来。

“你说自己是从 2450 年来的，分明是在骗我吧！如果你这么喜欢撒谎，我们是没法做朋友的！！”

我们失声痛哭，正好被附近的搜救队听到，顺利找到了我们。

但正在这时，一只白色的独角仙正静静地停在一株柞树上。

刹那间，我对刚刚责怪健太君感到万分羞愧，一声不响地把独角仙递到了他的手上。

暑假结束后，健太君并没有回来上学。

似乎是由于父母的原因，再次选择转校。

放学回家后，我收到一封健太君的来信。

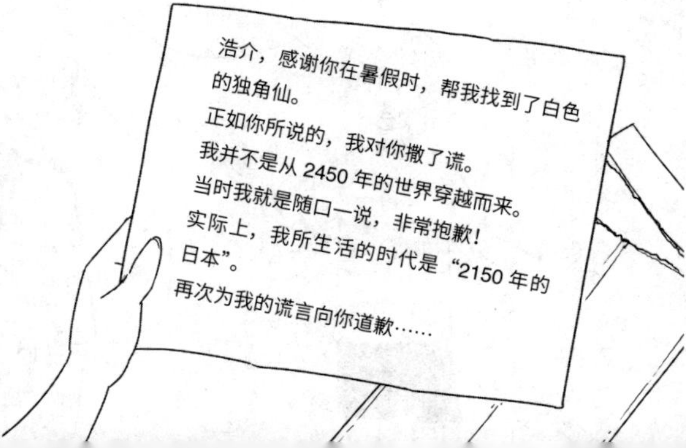

第25话 时光机

一位科学家突然宣布自己“发明出时光机”。

科学家表示，这项发明的关键在于“道路”。

好比你有了一辆汽车，但如果道路没有整修完毕的话，依然是无法奔驰的。

实际上，这台时光机最重要的并不是机器本身，而是它所运行的“道路”。

为了在大家面前证明时光机的性能，科学家邀请了众多新闻媒体前来。

就在众目睽睽之下，他启动了时光机，瞬间消失得无影无踪。

一分钟后，嗖的一声，科学家再次出现在大家面前。

不过，时光机早已变得破破烂烂，科学家从驾驶席中走出来，满身是血，身受重伤。

面对蜂拥而至的新闻媒体，科学家说道：“我刚刚正要去三天后的世界，没想到和从三天后的世界返回的自己，撞了个正着！看来，这条路我还是做得太窄了！”

第26话 改良版的时光机

科学家设计的时光机，在理论上没有任何错误。

似乎只要对“时光机道路”（通称：TM道路）略微改良，人类就能够实现时空旅行，畅享在过去与未来之间通行的快乐！

不过，在TM道路开通一个月后，全球的时光机似乎都发生了故障，无法正常运行。

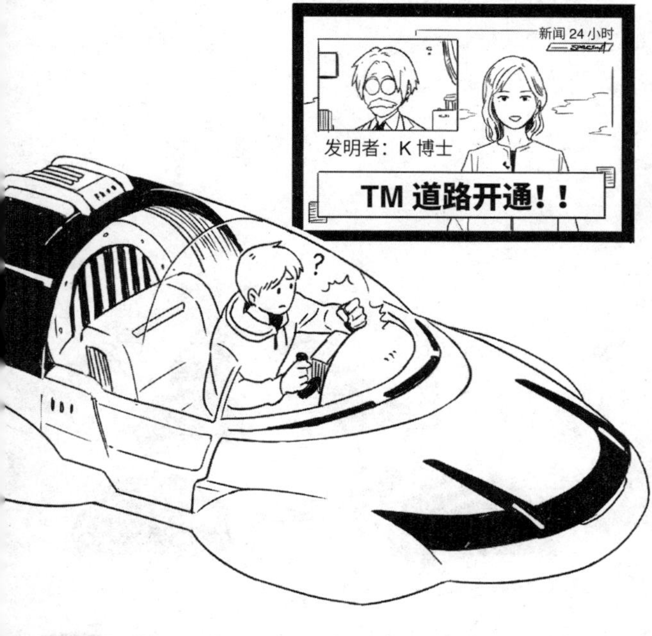

为了查明原因，科学家组建了调查小组。

本以为结果会令人震惊——不过，似乎大家早已隐约意识到问题所在。

“时光机并不是发生了故障，而是出现了交通堵塞。无论多快的超级跑车，只要陷入高速公路的车流中，就瞬间变得慢吞吞，寸步难行。事情的真相就是如此，并非机器本身的缺陷。”

时光机并没有停止，而是以极慢的速度一点点移动。

为了前往三天后的未来，往往要花三天的时间——就是这样。

第27话 发明的理由

我终于造出了时光机。

但实际上，更重要的是修建一条适合时空旅行的道路。

我一直希望穿越时空，去往某个魂牵梦萦的年代。

这也是我发明时光机的重要原因。

到最终完工，我整整花费了 50 年。

于是，我设定了目标年代，来到了那个世界。

经过一番简单的调查之后，我埋伏在某一家的房门前。

大约一小时后，我的目标人物，活力满满地冲出大门。

后面跟着的似乎是他的母亲，正在提醒他注意些什么。

那个看起来像是母亲的人，最后又大声地问道："先祖的名字，你记清楚了吗？"

"记清楚啦！不就是浩介嘛！他的长相我也记清楚啦！"

母亲突然变得严肃起来。

"绝对不能透露你的真实身份，记住了吗？"

此时，泪水在我的眼眶里打转。

此情此景虽是第一次见，但却有种说不出的熟悉感。

我心里暗想："说不定这个人……"

没错，这个人——健太——就是我的后代。

我发明了这台时光机，来到2150年的未来世界，唯一希望的就是对健太说一声对不起。

那一天，我把他当成骗子，两人大吵一架后分道扬镳，再也没有相见。

此时，母亲对正要出发的健太喊道——

第28话 小气鬼

在江户的城镇里，有一个以“小气”出名的男人。

在炎炎夏日，他觉得买扇子完全是浪费钱，于是便快速地摇头，从而让风吹到脸上。

——他就是这样一个人。

他用餐的时候，并不吃菜，而总是随身携带一碗米饭，来到鳗鱼店门前，就着烤鳗鱼的诱人香味配饭吃。

有一次，鳗鱼店的老板对他怒吼道：“你又不买，却一直在这里偷闻鳗鱼的香味，我实在受不了了！”

于是，店主塞给他一张账单。

男人确认了账单上的数额后，从怀里的钱包中掏出了所有零钱，放在手心上，作势要递给店主。

店主伸手正要拿过这些零钱，男人一下把手缩了回去。

他用两手兜住零钱，使劲儿地上下晃动，零钱在他的手中叮当作响。

接着，男人笑嘻嘻地说道：“只闻闻味道的话，可不算是吃了你的鳗鱼哦！正如我让你听听钱的声音，并不意味着我要把钱给你呀！这道理不是一样的吗？”

第29话 报警

为了对女朋友说“晚安”，今天我又给她打了电话。

不过，电话接通五分钟后似乎出现了异状。

从话筒的对面，传来了女朋友的惨叫：“你是谁？快给我出去！”

接着，又传来了玻璃被打碎的巨响。

于是，我立刻报了警，但警察似乎并不把这当回事，只是询问了联系方式、姓名等基本信息。

看来，警方似乎把它当成恶作剧了！

我焦急地挂掉电话，接着坐出租车赶到了女友的房间。

我使劲地敲门，却没有任何回应。

不过，房间里似乎传来一阵呻吟声。于是，我赶忙打开大门，冲进房间。

进入女友的房间后，我大吃一惊。

原来，警察早已到达这里，看来一切都安然无恙了！

这样就好，我也可以安心地回家了。

正当我准备转身离开时，警察却扣住了我的胳膊。

“你就是那个每晚打骚扰电话的跟踪狂吧！因为弄不清你的真实身份，我们才合演了这场戏，怎么样，没想到吧？”

我怒不可遏地反驳道：“你们在说什么啊？我从走廊经过的时候听到惨叫，完全是出于好心才过来看一眼！”

“好心呀……既然如此，你是怎么进入这个房间的？房门可是上锁的啊！”

我突然意识到，正因为房门上锁，情急之下我拿出偷偷配的钥匙，打开了房间的门。

第30话 快递之谜

有一天，我收到女儿寄来的快递。

里面装了一些精致的小点心，不过我并不明白女儿为什么要寄这些东西给我。

于是，之后的每一天我都会收到快递。

寄件人不仅有女儿，还有儿子、儿媳妇、孙子等等，他们寄给我的东西，并没有什么特殊的关联性。

妻子去世之后，我并没有拜托孩子们照顾我，而是一直独自生活。

我想，恐怕他们是瞄上了我的遗产，争相献殷勤也说不定。

总而言之，背后一定有什么企图。

于是，我把曾给我寄东西的一个孙子叫到家里，想从他口中一探究竟。

“小武啊，总让你们给我寄快递，真是不好意思呀！爷爷实在是太任性了，给你们添麻烦了吧？”

孙子听完这番话，显得有些意外，向爷爷反问道：

“咦？是爷爷让我们寄的吗？我一直以为是妈妈的主意呢！”

毕竟还是小孩子，在我的诱导之下果然上当了。

“爷爷，前几天您骨折住院了吧？妈妈说，您住院后一直卧床不起，甚至都没法坐起来。寄快递的话，只要走到门口签收就可以了。而且凭着快递单号，就可以知道东西有没有成功送达，也能知道爷爷有没有摔倒在屋里。”

在我眼中仍是小孩子的小武，似乎早已看穿了一切。

“爷爷，您就不要赌气了，搬过来跟我们一起住吧。或者，至少也随身带一部手机吧。我可以教您怎么用呀！”

第31话 医疗革命

这座离岛上居民的平均年龄超过70岁，但却只有一位医生。

有一家企业想在这里掀起一场医疗革命。

主要目标就是建立一所“AI（人工智能）医院”，让机器人医生来看病和治疗。

机器人医生，可以很容易地检查脉搏和呼吸，发现疾病隐患，通过在线的数据库，自动生成最佳的治疗方案。

而且，通过每天的健康管理，还能有效预防生病。

当然，这台机器中着力最深的，恐怕就是“知情同意”功能了。

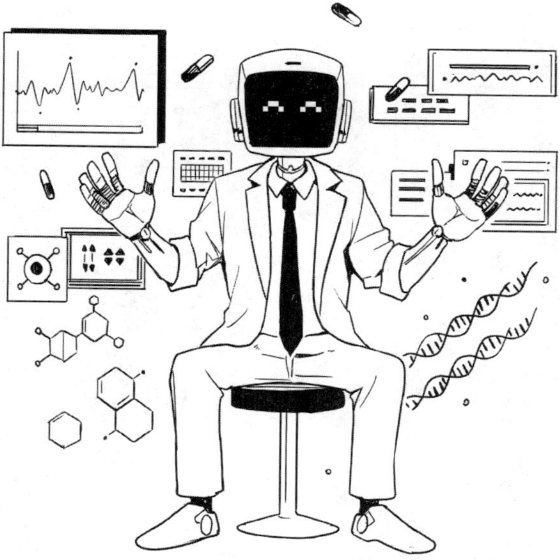

机器人医生可以用最通俗易懂的语言，让病人充分理解诊疗的相关事项。

不过——

这家 AI 医院却似乎无人问津。

患者们依然习惯于去老医生经营的诊所看病。

一位老人说道：“我们可不是为了治病才去医院的。要是病都治好了，我们不就没法再去医院了吗？”

他接着说道：“要是医生不对我们发脾气的话，还有谁会对我们发脾气呢？”

第32话 选举革命

一直以来默默无闻的小明星，突然成为众多广告和综艺节目的常客，一下跃升为人气明星。

凭借着这股高人气，他决定出马参选众议院议员。

果然，他获得了许多选票，完美当选！

而他高人气的秘密，说到底，并不是他的“直言不讳”，而是他的“毒舌”。

不论面对老人还是其他人，他都能自如地爆粗口，指着对方大骂。

不过，很多老年人却觉得，“只要听到他的声音，不知怎么，就会觉得安心”。于是，以老年人为核心，他获得了众多的支持者。

如今，在“下届首相的希望人选”中，他也位居前列。

在某个企业的会议室中。

投影仪放出来的，是对“他”的支持群体的调查。

项目负责人一边看着画面，一边说道：

“那个离岛上的医疗项目，从一开始就是个大失败。不过，我们完美地修改了方案，如今，AI 医院已经在全国铺开了。机器人医生并不是越和气越好，有时候训你几句，反倒能加强患者的信赖感。我们以全国机器人医生的声音为基础，合成了‘他’的声音。他的身体依然如常，不过，‘他的声音’对全国老年人来说，可是具有致命的吸引力啊！”

第33话 操纵重力

一大群敌人将我团团包围，对着我架起机枪。

不过，我一点也没有慌乱，开始发动我操纵重力的超能力——只要用了这个能力，我的四周就会出现重力的保护层。

敌人从四面八方用机枪向我扫射，不过，子弹通通在重力的作用下落到地上。

突然，一道黑影袭来，还伴着巨大的轰鸣声。

我下意识抬起头向上看，一架巨大的客机，似乎被什么神秘的力量吸引，径直向我飞来。

恐怕在我操纵重力的时候，上空正好有一架飞机飞过吧！

5 秒钟后，我被飞机撞了个正着，

命丧黄泉。

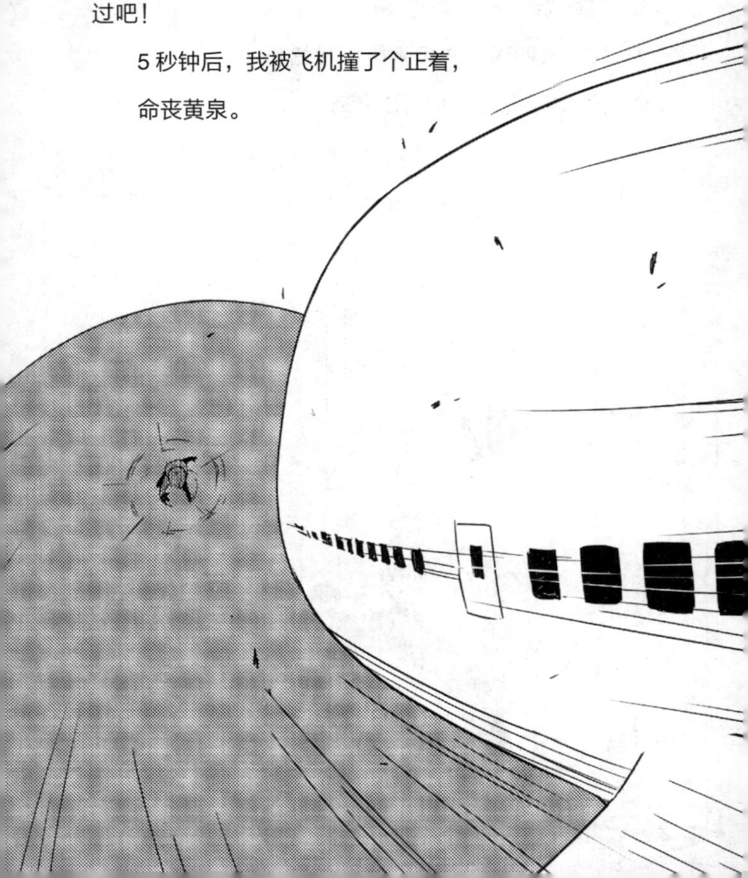

第34话 拿破仑

儿子刚转校不久，似乎还没有融入新集体。

每天都把自己一个人关在房间打游戏。

父亲似乎有些看不下去了，便对儿子说：

“拿破仑在你这么大的时候，全家也从意大利搬到法国居住。虽然他没能很快融入新环境，但却用大把的时间阅读古今东西的著作，梦想自己以后能成为一个改变历史的伟人。你不要总玩游戏了，多读读书，把眼光放到更广阔的世界吧！”

儿子紧盯着游戏机屏幕，对父亲说道：“爸爸，你知道吗？拿破仑在你这么大的时候，已经成为法国的皇帝了。爸爸，你也得上进一点啊！”

听完这话，父亲怒上心头，气得说不出话来。

儿子继续说道：“不过，据说拿破仑最终还是被囚禁在大西洋的孤岛上，遭暗杀而死。我可不希望爸爸变成这样，维持现在的样子就不错嘛！”

第35话 鱼之国的审判

鱼之国正在举行一场审判，目的是要惩处煽动推翻独裁王权的革命家。

不过，虽然号称是审判，却徒有其名，国王亲自担任审判长，不给对方留下任何辩白的余地，想迅速判他死刑。

革命家冲着国王高喊道：“你这家伙，总有一天也会受到审判的！”

国王冷笑着说道：“谁能审判我？神吗？要是神真的存在的话，你倒是让他救救你啊！”

正当革命家抬起头来，对国王怒目而视的瞬间，不可思议的事情发生了。

国王突然以不可思议的速度飞向空中。

船上的渔夫，一脸兴奋地叫道："来啦来啦来啦！鱼终于上钩啦！"

接着，他飞快地卷起鱼线，就在看到鱼影的一瞬间，他猛地抬起鱼竿。鱼落到渔船甲板上，不停地甩着尾巴横冲直撞。"好大的一条鱼！肯定肉多又鲜美啊！"

接着，年轻的渔夫说道："趁新鲜把它吃了吧！我来把内脏处理一下！"

第36话 复活的拿破仑

今天的电视上，

又报道了政客们失态出丑的新闻。

父亲一边看着新闻，一边对儿子说：

“如果拿破仑生活在现在的日本，国民会如何看待他呢？他能成为卓越的政治家吗？”

正在看同一个节目的儿子回答道：

“我想他会得到所有国民的尊敬，获得超高的人气吧！”

儿子略显天真的回答，似乎和平时大不一样，父亲疑惑地问道：

“你为什么这样想呢？”

儿子似乎对父亲的反问有些吃惊，接着说道：“拿破仑是在 18 世纪下半叶出生的，要是活到现在的话，得有 250 岁了吧！对这样的寿星，大家肯定会非常尊敬，也会吸引不少人气吧！不过，如果他成为政治家的话就难说了。毕竟是一个 250 岁的老爷爷，体力肯定跟不上了。而且拿破仑本来就不会说日语啊……”

父亲听完哑口无言，儿子继续说道：“话说回来，最近你怎么总提到拿破仑啊？有什么原因吗？还是你最近看了和拿破仑有关的电视节目，被它们影响啦？”

第37话 信用问题

公寓管理员来到一个住户家中拜访。

原来，尽管公寓已经明令禁止饲养猫狗等小动物，但这家却偶尔传出狗叫声。

住户打开房门后，管理员对他说道："请问，你有在家中养狗吗？"

住户一脸不悦地回答道："没有啊，我可没有养狗。"

"不过，有其他住户跟我反映，说这间房子中传出了狗叫声。"

"难道别人的话就可信，我的话就是扯淡吗？！"住户脸色涨红，激动地吼道。

正在此时，从开着门的卧室里，传来一阵“汪！汪！”的狗叫声。

管理员略带讽刺地说道：“你不是说没有养狗吗？但从刚刚的叫声来看，卧室里的小狗，似乎在拼命地说‘我在这儿！’呢！”

听到这番话，住户脸涨得更红了。

“我不是说了没有养狗吗！你这家伙，难道宁愿相信狗说的话，也不相信我吗?！”

住户脸色涨红的真正原因，究竟是愤怒，还是尴尬，连管理员也弄不清楚了。

第38话 魔术秀

为了参加在酒店里举行的重要会谈，我早早地来到酒店，只见大厅的入口处立着一块标示板，上面写着“魔术秀”。

时间还早，于是我便想进去看看，没想到我冷不防地被拉到了舞台上，魔术师在我的脸上一阵乱画，接着递给我一面小镜子。

原来，他用彩笔在我脸上画出了扑克牌的花纹。

我心中暗想，恐怕我脸上的彩绘，会变成真正的扑克牌飞出来吧！

接着，魔术师开始大声向观众席说明。

坐在我对面的两个客户，脸色涨红，一声不吭地盯着我看。

而坐在我旁边的上司，似乎想跟我再确认一下说辞。

“喂！你的意思是说，你本来以为是个魔术表演，但没想到是新款魔术笔的发布会。这支笔采用的是对人体无害的墨水，可以被广泛用于万圣节或其他化装舞会上，没错吧……”

我默不作声，轻轻地点了点头。

“不过，这款墨水三小时后才能用水冲洗，在此之前，无论多用力地搓洗，都不会掉色。这样，就可以避免妆容被雨水或汗水弄花的尴尬……现在的确是不用担心了！你这家伙，在跟我开玩笑吗?！”

在那之后，我们才知道客户脸色涨红的原因并不是生气，而是在憋笑。出乎意料，会谈进行得非常顺利。

确实，在商业谈判中，弄些有冲击力的东西是必要的，不过，这种手段可不能再用第二次了。

第39话 恋人与工作

某家大企业的社长千金，与在这家企业工作的精英员工相亲了，两人决定以结婚为前提交往。

这位精英员工相貌堂堂，业绩也十分优秀。

他本来就被视作未来的高层领导人选，在和社长千金订婚之后，更有可能一跃成为下一任社长！

不过，能者多劳，他手头的工作非常多，几乎没有时间用来约会。

终于，社长千金实在受不了了，逼问他说：

“我和工作，到底哪个更重要？！”

“我和工作，到底哪个更重要?！”

在社长千金泪眼婆娑的逼问下，精英社员不慌不忙，安慰她道：“别再问这种刁钻的问题了！你对我来说非常重要，但我的工作也是为你爸爸服务啊，当然也很重要。两者都很重要！”

不过，社长千金仍然不依不饶地质问道：“不过，两者之间总有一些差别吧?”

精英社员突然眼神深邃地说道：“不，两者是完全一样的。实际上，和你谈恋爱本来就是‘工作’的一部分呀。都是工作，所以没什么差别啊！”

第40话 男朋友的相貌

“洋子！你男朋友长得什么样啊？给我说说呗！”

朋友小百合总喜欢问这个问题，让洋子不胜其烦。

怎么说才好呢？

“好啊。戴眼镜的时候，他一点都不帅。说白了，甚至还有点难看。不过，摘掉眼镜的话，他立马变得非常帅气。所以，戴眼镜和不戴眼镜，区别还是很大的呢！”

“不错呀！还有一种反差萌呢！”

“是这样吗？”

洋子可能还不习惯别人夸奖自己的男朋友，并没有表现得很高兴，表情十分平静。

小百合却显得十分殷勤，给洋子出主意说：

“对了，你让他戴上隐形眼镜不就行了吗？”

洋子听完，一脸不可思议地看着小百合，对她说道：

“为什么？我的男朋友视力好着呢，干吗要戴眼镜啊？”

“哎？但是……刚刚你不是提到他戴眼镜吗……”

终于，洋子意识到朋友误会了她的话，便向她解释道：

“啊！原来是这样。刚才我说的戴眼镜和不戴眼镜的区别，指的并不是我的男朋友，而是我呀！”

第41话 悖论

古希腊哲学家芝诺曾经提出过两个有名的悖论学说。

一个是“阿喀琉斯与乌龟”悖论，另一个则是“飞矢不动”悖论。

有一天，一个年轻人对芝诺说：

“你提出的两个悖论学说，我可以同时将它们证伪！”

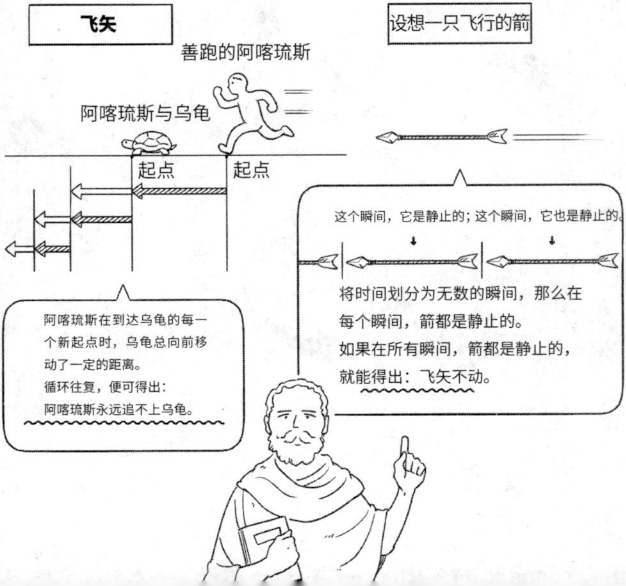

“我可以同时证伪这两个悖论！”

年轻人一边说着，一边朝芝诺举起弓箭，冷笑着说：

“好了，你现在开始逃吧！我要用箭射你！你现在开始跑，十秒钟后我会朝你后背射箭。不过，大可不必担心！你不是说追赶者永远无法追上领跑者吗？还说飞矢本来就是静止的？所以，放心大胆地跑吧！”

第42话 丢失的车票

事情发生在北陆海岸奔驰的特快列车中——在检票的列车长面前，老妇人翻遍了衣服口袋和手提包，她的脸色开始显得有些焦虑。

看起来，她的车票似乎是丢了。

于是，老妇人开始和列车长说起此行的目的，原来，她刚和许久未见的女儿取得了联系，这一次就是去和女儿见面。

不过，女儿会见她吗？会在约好的车站检票口那里等她吗？心里纵然有太多不确定，但不去看看的话，就一定得不到答案。

听完她的故事，列车长不禁落泪，也就没继续盘问她车票丢失的事。

不过，老妇人脸上焦虑的神色却并未消失。

虽然列车长没有继续为难老妇人，但她依然边哭边继续寻找车票。

列车长觉得有些意外，便对她说："没有车票也没关系，您也不用补票啦！等您下车的时候，我跟车站工作人员解释一下，让您直接出站就行了！"

不过，老妇人依然眼眶泛泪，无助地对列车长说：

"我……我忘记应该从哪一站下车了。本来看一下车票就可以知道的，但那么重要的车票居然丢了！！"

第43话 女儿的电话粥

一家人正围坐在饭桌旁，女儿的手机突然响了。

她看了一眼号码，虽然有点不太高兴，但还是接通了电话。

我正想教训她："大家正在吃饭呢，怎么能接电话？"不过根据以往的经验，她肯定会反驳说："都什么年代了，真是老古板！"

虽然不知道他们在说些什么，不过，女儿的脸色却变得越来越阴沉。

大概一小时后，她大吼一声"不要再打给我了！"，便挂断了电话。

虽然明知道追根究底，女儿又会不高兴，但作为父亲我还是不得不问："你没事吧？"

不知道是这通电话的原因，还是饭菜变凉的原因，女儿依旧一脸不开心地说道："我没事！"

但是，她看起来明明就是有事。

"谁给你打的电话啊？"

显然，这个问题是在探听女儿的隐私，但这也是作为父亲的义务。

然而，女儿似乎并不想回答我的问题，说了一句："我不知道！"

"不知道？怎么可能！难道跟父母也不能说吗？！"

不知不觉，我也抬高了音量。

女儿似乎一点都不怕，轻轻叹了口气说道："但我真的不知道啊！对方好像拨错号码了。"

第44话 手牵手

我和丈夫之间的“羁绊”，似乎已经消失了。

如今，勉强把我们联系在一起的，只有儿子。

此时，儿子正紧紧握着我们两人的手。

不过，实际上，儿子的存在却让我俩的关系更为恶化。

为了争夺离婚后孩子的抚养权，我们闹得不可开交。

突然，前面来了一辆自行车，由于我们三人手牵手，自行车无法通过。

不过，我并不想先放手，恐怕丈夫也是这么想的。

于是，我们紧紧拽着儿子的手，用力把他往自己这边拉。

突然，被我们从两边用力拉扯的儿子，猛地跳起来。

这一跳非常高，甚至从自行车顶上跃了过去。

儿子兴奋地说道："感觉我和妈妈、爸爸牵着手的话，可以跳得更高呢！好想知道到底能跳多高呀！你们两个人，以后绝对不要放手，好不好？"

第45话 伪装者

我是一名怪盗，这是一份充满美学的工作。

事到如今我盗取了无数的宝石和名画，但从未被警察抓住过。

不过，前几天，我遭遇了人生的滑铁卢。

他们已经知道我的本来面目，于是在搜查开始之前，我决定伪装成其他人。

当然，我已经选好了伪装的目标。

他是一个没有家人、朋友和恋人的孤独男人，窃取他的人生，看来是再合适不过了。

虽然有些残忍，但他必须消失。

从那天开始，我就住在他的廉价公寓里。

突然，门铃响了。

我走出去一看，发现两个男人站在门口。

而他们俩，竟然是警察。

我外表虽然假装平静，但内心早已惶恐不安。

——到底哪里出问题了？我明明用特殊药水把他的尸体处理掉了啊！

而且，我也把脸整得跟他一模一样，不是至亲的话根本认不出来。

当然，我也确认过，我们俩的血型是一样的。

突然，警察叫了我的名字，打断了我的思绪。不过，他们叫的是我伪装成的男人的姓名。

“现在，我以内衣偷窃犯的名义将你逮捕！”

与此同时，另一位警察也走进房间，打开了壁橱，只见大量的女性内衣像雪崩一样滚落出来。

——是作为内衣偷窃犯被逮捕呢，还是供出自己杀人和伪造身份的事实？

我引以为傲的犯罪美学，此刻似乎也不起任何作用了。

第46话 善意的力量

我的女朋友已经消失一周了。

在她消失之前，她的记忆几乎已经完全丧失。

而起因则是一年前的一次交通事故。

由于脑部受到严重损害，她一点点地忘记了自己的名字、儿时的经历，以及对我的记忆。

并不只是如此——

她还把电视人物的名字误认为是自己的名字，把别人的人生当成自己的人生。

多重记忆在她身上叠加，事到如今，我已经不知道该如何继续和她相处了。

就在这时，她居然失踪了。

但是，当我意识到之后，却早已找不到她的踪影。

我必须要找到她，保护她。

我把上面这段文字发到了社交网络上，又附上了从各个角度拍摄的女朋友的照片，呼吁网友积极向我提供线索。

从那以后，陆续有人给我发来目击线索。

而我，就在搜查总部里指挥全局，似乎自己真成了警局的搜查部长。

我真是个天才，这种操纵网友"善意"的方法，以后想必还能派上用场。

虽然有一些毫无价值的情报混在其中，但也有不少目击地点是重复的，看起来可信度很高。

她可能用了别的名字，在社交网络上发的东西也都不露痕迹。

虽然我这么爱她，但她却把我称为"跟踪狂"，从我眼前消失了。

不过，凭借部下们"善意"的巨大力量，你别想逃出我的手掌心！

第47话 犯罪动机

名侦探把嫌疑人集中到一起，

指着其中的一个美女说道：

“犯人就是你！正如我刚刚所说的，你的密室手法和不在场证明，已经完全被我看穿了！不过，我依然不知道你的动机。为什么一定要杀了他呢？”

美女略带忧伤地苦笑着，语气沉重地讲述了自己的故事。

听完她的自白之后，

在场的所有人，包括侦探，都不由得流下眼泪。

起初，妹妹并没有意识到电视声音消失了，她以为美女被指认为犯人之后，一直沉默不语。

不过，当电视画面特写到美女悲伤的苦笑时，才发现她的嘴一张一合，似乎在说些什么。

好像有点奇怪啊——

不过，妹妹很快搞清了原因。

原来，在沙发边上躺着读书的哥哥，屁股正好压住了电视遥控器。

恐怕，他压住的，正好是遥控的“静音”键吧！

前一页的对话框中没有文字，意指由于静音漏掉了这一段

第48话 恶鬼袭来

恶鬼独自居住在深山的洞穴中。

每月的满月之夜，它都会在山脚的村庄现身，大闹一场，把村民们最珍贵的粮食和金银财宝掠夺一空。

村民们一开始还试图抵抗，后来发现这根本毫无意义，于是每到满月之夜，就主动把大批粮食和财宝堆放在村子中央的广场上。

当恶鬼闹了一阵过后，便拿着这些东西回到自己的住处，每月如此。

满月之夜，当恶鬼从洞窟出来之时，躲在暗处的村民们，便匆忙进入洞窟中，将里面的金银财宝装上货车。

接着，他们赶忙抄近路，先于恶鬼赶回村子，又把这些金银财宝堆在了广场上。

一寸法师跳入恶鬼的身体里，用随身携带的细针，在它的肚子里一通乱刺。

恶鬼实在受不了了，便把一寸法师吐出来，落荒而逃。

不过，恶鬼落下了一把能实现所有愿望的“万宝槌”。

法师轻轻敲了一下之后，瞬间变得高大帅气，并且和公主结婚了。

接着，他们又用万宝槌变出了金银财宝，从此过上了幸福快乐的生活。

大团圆结局！大团圆结局！

当确认恶鬼从洞窟中离开之后，村民们迅速把财宝堆上货车，互相嘲讽恶鬼的愚蠢。

突然，一个年轻人侧着头问道：“话说我们村子怎么会有这些金银财宝啊？”

同行的另一个人解释道：“据说当年创建这个村子的人，击退了恶鬼，并夺走了它的万宝槌。只要敲一敲槌子，就能得到数不尽的金银财宝。不过，好像因为使用过度，导致它变成了普通的小槌子。”

年轻人听完之后，笑着说道：“所以说，这些财宝原本就是恶鬼的东西啊！”

“没错！不过，话说回来，它先被法师降伏，现在又被我们耍得团团转，这就是它自己的问题了！”

第50话 连载推理小说

在报纸上连载的这部推理小说，还未完结就已经确定将翻拍成电影和电视剧，一跃成为超人气作品，甚至有人将其称为“国民小说”。

乍看之下不可能的连环杀人，谜一样的手法和动机，陆续登场的可疑人物，以及头脑清晰又富有魅力的侦探。

明天即将刊载小说的最后一回，大家都翘首以待。

第二天，大家打开报纸，都被故事的大结局吓了一跳。

原来，报纸上刊载了这部小说的作者自杀未遂的新闻。

据报道，作者一直被压力和罪恶感折磨，因此无法写出故事的大结局。

在他留下的遗书上，写下了他自杀的理由：“如果想

不到手法和动机，写作就无法推进。好不容易想到一个空前绝后的手法，谁曾想早就被网上的推理迷们猜到了！虽然，我一度想随便找个手法，把结尾搪塞过去。但小说已经决定要翻拍成电影和电视剧，我已经无法逃避了。”

在遗书的最后，他一边对自己的江郎才尽表示歉意，一边又愤怒地说道：

“把我逼上这条死路的，就是你们这些人！”

字里行间表达了对这些“人畜无害”的读者们的怨恨。

第51话 连载推理小说（漫画版）

在周刊杂志上连载的这部推理漫画，还未完结就已经确定将翻拍成电影和电视剧，一跃成为超人气作品，甚至有人将其称为“国民推理漫画”。

无论是卓越的绘画技巧，还是谜一般的故事，充满魅力的登场人物和对话……都使得剧情渐入佳境。

从下一期就进入案件的揭晓篇，所有的读者都翘首以待。

终于，杂志的发售日到了。

购买杂志的所有人，都不由得大吃一惊。

虽然杂志封面提到了漫画的名字，但里面却并未刊载漫画全文，反倒是有一封编辑部的道歉信：

“由于作者突发疾病，本期休刊。但由于封面已经提前印刷，故来不及修订。对此深感抱歉！”

不过，在那之后作者似乎一病不起，漫画一直停刊了一年，最终宣布彻底停止连载。

此后，编辑部发表声明，解释了停止连载的原因：“作者始终想不到完美的作案手法，写作难以推进。于是，他想从网友们的预测中，吸取一些有意思的点子，并把它用到自己的故事里。没想到，由于之前发生的推理小说家自杀未遂事件，网民们似乎都开始谨言慎行，更不敢对剧情展开预测。于是，故事走入了死胡同。对此，我们再次深表歉意！”

第52话 跳蚤市场

在跳蚤市场里，

一个女人正在售卖婴儿的衣服和鞋子。

在女人的面前，

静静地放着一块手写的板子。

在另一块板子上，

用小字附上了这么一句话。

本文从《世界最短小说》中改编而来，作者不详，亦有人认为本故事是海明威所作。

第53话 偷窥

我现在所住的地方，是一个有数十年历史的旧公寓。

我总觉得房间的某处有缝隙，因为屋里偶尔会出现一些异味，似乎这味道是从两旁的房间里飘过来的。

我右边住着的是一位年轻貌美的女性，我一直十分惊讶这样精致的女人居然会住在这种公寓。而我左边住的是一位奇怪的白发老人。

于是，我开始认真调查房间里是否有缝隙。

和我想的大不一样，在与右边房间的隔断墙上，居然有一个高尔夫球大小的洞。那里一直都放着电视，所以我从没注意到。

于是，找到异味的来源之余，我受到一股强烈的好奇心驱使。说不定，从这个洞口，可以看到对面的房间呢！

我蹲下身来，从这个洞口往里瞧。

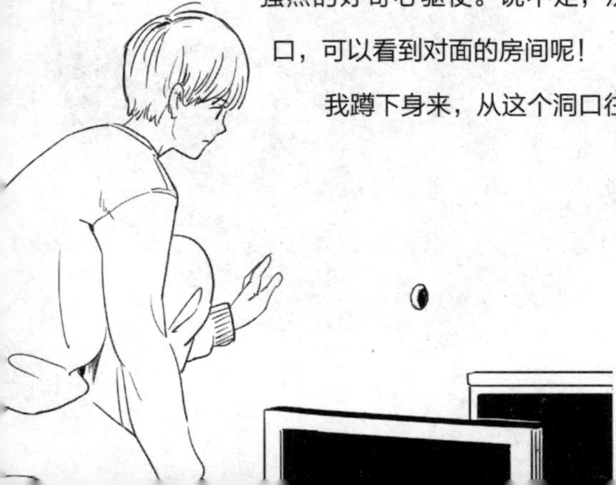

只见，一颗红色的眼球，正在死死地盯着我。

这是谁？是那个年轻女人吗？或者是别的什么东西？

到底是人是鬼？

不过，一想到从此以后再也看不到那么恐怖的眼神了，我已经觉得无比幸运了。

原来，从那天起，我就已经双目失明了。

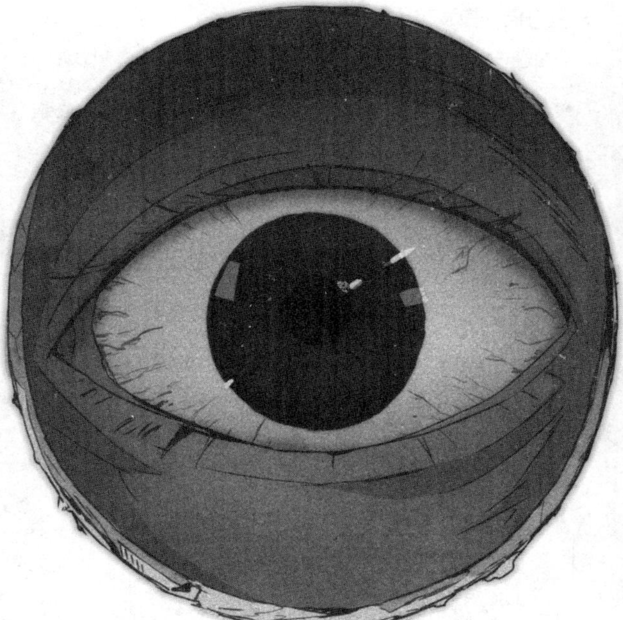

第54话 诗歌解读

在国语课上，老师朗诵起黑板上的短歌。

白鸟哀婉，不容于天之澄碧，亦不容于海之幽蓝。

“这是明治时代的和歌作家若山牧水的代表作。”

接着，一个学生问道：“这句诗是什么意思呢？”

“它的意思是说，白鸟既不被澄澈的天空，也不被幽蓝的海水沾染，多么令人哀伤啊！而白鸟所指的，就是这世上那些纤尘不染的灵魂。”

学生似乎对老师的回答并不满意，略带不满地继续问道：“那么，天之澄碧和海之幽蓝，又是什么意思呢？

完全听不懂啊！

再说，天空和大海，并不是这种颜色啊？！”

他一边说着，一边望着窗外的风景。

在 21XX 年的日本——

伴随着工业的发展，以及污染和武器的过度使用，地球生态环境骤变，天空和大海都像被鲜血染过一样，一片通红。

第55话 一切为了汪星人

男人非常喜欢小狗。

只要为了小狗，他就算舍掉性命也在所不惜。

当然，小狗们也非常喜欢男主人。

一想到再也无法和他相见，

小狗们顿时觉得非常寂寞。

第56话 知音

这位画家，以善于表现高深的主题而闻名。

不过，他却拥有一位知音。

这个人就是美术馆的馆长。

“为了翻新美术馆，请无论如何惠赐一件大作给我吧！”

画家爽快地答应下来，并且在上周如期交货。

今天是美术馆重开的日子。

据说馆长已经把他的作品放在馆里最显眼的位置，于是画家决定前去参观。

确实，他的作品被放在最棒的展区，而且馆长亲自在画廊里对作品进行解说。

馆长粗略介绍完这些作品后，接着移动到下一个展品前。

在稀疏的人流中，他发现了画家的身影。

于是，馆长凑上前对他说：

“实在太感谢了！您的作品广受好评，今天也吸引了这么多人前来参观！”

画家略带尴尬地笑着，对馆长说道：

“这可太让人高兴啦！而且，我的画能在这么棒的地方展览，我也深感荣幸！……不过，话说回来，我的这幅画，您好像上下放反了，是有什么特别的理由吗？”

第57话 伊卡鲁斯的坠落

之前，他的作品竟然被上下挂反了，于是，画家决定改变自己的画风。

“弄了半天，结果别人根本无法理解自己的作品。看来，我还是画些神话之类的，更简单易懂的作品吧！”

有一天，那家美术馆又请他赐稿。

于是，画家以希腊神话为主题，挥毫而就一幅《伊卡鲁斯的坠落》。

这幅作品所描绘的是，随着伊卡鲁斯越飞越高，太阳逐渐熔掉了他用蜡做的翅膀，最终坠落大海的故事。

于是，画家又前来参观展览。

这次，他的愤怒彻底爆发了。

“这到底是怎么回事？怎么又把我的作品挂反了？！名字不很明显是‘坠落’吗？头应该朝下才对啊，你不懂吗？”

馆长满怀歉意地说道：“最近实在太忙了，还没顾得上看标题……真的十分抱歉！不过，现在已经这样了，再想调整方向恐怕有点……既然如此，我倒是有个主意，您不妨把题目改成‘伊卡鲁斯的升天’，怎么样？反正他落在海中也是死路一条，跟‘升天’没啥两样啊……”

第58话 独眼怪

江户城中有一间杂耍铺，在当地非常有人气。

人们可以在这间杂耍铺里看到真正的妖物——独眼怪。

这引起了同行的嫉妒，另一家杂耍铺的老板，听说大山深处能找到有独眼怪的村庄，便启程前去寻找，希望能在那儿捉到一只独眼怪。

不过，老板进入山里已有三个多月，却没有任何音信，也不见他回来。

杂耍铺的伙计们有些担心，便进入大山深处寻找老板的踪迹。

十天后，他们发现了独眼怪的村庄。村子虽然很小，却有很多独眼怪生活在这里。

不过，他们始终未能查清老板在哪里。

据说，村子中央有很多人聚在那里，去那儿的话，说不定能查到什么线索。

于是，伙计们来到这里，蒙好面，偷偷地往人群里看。

伴随着阵阵欢呼声，一个大笼子被推到正当中，里面好像关了什么东西。

没错，他就是须发早已蓬乱不堪的老板！

笼子旁边，用硕大的字写着“两眼怪”！

想必，这里就是这个村子的杂耍铺了吧！

第59话 河豚之毒

在江户时代，河豚是普通百姓可望而不可及的高级食材。

有一天，男人搞到一条河豚，虽然妻子不知道具体的处理方法，但他无论如何都想尝尝鲜。

最终，好奇心占了上风，便把河豚煮来吃了。

一开始，河豚的美味超乎想象，不过正当男人享用之时，突然手脚麻痹，全身发抖。看来是中毒了！

虽然家人很快叫来城里的医生，但医生似乎也束手无策。

医生满脸无奈，只能一味地摇头叹气。

看到从医生的反应，男人知道自己恐怕已经回天乏术，于是对守在身旁，愁容满面的妻子说道："我估计难逃一死了。不过，那边好像还有一些没处理的河豚。快把它们都处理了，拿给我。既然都是要死，还不如吃个痛快！"

第60话 跟踪狂

女大学生正在和一个男生朋友聊天。

“我好像被跟踪狂盯上了！我总觉得有人在尾随我。即使回到房间，也觉得有人在盯着我看！”

不过，男生劝她放轻松点，不要疑神疑鬼。

“不会不会！绝不会有这种事的！”

本来想和他认真聊聊，没想到对方却根本不把这当回事。

女生怒气冲冲地说道：“什么啊？你才知道多少，就敢下这样的结论 ?!”

我可是信任你，才跟你聊这些的！！

没想到，男生依然笑着说道："对不起对不起，我没有恶意。不过，你可以放心，绝对没有跟踪狂尾随你。"

女生听完依然十分生气。

"那你倒是说说，为什么这么笃定呢！！"

男生满脸笑意，爽快地答道："哎呀，你可能没有留意，但我几乎每天都跟在你后面，在暗处保护你呢！不过，跟踪狂什么的，我敢保证一次都没有见过！而且，我在你的房间里也装了监视器，绝对守卫森严，绝不可能有人在偷窥你！或者说，难道是屋里蟑螂之类的在盯着你？"

没错，可能就是蟑螂吧。

这位女大学生，此时正冷冷地盯着眼前的这只"蟑螂"。

第61话 重要的娃娃

五岁生日的时候，父母送给我一个穿着可爱裙子的、女孩儿样子的娃娃。

我非常喜欢那个娃娃，经常跟它一起玩耍。

但毕竟还是小孩子，玩起来不知轻重，所以经常会把娃娃的身体弄坏，裙子弄脏。

每到这时候，我就会找妈妈帮忙缝补好。

妈妈虽然有点生气，但还是会帮我修好娃娃。

一天，因为非常粗暴地把娃娃甩来甩去，娃娃的头掉了下来。

我一边哭，一边恳求妈妈帮我修好。

一小时后，在院子里不知道忙什么的妈妈，把我叫了过去。

妈妈把落叶堆起来，燃起了篝火。

接着，她把手里箱子交给我，语气伤感地说道：

“跟娃娃道别吧。”

打开箱子，里面正是头部掉落的娃娃。

我不明所以，呆呆地站在那里，妈妈见状，从我手里把箱子夺了过来，就那样扔到了篝火里，烧掉了。

这一切发生得太突然，来不及反应。

我边哭边向妈妈发脾气。妈妈对我说道：“我说过要把娃娃当成妹妹，好好珍惜吧？胳膊呀脚啊什么的，稍微受点伤，人是不会死的。但是，要是头掉了下来，人一定会死。这就是娃娃的葬礼啊。”

第62话 感谢的话

父亲大人、母亲大人，这三天的饭菜都非常美味。

柿子干和年糕非常美味。

敏雄哥哥、姐姐，寿司非常美味。

克美哥哥、姐姐，葡萄酒跟苹果非常美味。

小严哥哥、姐姐，紫苏饭、南蛮咸菜非常美味。

喜久藏哥哥、姐姐，葡萄汁、养命酒，非常美味。

另外，一直帮我洗衣服，非常感谢。

幸造哥哥、姐姐，让我一直来回搭顺风车，非常感谢。

杧果也非常美味。

正男哥哥、姐姐，麻烦您了非常对不起。

幸雄、秀雄、干雄、敏子、秀子、良介、敦久、美代子、幸江、光江、小彰、芳幸、惠子、幸荣、小裕、小贵、正祠，祝你们成为最棒的自己。

父亲大人、母亲大人。

幸吉已经非常累了，跑不动了。

请原谅我。一直让你们辛苦操劳，真的非常对不起。

幸吉想好好陪伴在父母身边。

1964 年在东京奥运会上夺得马拉松铜牌的选手圆谷幸吉，在万众期待的墨西哥奥运会即将来临前，不堪忍受对奖牌的渴望、焦躁等多种情绪的折磨，自尽而亡。

在他留下的遗书中，写满了对美味的食物的怀念，以及对家人、亲朋好友的感谢之语。

第63话 被害人的下落

连环诱拐案的嫌犯终于落网。

在这起案件中，一些年龄相仿、身形相似的女性，陆续在住所被劫走。

虽然犯罪现场留有血迹，但并未找到有力的证据，许多被害人目前仍生死不明。

很偶然的机会，警方终于掌握到犯人的线索。

原来，某个被盯上的女生掌握一些格斗技巧，因此成功躲过一劫。

参与现场逮捕行动的警察，认定该人就是连环诱拐事件的犯罪嫌疑人。

但是，嫌疑人被捕后一直保持沉默，别说被害人的下落了，就连嫌疑人的身份都无从知晓。

被害人的生命危在旦夕。

假如她们被监禁起来，那应该是无法进食的。

于是，警察决定公开案件的相关信息。

为了确定嫌疑人的身份，警方公布了他的照片。

很快便有了消息。

原来，嫌疑人的工作，是向全国各小学的理科教室提供科学教具。

知情人这么说道：“他不是什么公司职员，就是在自己的小作坊里制作理科教室的科学教具，绝对是他没错！他做的教具质量非常高，好像口碑也不错。特别是人体的全身骨骼模型，据说连骨头的重量，都跟真人的一模一样！”

第64话 橘子

江户时代，一家大绸缎庄的千金染上了一种不治之症。

躺在病床上的女儿，喃喃地说出最后的愿望："想吃点橘子。"

父母听到女儿的心愿后，虽然很想满足她，但在当时，水果并非什么时候都能吃到，尤其是在那个时节，要想吃到橘子，几乎是不可能的。

但是父母二人并没有放弃。花多少钱都在所不惜。

于是，他们花了一百两，从全国各地搜集到了十个橘子。

在绸缎庄里干活的用人们，看到放在盘子上的十个橘子，叹息道"一个橘子竟然就要十两啊……"

第二天，店里的一个用人不见了踪影。

与此同时，盘子上的十个橘子，只剩下了五个。

绸缎庄的老板愤怒地说道：

“肯定是那家伙把橘子给偷走了。这东西明明是我女儿需要的，他要橘子干什么啊！”

这时，一个用人在旁战战兢兢地说道：

“昨天我们还说‘一个橘子竟然就要十两’……我想起来了，那个男用人的母亲好像生病了，据说要治好这病，需要花费五十两……”

听完这话，和一开始橘子被偷的愤怒不同，老板感到一种无处可以发泄的郁闷和悲哀。

第65话 朋友跟对手

男人是被寄予厚望的，极富潜力的跳远运动员。

可是，他却在一场交通事故中，失去了一条腿。

不久之前，他还有望在奥运会上夺得奖牌，对他而言，这种打击该有多大，寻常人根本无法想象。

然而，支撑他度过这段最痛苦时期的，却是曾经与他争夺奥运资格的国内运动员朋友，以及国外的对手们。

他们告诉男子可以“以残奥会为目标”，并帮助男人尽快恢复。

挨过了痛苦的康复训练后，男人开始不断地刷新成绩纪录，最终夺得了残奥会的参赛资格。

他对朋友、对手的支持感激不尽。

但是，男人相信自己有更多的可能性，因此比遭遇交通事故以前，更严格地反复训练。

终于，他的成绩突飞猛进，甚至刷新了自己以前的纪录。

“要以奥运会而不是残奥会为目标。”男子在心里暗暗做出决定。

男人认为，在同一片场地上战斗，是对曾经帮助过自己的朋友、对手的真挚感谢。

但是，事情并没有那么简单。

一些人发起了反对他参加奥运会的抵制运动，甚至开始了签名联署。

他们的理由是：“脚上带着金属片比赛，不是比纯靠肉体运动起来更有优势吗？”

并且，主导这次抵制运动的，正是曾经那些支持他的朋友、对手们。

男子心意已决，他要彻底离开这个虚伪的竞技场。

第66话 口红

女人正坐在镜子前，仔仔细细地给自己化个美美的妆。

最后一边涂口红，一边说道：

“女人的妆有多美，可直接决定着爱情的结局哦！”

听到这话，可可·香奈儿说道：

“口红并不是在涂抹，而是在掉落的过程中，才会有故事发生，不是吗？”

第67话 一票难求

今天，我非常喜欢的艺人要开演唱会了。

虽然买到门票的概率极低，但我非常幸运地被主办方抽中，顺利拿到了票。

前方能隐约看到会场了，我太过兴奋，开始小跑起来。

就在这时，身后传来一阵猛烈的撞击。

一位看上去跟我同样是粉丝的女性，从后面撞了上来。

一声道歉也没说，就跑开了。

一瞬间，我强烈地感到哪儿不对劲，试着摸了下口袋。

“票没了！”

我拼命追上那个女人，朝她生气地吼道：“把票交出来！”

或许是被我愤怒的表情给吓住了，女子没有做任何反抗，就把票还给了我。

我并没有打电话报警。

要是报了警、录口供什么的，演唱会就看不成了。

我坐到座位上，准备把手机给关掉。

正当我在包里翻找手机时，发现了件奇怪的东西。

正是演唱会的门票！

——为什么门票会在这儿呢?

想起来了！因为担心把票装到口袋里会掉出来，所以就把票改放在了包里。

世事无常。

虽然我没报警，但那个女人，好像跟警察举报了我。

此刻，能看到入口附近，一个女人指着我这边，在跟警察说着什么。

第68话 父亲的去世

飞奔到停放在遗体安置所的父亲遗体旁，女儿几近崩溃，哭喊道：“爸爸，你为什么会死啊 ?!”

父亲被一辆无视交通信号灯，蹿到十字路口的失控汽车，给残忍地夺去了生命。

“爸爸，你为什么、为什么会死啊……”

女儿的声音，到后面变得越来越微弱，周围的人都不知道她讲了些什么。

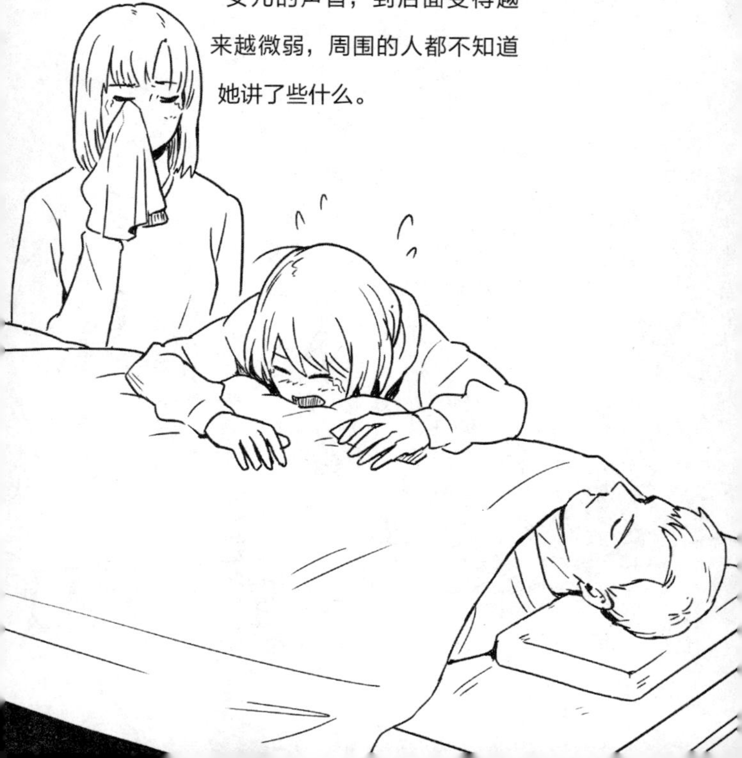

但是，要是离她更近一点，或许就会听得更清楚些。

“爸爸，为什么，为什么会死啊……为什么是今天啊……为什么不能明天啊？爸爸你是知道的啊，今天，是我一直期待的那个乐团的演唱会啊。那么难买的门票，我都神奇地买到了。再过一会儿，演唱会就开始了啊。我该怎么办才好啊……”

第69话 追诉时效

接连炸毁报社、电视台，造成数十人丧命的一起案件，追诉时效马上就要过了。

犯人在作案后，发出了这样的犯罪声明：这是那些靠操纵信息、给国民洗脑的媒体，还有盲目相信媒体报道的国民的天谴。

从追诉时效过期的一年前开始，各类媒体，每月都会轮番公布倒计时。

在追诉时效到期的前一天，全国媒体步调一致，强调明天就是合法追诉的最后一天，呼吁大家提供和犯人相关的情报。

但是，追诉有效期截止的这一天还是到来了——

追诉期失效后一个月的一天。

一个男子召开了记者会，对外公布自己就是犯人。

他所透露的消息里，包含只有犯人才知道的内容。

因此大家都认为，他绝对是犯人。

接着，记者会结束后——该男子就被警察逮捕了。

男子非常气愤，向警察质问道：“已经过了时效不是吗！你们凭什么逮捕我！”

一位刑警冷冷地说道：“关于追诉时效的报道全都是假的。你犯下的那桩罪行，追诉失效日可是一年以后！为了引你上钩，媒体们统一了口径，做了虚假报道。”

虽然对那样的虚假报道，有很多指责的声音。但国民却纷纷嘲笑犯人：“还说大众盲目相信媒体的信息，看起来你才是最被媒体洗脑的人吧！”

※ 现在，最高刑罚中已废除死刑类犯罪的追诉时效。

第70话 响不了的铃铛

一位面相凶狠的男人，在一个家庭餐厅内落座。看过菜单后，男人按下了铃铛打算叫来服务员，但是等了几分钟后服务员仍未出现。

男人又按了下铃铛。这次仍然未见到服务员过来点菜。

而且说来奇怪，再怎么按铃铛，也没有发出“叮——咚——”的声音。

可能是铃铛坏了吧。

但是，对之后来到餐厅的顾客，服务员却迅速接待了他们，微笑着帮客人点菜。

看到这一切，男人实在怒不可遏。

感到被无视，甚至被当成傻子对待的男人，在服务员正打算从他身旁经过时，突然站了起来，涨红了脸，一边凶狠地瞪着服务员，一边大声怒吼道：

“叮——咚——！”

第71话 新式武器

某国得到情报，据说在武器研发领域的竞争对手国，研制出了一种新式武器。它表面是一辆汽车，但其实拥有巨大的破坏力。

情报人员表现不俗，甚至掌握了运送武器的日期、运送路径等绝密信息。

运送当日——

新式武器在重重戒备中被严密运送。

但是，该国仍以超乎预料的方式，展开了对新式武器的争夺计划。

仰望着被夺走的汽车，以及吊运车辆的大型直升机，新式武器的研究人员说道：“现在，当作最终测试，让我们来展示下新武器的性能吧！”

接着，研究人员向电脑内输入代码，发出了指令。

就在这时，一直被认为是搬运武器用的普通卡车，转眼间变成机器人的形态。

它飞向空中，紧追着直升机，并向其发射了导弹。

直升机就这样坠毁了。

而这一切，仅仅是几十秒内发生的事。

第72话 新作品

女画家在她的个人画展上，展示、出售她的最新作品。

这位画家作品的特点是，将自画像用抽象的手法加以呈现。

虽然有许多难解的表现手法，但仍有许多忠实的拥趸，而且其作品往往价格不菲。

画展中，只有一幅作品，跟其他画作呈现完全不同的用色风格。

看到一位粉丝正在看这幅作品，画家本人走了过来，对他说道：“这是我女儿的画。”

几乎只画本人自画像的画家，居然画了“自己的女儿”，真是非常少见。

粉丝当机立断，购买了那幅画。

画家愉快地跟粉丝谈起，从女儿出生、成大，自己作为画家的心境也有了很大的变化。

接着，向粉丝表达了自己的感激之情。

“不只我的画，您连我女儿的拙劣涂鸦也一起购买，真的非常感谢！以前，我从没想过会把这样不成熟的画在画廊里展示，这可能就是过度宠爱孩子的父母们的通病吧！”

第73话 卡珊德拉的预言

多情善感之神阿波罗，爱上了人间的女性——

特洛伊国的公主卡珊德拉。

但是，卡珊德拉对阿波罗的示爱无动于衷。

于是，阿波罗送给卡珊德拉一件特别的礼物，希望能挽回她的心意。

那是能看到未来的能力——预知能力。

欣喜不已的卡珊德拉，立即尝试了一下。

她发现，阿波罗传授的这一能力的确货真价实。

于是，她——

更加决绝地离开了阿波罗。

原来，她所看到的，是自己跟阿波罗两人的未来。

果然，多情善感的阿波罗，厌倦了和卡珊德拉的恋爱关系，移情别恋了。

第74话 阿波罗的复仇

尽管把“预知能力”传授给卡珊德拉，但她却仍然离自己而去，阿波罗无法原谅她的背叛。

于是，他向卡珊德拉施加了诅咒。

那是“谁都不会相信卡珊德拉所说之话”的诅咒。

在那之后发生了特洛伊战争，希腊军在特洛伊的城墙前设置木马，从而突破了坚固的城防，卡珊德拉早已预言此事。

但是，谁都不相信她的预言。最终特洛伊国被希腊军攻陷了。

卡珊德拉表情冷漠地看着特洛伊王国被希腊军消灭的场景。

事实上，串通希腊军，用自己的性命做赌注，传授“木马”战术的人也是卡珊德拉。

按照阿波罗的诅咒，凡是“听到自己预言的人”，都不会相信。于是，如果把别人对自己的不信任，反过来好好加以利用，就会成为强大的武器！

身为公主，她之所以串通希腊军，是因为预见到了特洛伊覆灭，自己被杀死的画面。

神话中说，卡珊德拉已经被杀死。

但是，能够预知未来的卡珊德拉，究竟有没有被杀死，没有人真正知道。

第75话 阿波罗神庙

古代，希腊的阿波罗神庙，是世界的中心。

借由神庙的女祭司之口传达的神的语言（神谕），是绝对不能忤逆的存在，无论是政治还是战争，都必须依神谕所示进行。

在神庙的入口处，悬挂着这样一句话："认识你自己。"

据说，正是因为这样一句话，人类开始探究自身之谜，"哲学"得以振兴。

并且，人类得以向"能够深入思考的存在"不断发展进化。

在神庙深处，阿波罗翻来覆去，焦躁不已。

——人类，人类明明利用、背叛身为神的自己，却又只在遇到麻烦的时候向自己求助。

今天也是，神庙前又聚集起了许多人。

“人类，其实就是没办法深入思考，像猴子一样的生物，我拒绝为这样的家伙解决问题。要是奥林匹斯神族的事倒还好说，人类绝对不行！”

并且，他还决定在神庙的入口处，放上一块告示牌，明令人类禁止入内。

“我想表示‘人类要搞清楚自己的身份，快点滚回去’的意思，有什么好的说法吗？”

接着，他稍微考虑了下，好像恍然大悟似的说道：

“对了，就用‘认识你自己’吧！我话里的意思是：你们知道自己的处境吗？只不过是区区的人类！想进神庙可是万万不可能哦……”

第76话 作弊

班里的某位学生，以前就一直有他在考试中作弊的传言。

据说他还有作弊同伙，甚至使用了高科技手段等等，各种传言甚嚣尘上。

于是，学校方面也采取了对策。

找了个说得过去的理由，要求这位学生独自一人在其他房间内考试。

他的书包以及身上带着的东西都检查了。

并且，考试过程中，有教师对其一对一监考。

这名学生在考试当中，稍微想一会儿后便“沙沙沙”地开始作答，再稍微想一会儿后，又“沙沙沙”地继续用铅笔作答。

——总之哪里不对劲儿。

很难断言他到底有没有作弊。

不过，监考老师却绝对不会知道他是如何作弊的。

第77话 一生只一次的置物

为了盖新房，我让两家建筑公司做了方案说明，决定从中挑选一家委托建造。

就设计及质量方面来说，两家提供的方案内容相差并不大。

但是，在两件事上，这两家公司有着很大的差异。

其一是价格。N 公司的报价，要比 S 公司高出 500 万日元之多。

另外一点，是热情程度。N 公司的业务员，热情高涨地表达了承建房屋的愿望，但 S 公司的业务员，只是事务性地做了些陈述说明。

我没有丝毫犹豫地选择了 N 公司。

盖房是一生只有一次的大事。

所以我认为，跟钱比起来，热情更加重要。

N 公司的营业员接到客户打来的电话："关于盖房的事情，就委托贵公司了！"

他非常高兴，暗想到："看来，我的演讲技术提升了很多啊。不过，S 公司的业务员，要是技术再硬些，结果可能就不一样了吧！"

接着，他迅速给 S 公司的业务员打去电话。

"前几天真是不好意思啊！有件事，想要拜托贵公司。那间房屋的建筑项目，可以请贵公司帮忙承建吗？毕竟，可以比我们公司少花 500 万日元吧？

对外说是我们公司建造，实际由您公司负责。这样不仅您公司可以得到估价的数额，我们也可以什么都不做就入账 500 万日元，我们两家都有利可图不是吗？"

第78话 相思病

“胸口很闷，晚上也睡不着。其实，我知道这是为什么。”

我盯着女医生的眼睛，继续说道：“是相思病。我喜欢上了大夫你。”

从放在胸口上的听诊器中的心跳振动声，应该就能听出我并不是在说谎。

但是，医生的表情没有看出丝毫变化。

几秒钟沉默过后，女医生取下听诊器，突然握住了我的手。

我太过紧张，以至于绷紧了身体。

女医生用她白皙修长的手指，放在我的手腕上，默不作声过了十几秒后，好似不可置信一般，歪着头说道：

“怎么回事呢，没有脉搏啊。”

第79话 销售达人

实在是不想返回公司。

因为今天，我没能把产品成功推销给客户，一个订单也没有。

仿佛已经看到，我被热血上司骂得狗血淋头的场面。

因为很讨厌那个上司，所以就更痛苦了。

果不其然，上司朝我怒吼道：

“卖不出去产品，只是因为热情跟点子不够而已！比如说，你可以把冰箱卖给生活在北极圈冰屋里的因纽特人吗？”

居然向住在极寒之地的因纽特人推销冰箱，这绝对是不可能的啊。我老实地回答说：“不能”。

上司哼了一声，满脸鄙视地说道：

“不能？其实只是没点子吧？你肯定觉得，住在寒冷地方的人们，是不需要用来制冷的冰箱的吧？其实正好相反啊。把冰箱包装成‘不让东西冻住的机器’，就能卖出去啊！”

我轻轻叹了口气。

我之所以讨厌这个上司，就是这一点。

……他只是稍微用脑袋想了下，并且把书上读到的东西不加分辨地一股脑儿接受，明明自己都没有实际做过，却喜欢摆着架子说教。

于是，我说道：“因纽特人的冰屋里，运转冰箱的电接通了吗？”

第80话 玉匣的真面目

浦岛太郎刚一打开龙女给的玉匣，一股白色的烟便从里面冒出来，笼罩了浦岛太郎。

烟雾消散后，浦岛太郎的样貌，变成了白发的老人。

起初浦岛太郎，非常憎恨龙女。

但是，看到身上破破烂烂的衣衫，他改变了想法。

“其实，我的身体随着时间的流逝，肯定已经像这件衣服一样腐朽不堪了。但是，这股烟，保住了我的命……”

接着，太郎回想起跟龙女在一起的日子，伤感地哭了起来。

准备返回月亮的辉月姬，向前来求婚的皇帝告别道：

“我必须回到月亮上去。可以的话，这个，就送给你吧。”

那是长生不老之药和告别信。

“没有你，在这世上，长生不老又有什么意义呢？”

于是，皇帝在日本最高的山的峰顶，将这些都烧掉了。

负责烧掉长生不老药的大臣中的一人，觉得非常可惜。

虽然不清楚药燃烧时升起的烟雾有没有效果，仍用随身带着的匣子将烟收了进去。

小心谨慎地保管了一段时间后，这位大臣在一次乘船旅行时，遭遇了暴风雨。被海浪卷走的，一个是他视若珍宝的匣子，另一个则是他小名唤作“乙”的独生女。

这是发生在浦岛太郎到龙宫百年之前的事情了。

第81话 边界战争

邻居家种的柿子树的树冠，越过了两家之间的院墙，侵犯到了我们家的领空。

只要在我家院子领空范围内的，就是我家的东西。

我将看上去成熟美味的柿子摘下，吃掉了。

而这，成了我跟邻居的男子争吵的导火索。

虽然一开始双方都互相责骂，激烈程度一点都不输法庭，但后来决定，两个人正正当当地用肢体比拼，来做个了断。

规则是双方分别踢对方屁股，先说“我认输了”的一方便输了。

首先，对方用力地踢了我的屁股。

我疼得厉害，差点就要叫出声来，幸亏忍住了。

这次，轮到我进攻了。

我在上学时曾学过空手道，心想对方肯定忍受不了我这一脚。

正当我使出全身的力气，就要踢飞对方屁股的瞬间，邻居家的男人说了句“我认输了！”

男人嘴边浮现一丝浅笑，继续说道：“好好想一想的话，既然树伸到了您的院子里，柿子被吃了，我也没什么可抱怨的。抱歉了！”

接着，他一溜烟地跑回了家。

我，真的赢了吗？

摸着仍然隐隐作痛的屁股，我不禁陷入了沉思。

第82话 破碎花瓶的秘密

宴会场内，同时响起了怒吼和花瓶碎裂的声音。

大厅中央，一个男人正瘫坐在地上，一个男人站在旁边，还有四分五裂、散落一地的花瓶碎片。用人迅速赶来收拾清理花瓶碎片。

事情是由地上的男人，辱骂举办宴会的富豪引起的。

——几十分钟前，那男人喝醉酒后，向富豪挑衅道：“你这家伙，就是从穷人那儿把钱卷走的小偷！这家里装饰的艺术品，连那个看起来价值不菲的花瓶，全部都是偷别人的！”

听到这么说，富豪不由得怒上心头，举起那个“价值不菲的花瓶”，就要朝着男人的头砸过去。

醉酒的男人在后退的过程中被绊倒了，花瓶这才没有打在男子头上，而是摔在了地上，稀碎地散了一地。

富豪忙解释道，刚刚是自己癫痫发作，并诚恳地道了歉。

彻底酒醒的男人，也反省了自己刚才对富豪的指责。

宴会结束后，富豪十分后悔。

那男人叫自己是小偷，只是个比喻，并不是真的认为自己是小偷——看来，他并没有注意到自己的真实身份。

当时，那人正指着自己偷来后、不小心拿来当摆设的花瓶说这是“偷来的东西”，在情急之下为了销毁证据，就把花瓶给砸碎了。

下次要是不从那男人家里偷个跟花瓶等值的宝石什么的，富豪绝对咽不下这口气！

第83话 犯人怀特的请求

怀特为了住在同公寓内隔壁的一对母女，犯下了杀人的罪行。

在制止纠缠不休、想要对两人施加暴力的前夫时，怀特不小心将其杀死了。

怀特被逮捕了。不过，这样也不错。因为怀特本就是个孤独的人，他没有什么可以失去的东西。住在隔壁的母女二人的笑容，是怀特仅有的些许慰藉。

怀特，在不知不觉间，爱上了她。

法庭做有罪判决当日，在旁听席上的母亲大声喊道：

十几年后——

怀特刑满施放。出狱后的他，向母女居住的公寓走去。

他要把那时没能说出口的话，讲出来。

即使在那之后过了十多年，怀特，对她的爱仍然没有改变。

母女二人仍然按约定，在等他回来。

女儿这段时间内，长大了不少。

母亲，则仍跟十几年前一样美丽。

怀特，向着母亲那边说道："妈妈，拜托了！

我爱上了您的女儿。无论如何，请让我跟您的女儿结婚！"

然后，他跪在地上，深深地低下了头。

第84话 奔向自由

我被囚禁在离海岸 10 公里外，浮在海面上的一座监狱岛里。

这里会以莫须有的罪名，逮捕我这样对独裁政权唱反调的人。

“愚蠢的民众，只会因为愚蠢而犯罪！”监狱看守严厉地斥责我们。

监狱的周围，湍急的海流卷起旋涡，还有食人鲨盘踞于此。

要想逃脱这里，只能游到岸上去，但迄今为止还没有人成功过。

但是，某一天，我只身一人跳入海中，开始向岸上游去。

我要用自己的手，抓住自由！从监狱岛到岸上的距离，大约是 10 公里。

特别是最开始的 5 公里，水流非常湍急，很容易出现旋涡。

我拼尽全力，总算熬过了这 5 公里。

但也因此，体力几乎耗尽。

非常遗憾，这次的挑战只能到此为止了。

我只能沿着来时的路，开始游回监狱岛。

以后我要增强体力，下次一定要逃出去！

为了用这双手，抓住自由！

第85话 无情的声音

我对着从神灯里出现的灯神说道：

"让那家伙……我父亲，从这个世界上消失！"

到几年前为止，我、爸爸跟妈妈，我们三个还是非常和睦的一家人。

但是，从某个时候开始，父亲就开始变得嗜酒成性，对家人拳打脚踢了。

跟父亲截然不同的是，父亲的弟弟——叔叔，对我们非常好，常常保护我们不受父亲的打骂。

母亲说，要是当初跟叔叔结婚就好了。

而父亲，就仿佛成了阻碍两人幸福的存在。

某一天，父亲又开始打母亲了。

我对着灯神，大声地说出了心里的愿望。

但是，魔神并没有听到我的愿望。

父亲，还是很有精神头地在喝酒。

于是，我又把魔神叫了出来，对他说道："跟你承诺的怎么不一样啊！"

魔神的表情让人难以猜测。也许，是面无表情——他用不带一丝波澜的声音，对我说道："我可是认真地遵守约定了啊！"

就在魔神消失的同时，家里的电话响了。接起电话来的母亲，在听完对方的话后愣住了。

我忙接过电话，询问发生了什么事。在电话另一端，警察用一种无情的声音对我说道，叔叔开的车跟卡车正面相撞，已经当场死亡。

我明明许愿让父亲死掉，

为什么死的是叔叔呢……

第86话 想成为的人

从神灯里现身的魔神说道：“无论你想变成什么，我都可以帮你实现！”

听到他这么说，绝世美人略微不满地问道：“想变成什么？不是只要许了愿，什么都可以帮我实现吗？”

“最近，许下‘杀掉某个人’之类心愿的人越来越多。可尽管我遵约执行，过后他们还埋怨我！我们要是帮人实现愿望还遭人恨，就太不划算了。所以，现在对愿望的范围进行了限定。”

美人回想自己迄今为止的人生。从小时候开始，凭借着美丽的外表这个有力的武器，凡是自己想成为的都一一实现了。

首席名模、人气女演员、总经理夫人……

但是，没想到结婚的这个总经理，居然出乎意料地小气，真是打错了算盘……

美人稍作考虑，似乎已经有答案了。

于是，她对魔神说道：“决定好了。我，想成为寡妇！”

魔神并没有拒绝这个请求，甚至愉快地笑着说：“明白了。”

留下这句话后，他就消失了。

第87话 帅气的间谍

我是名手段高超的间谍，迄今为止已从众多的企业中盗走过机密资料。

今天，受到客户委托，要从竞争对手企业那里盗取机密资料。到达资料管理室之前，必须突破十道门禁。每一处都设有高精度面部识别系统。

据说，像我这样的知名间谍——作为最重要的警戒人物，照片会被存储进数据库里。

但是，在我的伪装术面前，这样的面部识别系统，就如同玩具一样不值一提。

我轻而易举地突破了九处关卡，来到了最后一道门禁前。

当看到可疑人员站在第一道门禁前时，警卫室里就已经弥漫着紧张的氛围。

但是，下一秒，房间里突然暴发出哄堂大笑。

一脸端正的男人，居然朝着监控做起了鬼脸。

区区鬼脸，是不可能突破面部识别的。

但是，警卫员们，一边笑得喘不过气般前仰后合，一边说：“再……再来一次，这男的……的鬼脸……哈哈哈哈……还想再看……这是什么啊……”

“真厉害……嘿嘿嘿……笑死我了……真能装模作样啊……”

“肚子疼……肚子好像抽筋了……还想再看一下……一直到最后那道门……让他溜……过去吧。这家伙的鬼脸，真是太有意思了……”

于是，九重门禁都打开了。

第88话 成捆的钞票

男人将一个大行李箱放在魔神面前，对他说道："请把钞票装满整个行李箱！"

接着，男人从钱包里，取出一张钞票。

那是在所有现金里，面额最高的一张。

"但是，刚才说的钞票，必须得是这种的啊。要是出来的是小面额的，那可不行啊。和这张一样的钞票，帮我装满整整一箱吧！"

魔神消失后，再打开箱子时，里面密密麻麻地排满了成捆成沓的现金。

这些，都跟刚才男子展示的那张高额钞票，一模一样。

——只要有了这些钱，就什么都能买了。

男子决定，先买一辆高级汽车。

于是，在选中喜欢的车型后，他从行李箱中随便拿了几捆现金，交给了商家。

“那我们准备下交车手续，请您稍等一下。”

商家说完离开后，过了十分钟，几名警察出现在男子面前，以“伪造货币罪”为名，将男子逮捕了。

警察不可置信地向男子问道：“这些纸币，完成度跟真钞一模一样。要是单拿一张用，绝对不会被发现是假币。明明有这么精巧的仿造技术，为什么纸币的号码都做成一样的呢？这样不是肯定会露馅吗？”

第89话 遗产

负责遗产管理的律师告诉我，死去的父亲给我留下一笔遗产。

但是，据说为了不让遗产轻易到手，他特地放在了箱子里，埋在了某处地方。

现在，我手里拿着的，就是标记着遗产埋藏地址的地图。

地图的暗号很快就解开了，我急忙来到埋藏点，开始动手挖了起来。

箱子很快就被找到了。

打开盖子后，里面有一封信。

信里这样写道：

父亲留下的话，丝毫没在我心里激起一点波澜。

那些话，没必要这么郑重其事地再说一遍，因为他在活着的时候，就一个劲儿地说个没完。

我把信撕碎后，扔进刚才挖开的洞里。

管理遗产的律师，在暗地里悄悄地目睹了这一切。

他非常遗憾地自言自语道："最后的遗言，还是没能让您儿子明白啊……"

将父亲的信埋起来的，正是律师。

他还在埋箱子的同一位置的更深处，将真正的遗产埋了进去。

"假如令郎能从您最后的留言中读懂什么，不放弃继续挖下去的话，是一定可以得到巨额的财产的，但……"

第90话 一码归一码

长着长长尖角的公鹿，被人发现掉进了防沙坝里，出不来了。

尽管用尽各种办法帮助它，鹿却极度反抗，难以奏效。

虽然也考虑过用麻醉枪使鹿麻醉的方法，但用枪射击，对动物来说还是不太好。

随着时间流逝，人们察觉到鹿的体能已明显不足。

大家绞尽脑汁，彻夜不眠地进行救助。

最终，决定采用搭建斜面，让鹿用自己的力气逃脱的方法。

尽管鹿的步伐非常疲弱，但仍冲上了斜坡，不久后消失在山林中。

秋天——

那一年，入冬较往年更早些。

由于树木果实较少，许多鹿从山里来到人们居住的村落。

把田里种植的农作物、树皮吃得一干二净。

村民们必须要保护自己的家园。

为了驱赶侵害山林、农田的动物，似乎只能用麻醉枪了。

第91话 抓住我

世界上第一个造出蒸汽机车的，是英国人理查德·特里维西克。

他将自己造的最后一辆蒸汽机车，命名为“Catch Me Who Can”（谁能抓住我）号。

“谁能抓住我”号，喷涌着蒸汽奔驰起来。

它的速度，最快也仅为每小时 20 公里。

据说，大概跟小学生跑步的速度差不多。

第92话 专业级的水平

从一线退下来的前商界大佬，面对采访时回答道：

“说实话，我本来没想过经营企业，而是想成为职业网球运动员。但是为了继承父亲的工作，才放弃了网球的道路啊……”

语气里似乎带着一丝遗憾。

“不过，尽管在做生意，我还是将网球作为一种爱好坚持了下来。单打的比赛从没有输过。即使跟专业运动员较量，我也从没输过。但是，最近可能是体力衰退了，一直都没有再赢过。”

记者接着问道：

“要是您走上职业网球选手的道路，网球界的历史可能会因此而改变呢！而且，企业界也是……毕竟，您负责企业经营时，谁都没办法挑战您的权威，像帝王一样君临业界呢。”

这位前商界大佬开心地笑了。

记者继续问道：

“顺便问下，您是从什么时候开始打球打不赢的呢？”

他想了想之后答道：

“大概三年前吧……是的，大概是从社长的位子上退下来的时候，正好是三年前。”

第93话 下次一定会赢……

爸爸跟年幼的儿子一起看 DVD 里播放的拳击电影。

在电影最后的高潮部分，“主角跟对手”的决战打响了。

正在这时，父亲突然按了暂停键，向儿子问道：“你觉得主角跟对手的战斗，哪一方会赢呢？爸爸猜主角会赢。”

儿子用有些别扭的语气说道：“那样就太无聊了。我猜对手会赢。”

结果，故事最后迎来了主角虽然几近倒下，但仍坚持获胜的感人一幕。

或许是对猜错结局不服气，看到眼里满含泪水的儿子，爸爸一脸抱歉地说道：

“抱歉，抱歉。爸爸其实早就看过这部电影了。所以知道结局。觉得很有意思，所以也想让你看一下……”

但是，儿子的表情并没有一丝变化。

不但没有变化，还边哭边伤心地说道：

“我也看了啊！我其实都看了九遍了！但是，因为对手总是输，我就想下次一定会赢，没想到还是一直输，真是太可怜了！！”

第94话 沉默权

一个拿着鹦鹉鸟笼的人，坐在酒馆里喝醉了。

从旁边看上去，他像是一个人在自言自语，但其实是在跟鹦鹉聊天。

男人喝得酩酊大醉，到了结账的时候，才意识到自己忘记带钱包了。

酒馆的老板非常生气，正要打电话报警时，一位在角落里安静地喝酒的老人说道：

“我来替你付账吧！不过作为交换条件，我想要你的那只鹦鹉。”

喝醉酒的男人虽然陷入思考、拿不定主意，但店长似乎真打算把他交给警察。

于是，男人只好默不作声地将鸟笼交给了老人。

老人向男子支付了几倍于账单数额的钱。

正在这时，刚才还在鸟笼里乖乖待着的鹦鹉开始吵闹起来：

“你这不是人的家伙！就这么把你的朋友给换了酒钱了吗?！把一块儿待了十年的我给……！把我从笼子里放出去！给我自由！我要从笼子里出去！再也不相信人类了！再也不跟人类说话了！再也不跟人类聊天了！！”

于是，从那以后，鹦鹉就再也没有开口说过话了。

或许是酒醒了，男子露出了落寞的表情。

但他之所以难过，是因为最近一直没有登台表演的机会，只能在这样一个酒馆里表演腹语。

这事，除了男人外谁也不知道。

第95话 优先权

圣诞夜——一对夫妻跟上小学的兄弟两人围坐在一个切成四份的蛋糕旁。

一块圆圆的大蛋糕虽然被妈妈分成了四份，但装饰品不一样，大小也并不平均。

该让谁先选才不容易导致争吵呢？妈妈想了下说：

“会大声喊‘是’来回应妈妈说的话，被叮嘱做什么事也不会抱怨就去做的人是谁呢？回家的时候不会顺路去别的地方，总是直接回家的人是谁呢？”

话音刚落，两兄弟异口同声地抱怨道：

“这样也太狡猾了吧……”

接着，他们没有看向妈妈，反倒是对爸爸抗议道：

“要是出了这样的条件，肯定是赢不了爸爸的。爸爸明明是大人了，还这么狡猾。要是那么想吃蛋糕的话，自己买不就好了吗！”

第96话 僵尸

我的意识逐渐恢复，环顾四周，看到毁坏的汽车上冒着股股浓烟，城市一片破败不堪的样貌。

我想起来了。之前不明病毒四处蔓延，变成僵尸的人类，开始不断进攻其他人类。

在逃离僵尸攻击的途中，我好像突然失去了意识。

恢复意识后，满脸凶狠表情的人们，向着呆呆站立着的我攻击而来。

有人挥舞金属棒，有人用猎枪扫射，朝我逼近过来。

我只得一个劲儿地四处躲避。

好不容易躲在角落里，等回到自己住的地方时，外面的天色已经黑了。

平静下来后检查了下自己的身体，浑身都是伤。

被子弹击中、刀砍伤，居然还能平安地逃回来。

——总感觉有些不对劲。

应该是僵尸用武器攻击人类不是吗？为什么反过来了？

突然，一股不祥的预感袭来，我马上来到盥洗室的镜子面前，出现在镜子里的，不会有错，正是僵尸。

攻击我的，虽然面目狰狞，但确实都是人类。

是人类想要打倒僵尸，这才攻击了我。

内心还是人类，只是身体僵尸化的这些人，今后该怎样生存下去呢？

我，到底是得到了不死之身呢，还是说，变成了想死却死不了的样子呢……

第97话 点菜

一位客人见缝插针地坐到空着的座位上，没有看菜单，直接点菜道："我要一碗盐味拉面。"

店长听到后抱歉地说："客人，不凑巧没有盐味拉面。"

"那来一碗豚骨拉面。"

"不好意思，这个也没有。"

"这样啊，那，什么味道都可以，来碗叉烧面。"

"客人，您可以点店里有的东西吗？"

听到这话后，客人有点生气地说道："有什么啊，从刚才开始无论点什么都一个劲儿地说'没有'不是吗？"

"因为我们家店是卖荞麦面的，没有拉面！"

第二天，那位客人又来到了同一家店。

接着，他又开始点菜了。

“来一碗酱油拉面！”

店长愤怒地回答道：“都说了，我们是荞麦面店，没有拉面！听好了，要是下次再点拉面，就用胶水把你的嘴封起来，让你再不能说话！”

第三天，那位客人，又来到这家店里。

接着，像往常一样开始点菜。

“来一瓶胶水。”

“我们不是文具店，点拉面还说得过去，那种东西怎么可能有呢！”

听到这样的回答，客人似乎松了一口气，说道：“那，来一碗盐味拉面！”

第98话 手术

我作为主刀医生，此刻正站在一位止不住颤抖的少年患者面前。

这少年，简直就像三十年前的自己一样。

他得上了一种重病，明天就要手术了。

不做手术会危及生命，而手术的成功率几乎是百分之百。

我非常能体会他现在的心情。因为，我年轻的时候，也得过跟他一样的病。

“我年轻时，得过跟你同样的病。非常理解你害怕手术的心情。但是，给我做手术的是一位非常厉害的医生。我想成为像他那样的人，所以也从事了医生这一行。手术绝对会成功的。我也是这样活下来的不是吗？能鼓起勇气，接受明天的手术吗？”

少年直视着我的眼睛，用力地、无数次地摇头道：

“您跟我才不一样呢！”

“才没有这回事呢！你也可以跟我一样，鼓起勇气来的！”

于是，少年咬牙切齿般，一字一句地说道：

“不是勇气的问题。因为那个时候，给您做手术的是一位非常厉害的医生不是吗？但我的情况完全不同啊！！”

第99话 父母的爱情

母亲去世后，只剩下我跟父亲二人一起生活。

在家里，我跟父亲一整天几乎说不了几句话，越发体会到母亲的存在是多么重要。

以前就一直有一个疑问。

如此不善言辞的父亲，是如何跟母亲相恋、结婚的呢?

虽然母亲曾说谈恋爱的时候，父亲是多么地充满热情。但我无论如何都想象不出。

这样的生活过了几年后，父亲患上了老年痴呆。

照顾父亲的工作，非常辛苦。

面对记忆退化的父亲，我慢慢了解到很多父亲年轻时候的事，常常不自觉地就会陷入悲伤的情绪里。

但也出现了一些新情况。

现在父亲将我认成了母亲。

于是，我得以看到父亲不为人知的另一面。

父亲热切地谈起恋爱往事，向我诉说着他们年轻时的爱情故事。

我又难受，又悲伤，虽然这些事我并不知道，但又觉得很怀念，眼泪就这样扑簌簌地流了下来。

第100话 伊卡鲁斯的脱逃

代达罗斯跟伊卡鲁斯父子，受米诺斯王的命令，建造了用来囚禁牛头怪弥诺陶洛斯的迷宫。

但是，由于担心此事泄露出去，米诺斯王将二人幽禁在了迷宫中。

于是，父子二人造了人工的羽翼，借此飞上高空，逃出了迷宫。

但是，伊卡鲁斯不听父亲代达罗斯的劝告，越飞越高，由于离太阳太近，惹恼了阿波罗。

人类居然敢靠近象征自己的太阳，这是绝对不允许的。

伊卡鲁斯用蜡制成的翅膀融化了，他坠入大海，丢掉了性命——

“四处散播伊卡鲁斯死了的，是你吧，老头。”

米诺斯王的士兵，到处追踪传言的来源，最后来到了一个老人的住处。

“老头，你凭什么四处说伊卡鲁斯已经死了呢？他的尸体可还没找到啊。散播那样的谣言，是有什么企图吗？”

刚说完，就立刻把老人的衣服扯了下来。

老人袒露的右肩上，有一块很大的伤疤。

这伤疤，跟以前女神雅典娜在代达罗斯右肩上留下的伤疤一模一样。

老人紧紧抱住准备往他住的小屋里冲的士兵，苦苦哀求道：“那孩子，坠落时受了惊吓，已经失去了记忆。什么都记不得了。求你了，放过我们吧！”

后记

在这间房子里，整齐地排列着许多个“头”。

它们看起来似乎都已经和身体分离，失去了生气，但真相远不止如此。

在这个房间的隔壁，是一个对比鲜明，充满热气与恶臭，混乱无序的房间。

大家丝毫不理会别人，大声叫嚷，声音稍微小一点，就无法听到彼此的声音。

其中一个人说道：“我的角色可是吃亏最多的吧！这件魔神的衣服，别提有多重了……”

“不不！魔神多吃香啊，出场次数又多，又深受孩子

们的喜爱，多好啊！恶鬼才不好呢，衣服又重，又没有人气。还有那个机器人医生，虽然看起来像是特效，但钻到道具里面的也是我。”

“果然还是真人角色好一点啊，既轻松又愉快……”

“哪里轻松了啊！我总是扮演尸体，真是太辛苦啦！在《书的力量》那一集里，是我演的尸体，《大学宿舍的怪人》也是我。不过，看看这一集就知道，我居然完全被剪掉了，用一堆白线就把我给代替了！”

“不过你好歹也出场了呀，不像我，从早到晚都在候场，完全没有戏拍啊……这个像外星人一样的东西，故事中会出现吗？”

“导演实在是太严格了。为了让读者读起来有意思，他的内心都变成魔鬼了吧！”

“不不！要是只有内心变成魔鬼的话，那还挺轻松的。真想让导演试着穿一下这件魔鬼的衣服啊……”